Karin Alvtegen, née à Stockholm en 1965, est la petite-nièce d'Astrid Lindgren, créatrice de Fifi Brindacier. Son premier roman publié en France, *Recherchée* (Plon, 2003), a été très bien reçu par la presse française et couronné Meilleur Roman policier nordique en 2000. Autant reconnue que Hennig Mankell dans les pays scandinaves, elle est aujourd'hui considérée comme la reine incontestée du polar suédois.

DU MÊME AUTEUR

Recherchée
Plon, 2003
et « Points Policier », n° P1395

Honteuse
Plon, 2007
et « Points Policier », n° P1885

Ténébreuse
Plon, 2008
et « Points Policier », à paraître en 2009

Karin Alvtegen

TRAHIE

ROMAN

Traduit du suédois
par Maurice Etienne

Plon

Aucun des personnages de ce roman n'existe dans la réalité. Mais comme chacun le sait, il peut y avoir plusieurs vérités pour un seul et même événement.

TEXTE INTÉGRAL

TITRE ORIGINAL
Svek

ÉDITEUR ORIGINAL
Bokförlaget Natur och Kultur, Stockholm

ISBN 978-2-7578-0304-2
(ISBN 2-259-20069-9, 1re publication)

À Micke,
grâce à ton amour et à ta sagesse,
tout cela valait la peine, finalement.

« La charité est longanime ; la charité est serviable ; elle n'est pas envieuse ; la charité ne fanfaronne pas, ne se gonfle pas ; elle ne fait rien d'inconvenant ; elle ne cherche pas son intérêt, ne s'irrite pas, ne tient pas compte du mal ; elle ne se réjouit pas de l'injustice, mais elle met sa joie dans la vérité ; elle excuse tout, croit tout, espère tout, supporte tout. »

Première épître aux Corinthiens 13, 4-7.

(La Bible de Jérusalem,
nouvelle édition revue et corrigée,
Éditions du Cerf, 1998.)

Il n'existe ni châtiments ni récompenses,
uniquement des conséquences logiques.

« Je ne sais pas. »

Quatre mots.

Totalement inoffensifs en soi ou pris dans un contexte différent. Dépourvus de toute gravité. Il constatait juste qu'il n'était pas sûr de la réponse, et préférait donc ne pas répondre.

Je ne sais pas.

Quatre mots.

Cette réponse en apparence si simple à sa question représentait pourtant une menace contre son existence, à elle. Un abîme s'ouvrait soudain dans le parquet récemment vernis de la salle de séjour.

D'ailleurs, elle n'avait pas vraiment posé une question, mais avait juste fait cette remarque pour qu'il comprenne à quel point elle se sentait inquiète. Elle avait cru qu'en l'interrogeant sur ce qui se passait, les choses s'amélioreraient par la suite. Qu'ils partageraient ce tournant. L'année qui venait de s'écouler avait été une longue lutte et par sa question elle voulait lui dire qu'elle ne se sentait plus assez forte, qu'elle ne pouvait plus porter ce fardeau seule. Elle avait besoin de son aide.

Mais il ne lui avait pas donné la bonne réponse.

Il avait utilisé quatre mots qui n'avaient jamais été une possibilité pour elle.

– Tu veux dire que tu mets en doute notre avenir ensemble ?

Je ne sais pas.

Il n'y avait rien à ajouter à cela. Sa réponse venait d'effacer en un instant tout ce qu'elle avait appris au cours de sa vie, l'obligeant à réviser toutes les notions qui lui avaient paru intangibles, jusque-là.

L'idée qu'ils pourraient ne pas avoir d'avenir commun ne lui avait jamais effleuré l'esprit.

Axel, la maison, devenir grand-père et grand-mère, un jour.

Quels mots trouver pour les aider à surmonter ce moment ?

Il était assis sur le canapé, sans rien dire, les yeux fixés sur un « sitcom » américain, la télécommande à la main. Il ne l'avait pas regardée une seule fois depuis son arrivée, pas même pour répondre à sa question. La distance entre eux lui parut soudain si grande, qu'elle se demanda si elle pourrait encore l'entendre, s'il ajoutait quoi que ce soit.

Et pourtant, elle l'entendit clairement demander :

– Tu as pensé à acheter le lait ?

Il ne la regardait toujours pas. Il demanda juste si elle avait acheté du lait.

Elle se sentit soudain oppressée ; avec des picotements dans le bras gauche comme chaque fois que le temps lui manquait.

– Tu ne pourrais pas éteindre la télé ?

Il baissa les yeux sur la télécommande et changea de chaîne. Le point sur la circulation.

Elle eut l'impression de voir un étranger assis sur son canapé.

Il avait un air familier, mais c'était un inconnu. Il lui rappelait beaucoup l'homme qui était le père de son fils et à qui, plus de onze ans auparavant, elle avait promis, devant Dieu, de partager le meilleur et le pire, jusqu'à ce que la mort les sépare. L'homme avec lequel elle avait acheté ce canapé à crédit.

Il doutait de leur avenir et de celui d'Axel et n'avait pas assez de respect envers elle pour éteindre la télévision et la regarder.

Le souffle court, malade à l'idée de devoir lui poser cette question, afin de pouvoir respirer à nouveau, elle avala sa salive, et lui demanda :

– Tu as rencontré quelqu'un ?

Il la regarda enfin, avec un regard accusateur certes. Mais il la regardait et c'était déjà cela.

– Non.

Elle ferma les yeux. Il n'y avait pas d'autre femme, au moins. Elle essaya de s'accrocher, comme à une bouée, à cette réponse apaisante. Tout lui paraissait si incompréhensible. Le salon n'avait pas changé et pourtant, soudain, tout était différent. Elle regarda la photo encadrée prise à Noël, l'an dernier. Henrik y apparaissait déguisé en Père Noël, et Axel trônait heureux, au beau milieu de cadeaux enveloppés de papier multicolore. Sa famille réunie dans la maison de son enfance, il y avait juste trois mois de cela.

– Depuis combien de temps éprouves-tu cela ?

Il détourna les yeux vers la télévision.

– Je ne sais pas.

– Mais à peu près, deux semaines, deux ans... ?

Elle attendit une éternité avant de l'entendre répondre :

– Un an, peut-être.

Un an. Cela faisait donc un an qu'il remettait en question leur avenir. Sans souffler mot.

Sans un mot l'été dernier, alors qu'ils roulaient vers l'Italie. Sans un mot malgré tous ces dîners avec leurs amis. Sans un mot lors de ce voyage à Londres, où il l'avait accompagnée lors d'un déplacement professionnel, et lui avait fait l'amour. Pendant tout ce temps, il s'était demandé s'il voulait continuer à vivre avec elle.

Elle regarda à nouveau la photographie. Il lui souriait pourtant. Je ne sais pas si je veux encore de toi, si je veux vivre encore avec toi.

Pourquoi n'avait-il rien dit ?

– Mais pourquoi ? Et quelle solution avais-tu envisagée ?

Il haussa légèrement les épaules et dit, avec un soupir :

– On ne s'amuse plus beaucoup, tous les deux.

Elle ne supportait pas d'en entendre plus. Elle se réfugia dans la chambre.

Elle resta debout le dos appuyé contre la porte fermée. La respiration calme et tranquille d'Axel. Toujours entre eux, nuit après nuit, à la manière d'un lien rassurant, témoin de l'engagement qui les unissait.

Mère, père, enfant.

Il n'y avait pas d'alternative possible.

On ne s'amuse plus beaucoup, tous les deux.

Il tenait sa vie entière entre ses mains, assis sur ce canapé. Quelle chaîne allait-il choisir ? Il venait de la priver du contrôle sur sa vie, ses désirs à elle n'avaient aucune importance, lui seul décidait de tout.

Elle se glissa dans le lit sans se déshabiller, s'allongea le long du petit corps et sentit la panique monter en elle.

Quelle solution allait-elle pouvoir trouver ?

Et puis il y avait cette lassitude paralysante. Elle n'en pouvait plus d'être toujours la seule responsable, la seule à faire avancer les choses, à veiller à ce que tout soit fait. Au début de leur relation, ils avaient assumé leur rôle respectif. Il leur était arrivé alors d'en rire, de plaisanter sur leurs différences. Mais, au fil des ans, les ornières s'étaient creusées si profondément qu'un demi-tour était devenu impossible et qu'ils ne pouvaient plus se hisser pour regarder pardessus bord. Elle faisait ce qu'il fallait faire et ensuite seulement, si elle en avait le temps, ce qu'elle désirait vraiment. Lui, c'était le contraire. Et, une fois qu'il avait fait ce qu'il voulait, ce qui devait être fait avait déjà été fait. Elle l'enviait. Elle aurait adoré pouvoir agir de cette manière. Mais alors tout se serait effondré. Parfois, elle désirait éperdument qu'il prenne la barre. Qu'il lui permette de s'asseoir un moment, pour se reposer. Et qu'elle puisse s'appuyer sur *lui*.

Mais il était assis sur ce canapé qu'ils venaient de finir de payer, et regardait n'importe quoi à la télévision en questionnant leur avenir commun pour la seule et unique raison qu'il ne s'amusait plus. Comme si leur existence la remplissait de joie, elle. Mais, au moins, elle essayait, elle ! Ils avaient un enfant, non ? Bon sang !

Comment en étaient-ils arrivés là ? De quand datait le moment de rupture ? Pourquoi ne lui avait-il rien dit ? Cela avait bien marché entre eux, elle devait donc chercher un moyen de lui faire comprendre que cela n'était pas fini, qu'il ne fallait pas abandonner la partie.

Comment allait-elle trouver la force ?

Il avait éteint la télé. Elle écouta le bruit de ses pas en espérant qu'il s'arrêterait devant la porte de la chambre. Mais à sa grande déception, il se dirigea vers son bureau.

Elle ne voulait qu'une chose.

Une seule.

Qu'il vienne la retrouver, qu'il la prenne dans ses bras et lui dise que tout irait bien. Qu'ils s'en sortiraient ensemble, que cela valait la peine de lutter pour ce qu'ils avaient réussi à construire au cours de ces années. Qu'elle ne devait pas s'inquiéter.

Mais il ne vint pas.

Il le sut dès le moment où elle était entrée dans le salon. Cela faisait des mois qu'elle le poursuivait à travers la maison pour tenter d'engager la conversation, mais il avait toujours réussi à lui échapper d'une façon ou d'une autre. Ce serait si simple de continuer à se taire, en se cachant sous leur vie anémiée de tous les jours pour ne pas avoir à faire le pas au-dessus de l'abîme.

Maintenant, c'était trop tard. Elle lui barrait l'accès de ce refuge qu'avait constitué son bureau, il n'avait aucune chance de lui échapper.

Comment pourrait-il jamais lui dire la vérité ? Quels mots trouver pour oser lui raconter ? Et puis cette peur paralysante, de ce qu'il éprouvait et de ce que cela impliquerait, et de sa réaction, à elle. Il se demandait si elle entendait son cœur battre, comme s'il voulait fuir, s'envoler loin pour ne pas avoir à lui révéler ce qu'il dissimulait à l'intérieur.

Et puis sa question avait déclenché le cataclysme qu'il craignait tant.

– Tu veux dire que tu mets en doute notre avenir ensemble ?

Oui ! Oui ! Oui !

– Je ne sais pas.

Il détestait sa peur, ainsi que le fait que c'était elle qui la lui inspirait. Il ne pouvait même plus la regarder. Il fut soudain frappé par une évidence : elle le dégoûtait. Parce qu'elle était restée près de lui, tel un roc toutes ces dernières années, tandis qu'il s'enfonçait lentement dans un désespoir de plus en plus profond. Elle avait continué à faire marcher la maison, comme d'habitude et comme si son manque de participation n'avait pas la moindre importance. Elle était seulement parvenue à lui donner le sentiment d'être un petit garçon impuissant.

Toujours si efficace. Tout était fin prêt avant même qu'il ait eu le temps de voir ce qu'il fallait faire. Toujours partante pour résoudre tous les problèmes, y compris ceux qui ne la concernaient pas, avant de lui laisser la moindre chance d'y réfléchir. Elle avançait comme un rouleau compresseur et essayait de tout arranger. Mais ce n'était *pas* possible de tout arranger. Plus il avait essayé de lui montrer qu'il se sentait mis à l'écart, plus elle avait mis de zèle à faire en sorte que cela ne se voie pas. Et plus les jours passaient, plus il prenait conscience que ce qu'il faisait n'avait aucune importance. Elle n'avait plus besoin de lui.

En avait-elle jamais eu besoin ?

Il n'était qu'un wagon accroché à la locomotive au cours du voyage.

Elle n'avait jamais compris ce qu'il ressentait réellement. Que la lassitude, et le caractère trop prévisible de leur vie l'étouffaient, lentement mais sûrement. La moitié de son existence était déjà derrière lui, et l'autre moitié ne se présentait guère mieux. Il n'aurait jamais mieux. Il en était donc arrivé au point où il ne pouvait plus remettre à plus tard ce qu'il désirait vraiment faire. Ce qu'il avait toujours envisagé de faire, un jour. Ce jour était arrivé. Tous les rêves et les espoirs qu'il avait sagement mis de côté s'étaient réveillés, impatients, exigeant des réponses. Devaient-ils l'abandonner, ou désirait-il qu'ils restent et, dans ce cas, pourquoi ? Pourquoi resteraient-ils alors qu'il n'avait pas l'intention de réaliser un seul d'entre eux ?

Il pensa à ses parents. Ils vivaient à Katrineholm, dans le pavillon qu'ils avaient maintenant fini de payer. Tout était réglé, terminé. Ils passaient chaque soir côte à côte, devant la télévision, dans un fauteuil qui épousait parfaitement la forme de leur corps. Ils ne se parlaient plus depuis longtemps. Espérances, égards et respect étaient morts depuis des années, faute de nourriture. Il ne restait plus que les accusations, et le ressentiment, et le regret de ce qu'ils avaient laissé passer. Ils n'avaient plus rien à se donner, et il était trop tard maintenant pour tout. À vingt mètres de leurs fauteuils passait la voie de chemin de fer sur laquelle, chaque heure, année après année, roulaient des trains qui auraient pu les emmener loin de là. Mais ils s'étaient résignés à l'idée qu'ils avaient manqué leur train à eux, même si d'autres devaient continuer à passer près de chez eux dans le vacarme habituel en faisant vibrer les carreaux bien astiqués de la fenêtre du salon. Ils n'avaient pas acheté de résidence secondaire après la vente de la concession d'automobiles de son père alors que leurs revenus le leur permettaient largement. Ils n'avaient jamais entrepris le moindre voyage. Comme si tout déplacement impliquait une menace pour leur existence. Il y avait longtemps qu'ils ne s'étaient plus levés de leurs fauteuils pour parcourir les cent kilomètres qui les séparaient de Stockholm. Ils n'étaient pas venus fêter les six ans d'Axel, se contenant d'envoyer une carte d'anniversaire imprimée au bas de laquelle ils n'avaient eu qu'à apposer leurs signatures, accompagnée d'un billet de cent couronnes. Ils ne participaient à aucune réunion de famille et restaient chez eux à ruminer ce complexe d'infériorité que suscitaient en eux les parents d'Eva, avec leur fortune, leur formation universitaire et leurs amis intellectuels. Emprisonnés dans leur propre vie, ils restaient là, amers et rongés de regrets.

Pris l'un par l'autre en otage dans la grande peur de la solitude.

Du coin de l'œil, il l'aperçut, postée, immobile, au centre du salon. Le bruit de la télévision lui parvenait par vagues, à la manière d'un pouls qui battait au rythme de son cœur.

Il éprouva un violent besoin de gagner du temps, de s'accrocher à ce qui restait encore de leurs vieilles habitudes.

– Tu as pensé à acheter le lait ?

Elle ne répondit pas. La peur lui tordait le ventre. Il aurait mieux fait de se taire.

– Tu ne pourrais pas éteindre la télé ?

Son index réagit automatiquement mais appuya sur la mauvaise touche. Une seconde hésitation, puis il décida de ne pas renouveler l'opération. Le sentiment de désobéissance chassa sa peur. C'était lui qui était aux commandes.

– Tu as rencontré quelqu'un ?

– Non.

La réponse était venue malgré lui. Un peu à la manière d'un ressaut au bord d'un abîme. Que faisait-il là, sur ce rebord à mi-chemin entre un péril et un autre ?

– Depuis combien de temps éprouves-tu cela ?
– Je ne sais pas.
– Mais à peu près, deux semaines, deux ans... ?
Toute ma vie, aurait-il voulu dire.
– Un an, peut-être.
Comment pourrait-il jamais le lui dire ? Où trouverait-il assez de courage pour prononcer les mots fatidiques ? Que se passerait-il s'il lui disait que depuis sept mois il passait chaque seconde de sa vie ailleurs ?
Près d'*elle*.
Près de celle qui avait pénétré par effraction dans son cœur, et lui avait fourni à nouveau une raison de se lever le matin. Qui lui avait redonné la volonté et le désir. Qui avait ouvert en lui ces portes, barricadées depuis longtemps, trouvé en outre la clé de pièces dont il ignorait jusqu'à l'existence. Qui le voyait tel qu'il était réellement, lui donnait envie de rire, de vivre. Qui lui offrait le sentiment d'être désiré, intelligent et plein d'énergie.
Un homme digne d'être aimé.
– Mais pourquoi ? Et quelle solution avais-tu envisagée ?
Aucune, donc pas besoin de mentir.
Son fils de six ans était couché dans la chambre. Comment pourrait-il faire ce qu'il désirait vraiment et continuer à le regarder dans les yeux ?
Et comment pourrait-il se regarder dans la glace, à l'avenir, s'il restait et refusait cet immense amour qui s'offrait à lui ?
Il éprouva de la haine, soudain. Sans cette femme, là, qui se tenait au milieu de la pièce, à quelques mètres de lui, il pourrait...
Avec ses accusations, elle allait réussir à changer

en honte et en culpabilité la joie qu'il éprouvait. À la souiller. L'enlaidir.

Tout ce qu'il demandait, c'était de pouvoir continuer à se sentir enfin vivre, revivre.

– On ne s'amuse plus beaucoup, tous les deux.

C'était idiot. Et merde. Elle parvenait toujours à lui faire éprouver un sentiment d'infériorité, d'être bête.

Son regard faisait peser sur lui une lourde accusation. Il était incapable de bouger.

Il s'écoula une éternité avant qu'elle abandonne la partie et ne se dirige vers la chambre.

Il se renversa en arrière et ferma les yeux.

Il ne voulait qu'une chose.

Une seule.

Qu'*elle* soit ici, près de lui, le prenne dans ses bras et lui dise que tout allait s'arranger.

Pour l'instant, il était sauvé. Une trêve provisoire.

Car, à partir de maintenant, leur foyer était un champ de mines.

– Vous avez besoin d'autre chose, pour la nuit ?

L'infirmière se tenait sur le pas de la porte, une main sur la poignée. Elle tenait un plateau sur lequel étaient posées des boîtes de médicaments et paraissait tendue.

– Non merci, ça va très bien. N'est-ce pas, Anna ?

La dernière goutte de nourriture parvint dans l'estomac de la malade par le biais de la perfusion. Il lui caressa doucement le front. L'infirmière hésita une seconde et lui adressa un petit sourire.

– Bonne nuit, alors. N'oubliez pas que le docteur Sahlstedt veut vous parler avant que vous ne partiez, demain matin.

Comment aurait-il pu l'oublier ? Il était évident qu'elle ne le connaissait pas.

– J'y penserai.

Elle sourit à nouveau, et referma la porte. Elle était nouvelle et il ignorait son nom. Le personnel changeait si souvent qu'il avait cessé de faire des efforts. Au fond, il était heureux que l'hôpital souffre en permanence d'une pénurie de personnel. Au début, sa présence constante avait suscité la réprobation des employés mais, cette dernière année, ils avaient fait preuve de plus de compréhension. Ils s'y étaient même si bien habitués, qu'un jour où il avait été retardé par des embouteillages, ils avaient oublié de changer le cathéter qui était presque bouché. Cet incident l'avait définitivement convaincu que, sans lui, elle ne bénéficierait jamais des soins dont elle avait besoin.

Il tira à lui la table de chevet roulante et alluma la radio. Le « Metropolitan Mix ». Il était certain que, malgré ses yeux fermés, elle entendait la musique. Il ne voulait pas qu'elle manque quoi que ce soit. Le jour où elle se réveillerait, elle reconnaîtrait toutes les nouvelles chansons écrites depuis son accident.

Il sortit le lait hydratant du tiroir, fit couler un ruban blanc le long de sa jambe gauche et la massa. Avec des gestes réguliers, il remonta du mollet jusqu'à l'aine.

– Il fait très beau dehors, aujourd'hui. Je suis allé me promener jusqu'à Årstaviken et je suis resté un moment, au soleil, près du club nautique, sur notre ponton.

Il souleva sa jambe avec précaution, posa l'une de ses mains sur l'articulation du genou et le fléchit à plusieurs reprises.

– Bien, Anna... Quand tu seras remise, on y retournera ensemble. On emportera une couverture, du café et des petits gâteaux, et on profitera du soleil.

Il redressa sa jambe et la reposa sur la gouttière qui la maintenait.

– Tes plantes se portent bien, l'hibiscus a fait des fleurs, de nouveau.

Il poussa le support du goutte-à-goutte sur ses roulettes pour prendre sa main droite. Les doigts de la gauche s'étaient raidis comme des griffes et chaque jour, il vérifiait ceux de la droite pour s'assurer qu'il ne leur arrivait pas la même chose. Pour qu'elle puisse continuer à peindre, quand elle se réveillerait.

Il éteignit la radio et commença à se déshabiller.

Le calme tant attendu l'envahit. Il avait une nuit entière de sommeil devant lui.

Nulle part ailleurs qu'ici, près d'Anna, son obsession ne se relâchait autant, lui apportant la paix de l'esprit. Cette chambre était son sanctuaire, son seul havre de repos.

Seule Anna était assez forte pour faire en sorte qu'il ose résister. Près d'elle, il se sentait en sécurité.

Seul, il n'avait pas la moindre chance.

On lui avait accordé l'autorisation de dormir à l'hôpital une fois par semaine seulement, et encore il lui avait fallu beaucoup argumenter pour parvenir à ce résultat. Il avait parfois peur que ce droit ne lui soit retiré. Pourtant, il ne dérangeait vraiment personne. Les nouveaux, en particulier, comme l'infirmière de ce soir-là, semblaient trouver sa présence étrange. Il en était légèrement contrarié. Qu'y avait-il de bizarre à ce qu'il veuille dormir avec Anna ? Ils s'aimaient, c'est tout.

De toute façon, leur opinion lui importait peu.

Il pensa à son entretien avec le docteur Sahlstedt, prévu le lendemain matin, en espérant que cela ne concernait pas ses nuits à l'hôpital. S'ils les lui retiraient, il était perdu.

Il plia son jean et son chandail et les posa avec soin sur une chaise. Puis il éteignit la lampe de chevet. Dans l'obscurité, le bruit du respirateur artificiel se fit plus nettement perceptible. Une haleine calme et régulière, tel un ami fidèle dans le noir.

Il s'allongea près d'elle avec précaution, tira la

couverture sur eux et posa sa main sur l'un de ses seins.

– Bonne nuit, ma chérie.

Lentement, il pressa son bas-ventre contre sa cuisse gauche et ressentit une excitation absurde.

Il ne voulait qu'une chose.

Une seule.

Qu'elle se réveille et le touche. Le caresse. Puis elle le prendrait dans ses bras et lui dirait qu'il ne serait plus jamais seul. Qu'il n'avait plus besoin d'avoir peur.

Il ne la quitterait jamais.

Jamais de la vie.

On aurait dit qu'Axel sentait que quelque chose n'allait pas. Comme si les paroles qui avaient été prononcées la veille étaient restées dans l'atmosphère et planaient encore, menaçantes, polluantes, lui faisant perdre patience quand l'enfant refusa de mettre son pull-over à rayures.

Il fallait qu'elle se domine pour ne pas perdre le contrôle de la situation. Il n'avait pas dit qu'il voulait divorcer, après tout. Juste qu'il trouvait qu'ils ne s'amusaient plus beaucoup, tous les deux.

Elle n'avait pas pu dormir. Elle était restée éveillée à écouter ses doigts qui, parfois hésitants, parfois décidés, couraient sur le clavier de l'ordinateur, dans son bureau. Comment avait-il pu se mettre au travail ? Elle se demanda de quel article il s'agissait et réalisa qu'elle n'en avait pas la moindre idée. Il y avait longtemps qu'ils ne parlaient plus de son travail. Du moment que l'argent rentrait, et que les factures étaient réglées, elle n'avait pas de raisons de le faire.

Toujours à court de temps.

Un instant, elle avait hésité à aller le retrouver pour lui poser la question, mais elle avait renoncé. C'était à lui de venir la voir.

À trois heures du matin, elle avait entendu la porte de la chambre à coucher s'ouvrir prudemment, et Henrik se glisser dans sa moitié du lit conjugal.

Axel comme un rempart entre eux.

Elle se gara devant l'école quelques minutes juste avant l'entrée en classe. Axel était toujours de mauvaise humeur, malgré les efforts pour tenter de le dérider. Ce serait terrible de le laisser en pleurs, le front collé sur la fenêtre.

Comment affronter cela aujourd'hui ?

Elle se trouva nez à nez avec le papa de Daniel, alors qu'elle sortait de la voiture.

– Bonjour, Eva. Je comptais t'appeler justement, à propos du dîner, le 27. Vous êtes toujours libres ?

– Oui, je crois.

Il jeta un coup d'œil sur sa montre et poursuivit tout en se dirigeant vers sa voiture à reculons :

– On avait l'intention d'inviter les nouveaux voisins, ceux qui viennent d'emménager un peu plus bas dans la rue, tu sais, là où vivait ce couple âgé. J'ai oublié leur nom.

– Je vois de qui tu veux parler. Alors, il y a des nouveaux à leur place, maintenant ?

– Oui, et ils ont des enfants de notre âge. On se disait que ce serait bien de faire connaissance, de leur montrer leurs voisins. C'est toujours pratique d'avoir quelqu'un à portée de main, quand on est invité quelque part.

Il rit de sa propre plaisanterie et regarda de nouveau sa montre.

– Oh ! j'ai une réunion dans un quart d'heure, à Kungsholmen. Je ne comprends pas, ils pourraient commencer une demi-heure plus tard !

Il poussa un soupir.

– Allez, salue ton mari de ma part.

Il monta dans sa voiture, et Eva ouvrit la portière pour faire descendre Axel.

Toujours cette bousculade. Des enfants mal réveillés, des parents stressés qui, avant même d'être arrivés sur leur lieu de travail, s'inquiétaient de ce qu'ils ne parviendraient pas à faire avant de devoir se précipiter à nouveau pour récupérer leurs enfants à l'heure, toujours en train de courir, l'œil rivé sur leur montre, leur pire ennemi.

Les choses devaient-elles vraiment se passer ainsi ?

Ils franchirent le seuil de la porte et Kerstin vint à leur rencontre.

– Bonjour, Axel. Bonjour, Eva.

– Bonjour.

Axel ne répondit pas, tourna le dos et resta le front collé contre le bureau. Elle fut heureuse que Kerstin l'accueille ce jour-là, car c'était celle qu'elle connaissait le mieux parmi les membres du personnel. Depuis la première rentrée d'Axel cinq ans auparavant, Kerstin faisait fonction d'animatrice et de directrice, et accomplissait ces deux tâches avec un enthousiasme constant. Elle était dévouée à son métier comme si elle pouvait changer le monde, en rappelant sans cesse aux élèves les règles de la vie en communauté, l'attention aux autres, les limites entre ce qui se faisait, et ce qui était mal. Eva était pleine d'admiration pour elle et s'était souvent étonnée de son énergie, surtout comparée à sa propre fatigue. Mais, d'un autre côté, les enfants de Kerstin avaient dans les vingt ans, eux, et ce n'était pas la même chose.

La pendule était sa pire ennemie.

Elle se souvint de son engagement comme présidente du conseil des élèves ; à Greenpeace ; à Amnesty International, et de son désir brûlant de tout changer. Elle se souvint de sa conviction qu'on pouvait réparer ce qui n'allait pas, faire cesser les injustices, et avec suffisamment d'énergie et de temps, changer le monde. À l'époque, sa révolte lors de l'emprisonnement injustifié d'une personne vivant de l'autre côté du globe suffisait à lui faire lancer une campagne de pétitions ou organiser une manifestation. Maintenant qu'elle était adulte, et pouvait agir de manière efficace, elle était contente si elle parvenait à trouver le temps d'assister à une réunion de parents d'élèves. Le désir de changer le monde s'était rapidement transformé en l'espoir simple que la journée serait assez longue, sa révolte en un profond soupir, et quelques pièces de monnaie glissées avec culpabilité dans le tronc de la Croix-Rouge, au supermarché du coin. Il fallait sans cesse prendre de nouvelles décisions : quel abonnement téléphonique souscrire, quel fournisseur d'électricité était le plus avantageux, comment placer l'argent de la retraite, choisir la meilleure école, le médecin de famille, comment payer le moins d'intérêts pour leur prêt immobilier ? Et elles ne concernaient que son petit monde, le meilleur et le plus bénéfique pour elle et sa famille. Un nombre interminable de décisions sans savoir si elles étaient justes. Chacun pour soi. Et, après, il ne vous restait plus aucune énergie pour réfléchir aux questions qui comptaient vraiment. Celles qui concernaient le monde et les changements nécessaires. Elle avait autrefois un autocollant sur le tableau d'affichage de sa chambre de jeune fille : « Bien sûr que je lutte contre les injustices du monde : je n'arrête pas de dire “oh ! là ! là !”. » Elle s'était promis de ne jamais être comme ça. À l'époque...

– Tu es fâché ?

Axel ne répondit pas à la question de Kerstin et Eva s'accroupit près de lui.

– Ça ne va pas, ce matin, hein ?

Fillippa et sa maman entrèrent dans la salle. Kerstin se tourna vers elles.

Eva attira Axel contre elle et le prit dans ses bras.

N'aie pas peur. Tout ira bien. Je te promets de régler ça.

– Axel, la classe va commencer, les autres sont déjà prêts et ils t'attendent. Viens, on va aller chercher les fruits à la cuisine, c'est ton tour, aujourd'hui.

Kerstin lui tendit la main et il céda enfin. Il alla accrocher son vêtement à sa patère et Eva put se relever.

– Henrik viendra le chercher à quatre heures.

Kerstin hocha la tête avec un sourire, prit Axel par la main et s'éloigna en direction de la salle de jeux. Eva la suivit. En fait, c'était peut-être elle qui avait le plus de peine à dire au revoir, aujourd'hui. Axel lâcha la main de Kerstin, courut vers Linda, sa maîtresse, et grimpa sur ses genoux.

Eva sentit avec gratitude son inquiétude s'apaiser. L'univers d'Axel n'avait pas changé, il était à l'abri, lui au moins, en attendant qu'elle résolve tous les problèmes. Linda caressa les cheveux d'Axel, et fit un sourire à Eva.

Celle-ci le lui rendit.

Axel était en sécurité.

Jonas arriva bien avant l'heure. Il attendait depuis plus d'un quart d'heure lorsque le docteur Sahlstedt fit son apparition dans le couloir, à grands pas pressés, et ouvrit la porte de son bureau.

– Désolé de t'avoir fait attendre, j'ai été appelé aux urgences. Entre.

Il ferma la porte derrière eux et alla s'asseoir à son bureau.

Jonas resta debout. Le calme que lui avait inspiré Anna s'était évanoui, son obsession était revenue, profitant de son impuissance, et elle serait bientôt la plus forte. Il allait devoir payer pour la paix et la tranquillité de sa nuit. Il avait senti les prémices tandis qu'il patientait dans le couloir. Une inquiétude sourde qui avait débuté au cours de la ronde du matin. Les regards du personnel sur le corps endormi d'Anna. Aucun mot particulier, juste un nouveau ton de voix, une vague insinuation.

– Asseyez-vous, je vous en prie.

Il sentit la pression s'accentuer peu à peu.

Quatre pas. Ni trois, ni cinq, pour parvenir au fauteuil. Car alors il aurait été obligé de retourner à la porte et recommencer. Il fallait absolument éviter le trois et le cinq.

Il s'assit sans même effleurer l'accoudoir et suivit du regard la main du docteur qui tira vers lui une chemise de couleur brune, avant de s'immobiliser sur ce dossier fermé.

Sahlstedt l'observait en silence.

Il avait bien fait quatre pas, non ? Il ne savait plus. Mon Dieu. Alingsås-Arjeplog, 1179 kilomètres, Arboga-Arlanda, 144, Arvidsjaur-Borlänge, 787.

– Alors, comment vas-tu ?

Cette question inattendue le désarçonna. Il savait que son obsession ne se voyait pas extérieurement. Il avait développé au fil des ans une faculté exceptionnelle pour dissimuler son enfer intérieur.

Et sa honte d'être trop faible pour le maîtriser.

– Très bien, merci.

Le silence s'installa. Si le médecin qui se trouvait devant lui s'intéressait vraiment à sa santé, il était clair que cette réponse ne lui suffirait pas. Ses yeux étaient empreints de gravité. Un sérieux de mauvais augure, l'entretien qu'ils allaient avoir ne serait pas de pure routine.

Jonas changea de position sur son siège. Surtout ne pas toucher le cadre de ce fauteuil.

– Quel âge as-tu, Jonas ?

Il avala sa salive. Surtout pas de « cinq », même avec un « deux » devant.

– J'aurai vingt-six ans l'année prochaine. Pourquoi ? Je pensais que c'était d'Anna que nous allions parler ?

Le docteur l'observa et baissa ensuite les yeux vers son dossier.

– Il ne s'agit plus d'Anna, mais de toi.

Borlänge-Boden, 848, Borås-Båstad, 177.

– Comment... Je ne comprends pas ce que...

Sahlstedt releva les yeux.

– Qu'est-ce que tu faisais avant tout cela ?

– J'étais facteur.

Le docteur hocha la tête, l'air intéressé.

– Ah ! bien. Tes collègues te manquent ?

Est-ce qu'il se moquait de lui ? À moins que les facteurs ne travaillent en équipe dans les beaux quartiers où il s'imaginait que vivait le docteur Sahlstedt ?

Le médecin soupira légèrement en voyant qu'il n'obtenait pas de réponse, puis ouvrit le dossier.

N'avait-il pas effleuré l'accoudoir en s'asseyant ? Il ne savait plus. Il devait le toucher à nouveau pour annuler le premier contact et le rendre inoffensif. Mais s'il ne l'avait pas touché ? Mon Dieu, il fallait neutraliser le péril !

– Cela fait près de deux ans et demi que tu es en congé maladie. Depuis qu'Anna est ici.

– Oui.

– Pour quelle raison au juste ?

– Eh bien ! pour pouvoir être auprès d'elle, naturellement.

– Anna n'a pas besoin de toi ici. Le personnel prend soin d'elle.

– Vous savez aussi bien que moi qu'ils n'ont pas le temps de s'occuper d'elle comme il le faudrait.

Le docteur Sahlstedt eut soudain l'air navré et resta à contempler ses mains en silence. Jonas faillit devenir fou. Il tenta de toutes ses forces de résister à la violence de l'obsession qui se déchaînait en lui.

Le docteur le regarda à nouveau.

– Il le faudrait pour quoi, Jonas ?

Il ne pouvait pas répondre à cette question. Il

s'avisa de la présence du lavabo sur le mur à gauche. Il fallait absolument qu'il se lave les mains pour éliminer ce contact s'il avait vraiment touché le cadre du fauteuil.

– Comme tu le sais, sa fièvre ne baisse pas et nous avons effectué un nouvel électrocardiogramme, hier. Nous ne parvenons pas à éliminer l'infection de la valvule de l'aorte. À intervalles réguliers, elle cause des embolies septiques, c'est-à-dire de petites particules pleines de bactéries. Ces bactéries montent aussitôt au cerveau d'Anna et c'est pourquoi elle a sans cesse de nouveaux caillots dans cette partie du corps.

– Ah bon !

– Elle en est à son troisième en un mois et, chaque fois, son degré de conscience diminue.

Il avait déjà entendu cela auparavant. Les docteurs vous préparaient toujours au pire pour ne pas vous donner d'espoirs infondés.

– Il faut que tu acceptes l'idée qu'elle ne sortira jamais du coma.

Il ne put résister plus longtemps et se leva pour gagner le lavabo.

Quatre pas. Surtout pas trois.

Il devait se laver les mains.

– On ne peut rien faire de plus pour elle. Tu le sais bien, toi aussi, n'est-ce pas ?

Il fit couler l'eau sur ses mains et ferma les yeux, soulagé de sentir la pression s'atténuer.

– Il faut que tu commences à lâcher prise, maintenant. À tourner la page.

– Quand je l'ai massée, ce matin, elle a réagi.

Le docteur poussa un soupir, derrière son dos.

– Je suis désolé, Jonas. Je sais que tu as beaucoup lutté, comme nous tous, pour l'aider. Mais cela peut durer des semaines ou des mois, c'est impossible à dire. Dans le pire des cas, elle risque de rester dans cet état encore un an.

Dans le pire des cas.

Il laissa couler l'eau en tournant le dos à cet homme qui prétendait soigner Anna. Cet idiot. Comment osait-il prétendre savoir ce qui se passait en elle ? Combien de fois lui avait-il massé les jambes, lui ? Combien de fois était-il resté assis à son chevet à tenter de redresser ses doigts recroquevillés ? Combien de fois lui avait-il apporté du parfum et des fruits pour tenter de réveiller son odorat ? Pas une seule. La seule chose qu'il avait faite était de brancher des fils sur son crâne, appuyer sur un bouton pour ensuite conclure qu'elle ne pouvait rien sentir.

– Pourquoi réagit-elle, dans ce cas-là ?

Le médecin resta un moment sans répondre.

– Cela fait longtemps que je te demande d'aller voir un de nos... un de mes collègues de l'Institut Karolinska*, mais... J'ai donc fini par prendre la liberté de demander un rendez-vous pour toi. Je suis persuadé que cela t'aidera à surmonter ce moment difficile. Tu as la vie devant toi, Jonas. Je ne crois pas qu'Anna souhaiterait que tu passes ta vie à l'hôpital.

Sa furie soudaine lui fit l'effet d'une libération. L'obsession s'atténua et lui laissa la place.

Il ferma le robinet, prit deux serviettes en papier et se retourna.

– Mais vous venez de me dire qu'elle était incapable de ressentir quoi que ce soit. Comment pourrait-elle se soucier de cela, alors ?

* En fait la faculté de médecine de Stockholm. (*N.d.T.*)

Sahlstedt resta un instant immobile. Soudain, un bip, dans la poche de sa blouse, rompit le silence.

– Il faut que j'y aille. Nous en reparlerons une autre fois. Tu as rendez-vous avec Yvonne Palmgren demain matin, à huit heures et quart.

Il arracha un Post-it jaune de son bloc et le tendit à Jonas qui resta impassible.

– C'est pour ton bien, Jonas. Il est temps que tu commences à penser à toi.

Le docteur abandonna la partie et colla le Post-it sur le plateau de son bureau avant de quitter la pièce. Jonas resta debout à l'endroit où il se trouvait. S'entretenir avec une psychologue ? De quoi ? Elle tenterait de deviner ses pensées et pourquoi le lui permettrait-il ? Alors qu'il avait réussi à empêcher tous les autres de le faire, jusque-là.

Sauf à Anna.

Elle lui appartenait et il était à elle. Il en serait toujours ainsi. Pendant deux ans et cinq mois, il lui avait consacré tout son temps pour qu'elle guérisse. Que tout redevienne comme avant. Et ils voulaient lui faire croire que ses efforts étaient vains !

Personne ne pourrait jamais la lui prendre.

Personne.

Il se retrouva dehors sous la pluie. Lorsqu'il dormait à l'hôpital, il prenait toujours les transports en commun, car le parking était très onéreux. Il fallait payer une journée entière et il n'en avait plus les moyens. Il serra sa veste sur lui et se dirigea vers le métro.

La nuit le terrifiait. Il savait ce qui l'attendait. C'était dans la solitude de son appartement que la nécessité de contrôle s'exerçait. L'impression taraudante d'avoir oublié quelque chose d'important. Avait-il fermé convenablement le robinet de la salle de bains ? Et le gaz ? La porte d'entrée était-elle bien verrouillée ? Survenait alors un instant de calme quand il s'était assuré que tout était en ordre. Mais s'il avait, par inadvertance, effleuré l'interrupteur de la salle de bains en sortant ? Et s'il avait allumé la cuisinière au lieu de l'éteindre ? Il n'était même plus certain d'avoir vraiment fermé à double tour la porte d'entrée. Il devait vérifier de nouveau.

Le plus simple était de rester dehors. Il était convaincu alors que tout était en ordre. Car, avant de quitter l'appartement, il fermait toujours les radiateurs, débranchait les fils des appareils électriques et dépoussiérait les prises de courant. On ne savait jamais : la moindre étincelle pouvait déclencher un incendie. La télécommande de la télévision était rangée dans un tiroir. Il ne fallait surtout pas la laisser traîner sur la table car un rayon de soleil pouvait passer par la fenêtre, toucher la cellule et y mettre le feu.

Et puis il fallait quitter l'appartement. Au cours des six derniers mois, verrouiller la porte était devenu une affaire si compliquée qu'il avait été obligé de tout noter sur un bout de papier, conservé dans son portefeuille, pour être certain de ne rien oublier.

Il s'immobilisa sur le trottoir et leva les yeux vers les fenêtres de son appartement. Un inconnu d'une cinquantaine d'années sortit de l'immeuble en le regardant d'un air soupçonneux. Il n'eut plus le courage de monter chez lui et il sortit son trousseau de clés, monta dans sa voiture, mit le contact, et laissa le moteur tourner.

Il n'y avait qu'auprès d'Anna qu'il se sentait apaisé. Elle seule était assez forte pour vaincre cette peur qui le paralysait.

Et ils voulaient qu'il arrête, qu'il tourne la page !

Pour aller où ?

Où voulaient-ils qu'il aille ?

Anna était tout ce qu'il avait.

Tout avait recommencé après l'accident. C'était revenu sournoisement, à son insu, sous la forme d'un simple besoin de symétrie et d'équilibre au début. Puis, une fois la gravité des blessures d'Anna confirmée, le besoin compulsif de ces rites compliqués n'avait cessé d'augmenter. La seule façon de neutraliser la menace était de céder. S'il n'obéissait pas à cette pulsion, il se produirait quelque chose d'affreux. Il ne savait pas quoi, juste que sa peur et sa souffrance deviendraient insupportables s'il tentait de résister.

À l'adolescence, cela ne s'était pas passé ainsi. La pression diminuait s'il évitait de toucher la poignée de la porte avec ses mains, descendait l'escalier à reculons ou touchait tous les réverbères sur son chemin. À l'époque, c'était plus simple à maîtriser, il pouvait se dissimuler derrière l'image de l'adolescent en crise.

Personne n'avait jamais rien su, pas plus que maintenant, et, conscient du caractère insensé de ces actes, il avait inventé toute une série de ruses et de procédés pour faire paraître naturels ces rites obsessionnels.

Chaque jour, il livrait une guerre secrète.

Il avait connu la liberté pour la première fois au cours de l'année passée avec Anna.

Il aimait Anna. Il ne la quitterait jamais.

Son téléphone portable se mit à sonner. Il le sortit de sa poche. Aucun numéro n'était affiché. Deuxième sonnerie. Au bout de la quatrième, il devait soit répondre, soit renoncer.

Cela pouvait être l'Institut Karolinska.

– Allô, dit-il.

– C'est papa.

Oh ! non, pas maintenant.

– Il faut que tu m'aides, Jonas.

Il était ivre. Ivre et triste. Et Jonas savait parfaitement pourquoi il l'appelait. Cela faisait huit mois qu'il ne l'avait pas fait mais c'était toujours pour la même raison. S'il n'appelait pas plus souvent au secours, c'était surtout parce qu'il était rarement assez sobre, désormais, pour se souvenir du numéro.

Jonas entendait des bruits de conversation ; son père était dans un bar.

– Je n'ai pas le temps de te parler, là.

– Il faut que tu m'aides, Jonas, bon sang ! Je peux plus vivre comme ça, je ne tiens plus...

La voix se brisa. Il n'entendait plus que le brouhaha.

Il posa la tête contre le dossier et ferma les yeux. Très tôt, son père avait utilisé les larmes comme ultime moyen de chantage. Jonas avait alors eu peur de sa vulnérabilité. Il avait essayé de se montrer loyal envers lui. Et avait été pris au piège de la trahison.

Il avait treize ans alors.

T'as qu'à lui dire que je reste bosser, ce soir. Enfin, Jonas, tu vois bien que cette... Cette fille, elle t'emmène au septième ciel !

Treize ans seulement et déjà le complice fidèle de son père. Il fallait à tout prix dissimuler la vérité à sa mère.

Pour la protéger.

Année après année.

Alors qu'il ne comprenait toujours pas pourquoi son père se comportait ainsi. La question le taraudait.

Beaucoup autour d'eux étaient au courant. Il se souvenait de ces conversations qui s'interrompaient net quand sa mère et lui entraient chez l'épicier, et qui reprenaient dès qu'elle avait le dos tourné. Et ces sourires apitoyés qu'adressaient à sa mère des voisins et des amies, des gens en qui elle avait confiance mais qui, année après année, se taisaient par pure lâcheté. Il était le pire de tous ces traîtres, lui qui vivait avec elle sans rien dire. Il avait surpris, un jour, sa mère bavarder dans la cuisine avec une voisine. Elle croyait qu'il était sorti, mais il était dans sa chambre allongé sur son lit à lire un illustré. Il l'avait entendue raconter, avec des sanglots dans la voix, ses soupçons à l'égard de son mari. Il l'avait entendue rassembler tout son courage pour exprimer ses soupçons si honteux. Et la voisine avait menti, en la regardant droit dans les yeux, alors qu'elle buvait son café et dégustait ses petits gâteaux. Elle avait dit à sa mère qu'elle se faisait sûrement des idées, que tous les couples connaissaient des hauts et des bas, et qu'il n'y avait sûrement pas de quoi s'inquiéter.

Et puis il y avait les grandes tapes dans le dos des copains de son père, qui l'incitaient à de nouvelles conquêtes, à en rajouter pour maintenir sa réputation de don Juan, tandis que Jonas restait à la maison, en couvrant ses arrières. Ce mensonge permanent avait engendré une pression croissante qui disparaissait seulement à travers les rites. Et qui entraînait de nouveaux mensonges, pour masquer sa compulsion.

Il s'était posé tant de questions au sujet de ces femmes. Qui étaient-elles, que pensaient-elles ? Savaient-elles qu'une épouse et un fils attendaient cet homme qu'elles faisaient tout pour séduire. Cela avait-il la moindre importance pour elles ? Qu'est-ce qui les incitait à donner leur corps à un homme qui voulait juste les baiser puis rentrer chez lui et oublier leur existence devant sa femme ?

Il n'avait jamais compris.

Il savait juste une chose, qu'il les détestait toutes autant qu'elles étaient.

Il les détestait.

La bulle avait crevé quelques mois avant l'anniversaire de ses dix-huit ans. Il avait suffi d'un peu de rouge à lèvres sur un col de chemise. Après cinq ans de mensonges, la trahison avait éclaté au grand jour. Son père, apeuré, avait utilisé Jonas pour se protéger de la douleur de sa femme, pour éviter de porter seul la responsabilité de sa faute.

Elle n'avait jamais pu leur pardonner, ni à l'un ni à l'autre.

Elle avait été doublement trompée.

La blessure qu'ils lui avaient infligée était si profonde qu'elle n'avait jamais cicatrisé.

Il était resté seul avec elle, après le départ de son père, la surveillant à distance dans ce foyer en ruine qui puait la honte et la haine. Elle refusait de parler à qui que ce soit. Elle quittait rarement sa chambre dans la journée, sauf pour aller aux toilettes. Jonas s'efforçait d'expier sa trahison en faisant les courses, en se chargeant de toutes les tâches ménagères. Mais elle ne se mettait jamais à table avec lui. Il se levait tous les jours à deux heures et demie du matin et partait sur son vélomoteur livrer les journaux. À son retour, vers six heures, il constatait qu'elle s'était servie dans le réfrigérateur. Sa vaisselle était soigneusement posée sur l'évier, après avoir été lavée.

Mais elle ne lui adressa jamais la parole.

– Je n'ai pas le temps de te parler maintenant.

Il coupa la communication et se pencha sur le volant.

C'était le troisième caillot en l'espace de deux mois. Et, chaque fois, son degré de conscience ne cessait de diminuer.

Comment pouvait-elle lui faire cela ? Que voulait-elle de plus pour accepter de rester en vie ?

Il ne supporterait pas la solitude de l'appartement. Pas ce soir.

Il jeta un coup d'œil par-dessus son épaule et engagea la marche arrière. Il ignorait où il irait.

Il ne savait qu'une chose, une seule.

Si elle ne le touchait pas bientôt, il deviendrait fou.

Eva ne se rappelait plus la dernière fois qu'elle avait quitté son travail avant l'heure. C'était le grand avantage d'avoir un mari qui travaillait à la maison, il pouvait aller chercher leur fils à l'école à la fin de la journée, ou se rendre disponible s'il était malade. C'était une chose entendue, du fait que c'était elle qui assurait l'essentiel de leurs revenus, en plus d'être associée. Mais elle veillait à ne pas rentrer après six heures.

Aujourd'hui, pourtant, elle allait lui faire une surprise, et revenir plus tôt que d'habitude.

Elle n'avait pas abattu beaucoup d'ouvrage, ce jour-là. Avec toutes ces restructurations et ces calculs de rentabilité, une sourde inquiétude n'avait cessé d'occuper ses pensées. Mais elle éprouvait un sentiment d'irréalité. Henrik avait mis en question la seule chose dont elle n'avait jamais douté.

Sa famille.

Le reste pouvait être remplacé.

Elle leva les yeux de l'écran de son ordinateur pour regarder par la fenêtre. Elle avait pour seul horizon la façade de l'immeuble d'en face sur Birger Jarlsgatan. Des bureaux, dans lesquels travaillaient d'autres personnes – mais elle ignorait ce qu'ils faisaient, elle ne les connaissait pas. Et pourtant, ils passaient une grande part de leur vie, jour après jour, année après année, à trente mètres les uns des autres, et se côtoyaient plus que les membres de leur propre famille.

Des journées de neuf heures, si elle ne rattrapait pas la pause du déjeuner, plus une heure et demie de transport aux heures les plus chargées. Cela lui laissait à peine une heure et demie avec Axel. Ils étaient tous les deux fatigués et grincheux, lui, après huit heures passées à l'école en compagnie de vingt autres enfants, et elle après neuf heures de stress et d'obligations. Vers huit heures du soir, quand il s'était endormi, Henrik et elle pouvaient enfin se consacrer l'un à l'autre ; l'heure des adultes, l'heure de s'asseoir, le calme enfin, et de donner un sens à leur relation en parlant de leur journée, de leur travail en échangeant leurs idées. Et trouver encore le temps de faire l'amour après s'être effondrés sur leur lit. C'était le seul moyen de faire durer le mariage, selon les suppléments dominicaux des journaux. Et puis projeter des week-ends romantiques et trouver une baby-sitter, afin de profiter de ces moments privilégiés. S'ils avaient eu une esclave pour faire les courses, emmener Axel à la piscine suivre ses leçons de natation, participer aux réunions de parents d'élèves, préparer les repas, faire la lessive, appeler le plombier pour réparer la fuite sous l'évier de la cuisine, faire le repassage, s'assurer que toutes les factures étaient payées à temps, nettoyer la maison, ouvrir le courrier et s'occuper des relations sociales de la famille, cela aurait peut-être été possible. Ce qu'elle désirait surtout, c'était pouvoir dormir un week-end. Sans être dérangée. Pour se débarrasser enfin de cette fatigue qu'elle éprouvait jusque dans la moelle de ses os. Son seul désir, c'était que les choses soient faites sans qu'elle ait besoin de s'en occuper.

Elle pensa à ce séminaire que son employeur lui avait proposé de suivre, l'automne précédent : prendre sa vie en charge. Elle en était revenue pleine d'énergie. Elle avait entendu beaucoup de vérités qui paraissaient fort simples et auxquelles elle n'avait jamais pensé pourtant.

À chaque instant, j'ai le choix entre être une victime, ou prendre en main ma destinée.

Ravie, elle s'était hâtée de rentrer chez elle pour partager cette expérience avec Henrik. Il l'avait écoutée sans l'interrompre mais, quand elle lui avait proposé de s'inscrire à la prochaine conférence, il avait décliné son offre.

Que ferais-tu si tu apprenais que tu n'as plus que six mois à vivre ?

C'était par cette question qu'avait commencé le séminaire.

Aucune réponse n'avait été donnée.

Et elle n'avait toujours rien fait pour en trouver une.

En rentrant, elle s'arrêta au marché d'Östermalm, acheta deux homards à la poissonnerie Elmqvist et se dirigea ensuite vers le marchand de vin.

Elle avait réservé son voyage à l'heure du déjeuner et s'était fait livrer les billets au bureau.

Tout allait rentrer dans l'ordre.

À quatre heures et demie elle était chez elle. La veste d'Axel gisait sur le sol et elle l'accrocha à la patère en forme d'éléphant qu'elle avait fixée à la bonne hauteur pour lui.

Elle entendit alors la voix de Henrik dans la cuisine.

– Il faut que je raccroche. J'essaierai de te rappeler un peu plus tard.

Elle ôta son manteau, posa les sacs contenant le champagne et les homards et monta à l'étage.

Il était assis sur la table de la cuisine et lisait le *Dagens Nyheter*. À côté de lui était posé le téléphone sans fil.

– Salut.

– Salut.

Il ne leva pas les yeux de son journal. Elle ferma les siens. Pourquoi ne pouvait-il même pas faire un effort ? Pourquoi devait-elle toujours prendre la responsabilité de tout ?

Elle s'efforça de chasser sa contrariété.

– Je suis rentrée un peu plus tôt, aujourd'hui.

Il leva un instant les yeux sur la pendule du micro-ondes.

– Je vois.

– J'avais l'intention d'emmener Axel passer la nuit chez papa et maman.

Cette fois, il la regarda. Un coup d'œil gêné.

– Ah bon. Pourquoi ?

Elle tenta un sourire.

– C'est une surprise.

Elle crut voir une expression terrifiée sur son visagc.

– Axel !

– Il faut que je travaille, ce soir.

– Axel ! Tu veux aller dormir chez papy et mamy, ce soir ?

Un bruit de pas qui accouraient de la salle de séjour.

– Oui !

– Viens, on va préparer tes affaires.

Le trajet en voiture jusqu'à Saltsjöbaden ne prit qu'un quart d'heure. Axel était sagement assis à l'arrière et paraissait content. Elle comprit alors à quel point elle était nerveuse. Ils n'avaient pas couché ensemble depuis leur voyage à Londres dix mois plus tôt. Elle ne s'en était pas encore rendu compte. Ni l'un ni l'autre n'avait pris d'initiative, aucun des deux n'avait donc été repoussé. Ils n'en avaient pas eu envie, tout simplement, ce n'était pas plus compliqué que cela. Et puis, Axel dormait toujours entre eux.

Elle se gara sur l'allée dallée. Axel quitta la voiture d'un bond, s'élança en courant vers le perron couvert.

Elle observa la maison de son enfance à travers le pare-brise ; large et rassurante avec sa façade jaune, ses menuiseries blanches, entourée de pommiers bien taillés aux troncs noueux. Dans deux mois, ils seraient couverts de fleurs blanches.

Dans deux mois.

Tout serait rentré dans l'ordre, alors.

Il fallait juste qu'elle ait assez de forces pour lutter encore un peu.

Elle se rappela soudain qu'elle devait prendre rendez-vous au garage pour changer les pneus de la voiture maintenant que l'hiver touchait à sa fin.

La porte d'entrée s'ouvrit et Axel disparut à l'intérieur. Eva descendit de voiture, prit la valise de son fils sur le siège arrière et se dirigea vers la maison.

Sa mère l'accueillit sur le pas de la porte.

– Bonsoir. As-tu le temps de prendre une tasse de café ?

– Non, je dois repartir tout de suite. Merci de nous dépanner de façon aussi inopinée.

Elle posa la valise dans l'entrée et serra sa mère dans ses bras.

– Sa brosse à dents est dans la poche extérieure.

– Il est arrivé quelque chose ?

– Oui. Henrik a trouvé un nouveau client, on s'est dit qu'il fallait fêter ça.

– C'est magnifique. Qui est son client ?

– Il s'agit d'une série d'articles pour un grand journal, je n'en sais pas plus. Axel ! Je m'en vais. Je viendrai le chercher demain matin. Il faudra qu'on parte au plus tard à sept heures et demie pour ne pas être en retard.

Axel apparut sur le pas de la porte, suivi de son grand-père.

– Bonjour, mon cœur. Tu pars déjà ?

– Oui, sinon je vais être en retard.

Cette fois, sa mère vint à sa rescousse en reprenant son mensonge.

– Oui, Henrik vient d'avoir une commande, alors ils veulent fêter ça.

– Ah ! tu vois. Transmets-lui nos félicitations. Et toi, au fait ? Qu'en est-il de cette fusion d'entreprises qui vous causait tellement de soucis ?

– Oh ! ça s'est bien passé. Nous avons réussi à l'imposer.

Il resta silencieux, souriant. Puis il tendit la main et la posa sur la tête d'Axel.

– Il faut que tu saches, Axel, que tu as une maman très douée. Quand tu seras grand, elle sera sûrement aussi fière de toi que nous l'avons toujours été d'elle.

Elle eut soudain envie de pleurer. De se blottir dans les bras de son père comme une enfant. De ne plus être cette femme de trente-cinq ans, consultante en management, et mère de famille responsable. Elle avait toujours pu compter sur ses parents. S'appuyer sur cette base solide. Ils avaient toujours cru en elle, lui avaient apporté leur appui, et lui avaient donné confiance en elle. Elle avait appris avec eux que rien n'était impossible.

Mais, cette fois, ils ne pouvaient rien faire pour elle.

Cette fois, elle était totalement seule.

Comment pourrait-elle leur avouer que Henrik ne voulait sans doute plus vivre avec leur fille ? Cette fille dont ils étaient si fiers, si exceptionnelle, si forte, et qui réussissait si bien.

Elle s'accroupit devant Axel et le serra contre elle pour dissimuler ce moment de faiblesse.

– Je reviens te chercher demain matin. Amuse-toi bien, ce soir !

Elle parvint à faire un sourire et descendit les marches du perron pour regagner sa voiture. Ils lui firent des signes de la main.

Ensemble.

Le bras de son père autour des épaules de sa mère. Ils étaient encore ensemble après quarante ans de mariage, satisfaits de leur existence, fiers de leur fille unique, et pleins de gratitude envers elle.

Elle aimerait leur ressembler plus tard.

C'était cette atmosphère qu'elle voulait recréer pour Axel. Ce sens de la sécurité. Cette confiance totale dans le fait que, quoi qu'il arrive, sa famille serait toujours là.

La famille.

Inébranlable.

Vers laquelle on pouvait se tourner quand tout allait mal. Elle avait eu la chance de grandir de cette façon. Avec maman et papa toujours là si elle avait besoin d'eux. Toujours prêts à lui donner un coup de main. Et plus elle vieillissait, moins elle avait besoin d'eux justement, car elle savait qu'ils seraient toujours là pour elle.

Ils avaient une confiance illimitée en elle, certains qu'elle s'en sortirait, qu'elle se montrerait à la hauteur. Quoi qu'elle puisse entreprendre.

Qu'est-ce qui n'allait pas avec sa génération ? Pourquoi n'étaient-ils jamais satisfaits ? Pourquoi fallait-il que chaque chose et chaque être soit toujours évalué, comparé ? Quelle insatisfaction inexpliquée poussait les gens à chercher sans cesse de nouveaux buts ? Ils étaient incapables de faire une pause et de se réjouir de ceux qu'ils avaient déjà atteints, ils avaient peur de manquer une occasion, quelque chose qui aurait pu être un peu mieux, les rendre un peu plus heureux. Ils avaient tellement de choix, comment les gérer tous ?

Leurs parents avaient lutté pour réaliser leurs rêves : recevoir une bonne éducation, créer un foyer, avoir des enfants, leurs buts avaient été atteints. Ni eux ni leur entourage ne voyaient ce qui pouvait leur manquer. Personne ne les jugeait peu ambitieux s'ils restaient plus d'un an dans le même emploi, on considérait, au contraire, que la loyauté était une vertu. Ils avaient eu la capacité de profiter pleinement de leurs vies, après avoir chèrement conquis leurs succès.

Elle ouvrit la porte d'entrée aussi silencieusement que possible, se faufila dans la cuisine et glissa la bouteille de champagne dans le freezer. Aucun signe de Henrik. La porte de son bureau était fermée. Elle prit une douche rapide et sortit les sous-vêtements de dentelle qu'elle avait achetés à l'heure du déjeuner. Elle se regarda dans la glace de la salle de bains et se sentit de nouveau nerveuse. Elle ne faisait sans doute pas assez d'efforts ? Mais où en aurait-elle trouvé le temps ? Elle ôta la barrette argentée qui retenait ses cheveux et les laissa retomber sur ses épaules. Il l'avait toujours préférée comme ça.

Elle hésita à passer uniquement son peignoir sur ses sous-vêtements noirs, mais elle n'osa pas. Mon Dieu ! Elle était là, dans la salle de bains où elle s'était dévêtue avec les siens chaque matin et chaque soir, depuis près de huit ans, et elle s'inquiétait à l'idée de servir un repas à son mari !

Comment en étaient-ils arrivés là ?

Elle enfila un jean noir et un pull-over.

La porte du bureau était toujours fermée quand elle sortit de la salle de bains. Elle prêta l'oreille mais ne perçut aucun bruit. Le silence régnait à l'intérieur de la pièce. Soudain, elle entendit le « bip » d'un mail qu'on envoyait. Il avait sans doute fini de travailler.

Elle se dépêcha de mettre la table en sortant ses plus belles assiettes et se préparait à allumer les bougies lorsque, soudain, elle le vit dans l'embrasure de la porte de la cuisine. Il regardait ces préparatifs de fête sans laisser paraître la moindre joie sur son visage.

Elle lui sourit.

– Tu pourrais éteindre le lustre ?

Il hésita un instant avant de se retourner et de lui obéir. Elle sortit la bouteille de champagne, ôta les fils de métal retenant le bouchon et fit sauter celui-ci. Les flûtes, un cadeau de mariage, étaient déjà sur la table. Il continuait à la regarder, immobile.

Elle s'avança vers lui et lui tendit un verre.

– Tiens.

Elle avait des palpitations. Pourquoi refusait-il de l'aider ? Fallait-il vraiment qu'il tourne en ridicule tous ses efforts ?

Elle revint s'asseoir à la table. Un instant, elle crut qu'il allait retourner dans son bureau. Mais il finit par la rejoindre et s'assit en face d'elle.

Le silence formait comme un mur entre eux.

Elle baissa les yeux sur son assiette. Elle n'avait pas faim du tout. Sur la chaise à côté d'elle, était posée la pochette en plastique bleu contenant les billets. Elle se demanda s'il avait remarqué que sa main tremblait, lorsqu'elle la lui tendit malgré le silence.

– Tiens.

Il regarda sa main tendue d'un air soupçonneux.

– Qu'est-ce que c'est ?

– Une surprise. Regarde.

Elle l'observa pendant qu'il ouvrait la pochette. Il avait toujours rêvé d'aller en Islande. Pour des vacances actives. Mais cela ne s'était jamais fait. Elle en avait choisi d'autres, au soleil, plus reposantes, et c'était toujours elle qui organisait cela et décidait de leur destination.

– Je me suis dit qu'on pourrait laisser Axel chez papa et maman, afin de partir seuls, toi et moi, pour une fois.

Il leva les yeux et elle eut peur soudain. Jamais personne ne l'avait regardée avec une telle froideur. Il posa la pochette sur la table, se leva et la regarda droit dans les yeux comme pour s'assurer que chacune de ses paroles pénétrait bien en elle.

– Je ne veux rien, strictement rien faire avec toi.

Chacune de ces syllabes lui fit l'effet d'une gifle.

– S'il n'y avait pas eu Axel et la maison, je serais parti depuis longtemps.

Yvonne Palmgren, la psychothérapeute, avait insisté pour qu'ils aient leur « premier entretien » dans la chambre d'Anna. Jonas n'y avait pas vu d'objection ; il savait que, là au moins, sa compulsion ne se manifesterait pas. Il avait tout de même du mal à comprendre l'utilité de cette conversation. Mais de peur qu'on lui retire l'autorisation de passer la nuit avec Anna s'il refusait de collaborer, il avait fini par accepter.

Elle était assise près de la fenêtre et devait avoir entre cinquante et cinquante-cinq ans. Sa blouse blanche déboutonnée laissait entrevoir un pantalon gris et un pull rouge. Elle portait un collier d'enfant, de grosses perles colorées de plastique, qui reposait sur son ample poitrine. Quatre feutres fluo dépassaient de sa poche de devant. Ces couleurs joyeuses étaient peut-être destinées à contrebalancer la noirceur des âmes tourmentées de ses patients.

Il était assis sur le bord du lit d'Anna et lui tenait la main droite, celle qui était encore valide.

Il sentait que la femme assise sur la chaise l'observait. Il savait ce qu'elle pensait.

– Par où veux-tu que nous commencions ?

Il tourna la tête vers elle et la regarda.

– Aucune idée.

Il avait tenu parole et il était là. Le reste ne le concernait pas. Il n'avait pas demandé cet entretien, c'était une décision du Conseil général, afin de pouvoir mettre fin au traitement d'Anna et laisser son cerveau s'atrophier peu à peu, sans aucune culpabilité. Ils seraient débarrassés du problème. Mais il n'entrerait jamais dans leur jeu !

– Tu trouves cet entretien pénible ?

Il poussa un soupir.

– Non, pas particulièrement, mais je ne vois pas bien son utilité.

– Tu ne crois pas que c'est ta peur qui suscite cette attitude négative ?

Il n'eut pas la force de répondre. Que savait-elle de la peur, elle ? Sa question même prouvait qu'elle n'avait jamais connu ce sentiment. Qu'elle n'avait jamais éprouvé cette terreur effroyable de tout perdre. De ne pas maîtriser ses propres pensées. De n'avoir aucun contrôle sur son existence.

Ou celle d'Anna.

– Depuis combien de temps étiez-vous ensemble ? Je veux dire, avant l'accident ?

– Un an.

– Mais vous ne viviez pas ensemble ?

– Non, on allait se marier quand... quand...

Il s'interrompit et regarda Anna, allongée, les paupières closes.

La femme changea de position. Elle prit appui sur les accoudoirs et croisa les mains sur la chemise en plastique sur ses genoux.

– Anna est un peu plus âgée que toi.

– Oui.

Yvonne Palmgren jeta un coup d'œil sur le dossier.

– Douze ans de plus presque.

Il garda le silence. Pourquoi lui répondre ? Il lui suffisait de baisser les yeux pour satisfaire sa curiosité.

– Peux-tu me parler un peu de votre relation ? Comment se passait votre vie, avant l'accident ? Tu peux me raconter une journée ordinaire, si tu veux.

Il se leva et s'approcha de la fenêtre. Il détestait tout cela. Il n'avait aucune raison d'exposer sa vie et celle d'Anna à une parfaite inconnue. De quel droit venait-elle se mêler de leurs souvenirs ?

– Aviez-vous l'intention de vous mettre en ménage ?

– Nous habitons le même immeuble. Anna a un atelier tout en haut. C'est une artiste.

– Je vois.

Il se rappelait leur première rencontre dans le moindre détail. Il avait distribué ses journaux, était rentré chez lui et avait dormi quelques heures avant d'aller faire des courses à la coopérative. Elle se tenait dans l'entrée de l'immeuble, et chargeait des cartons dans l'ascenseur. Ils se saluèrent, et il lui tint la porte pendant qu'elle retournait à sa voiture chercher la dernière boîte. La ressemblance était frappante. Comment était-il possible que deux personnes se ressemblent tant ? Il resta figé sur place, refusant de partir avant de lui avoir parlé. Par la suite, il trouva normal de s'être ainsi arrêté. D'avoir surmonté sa timidité pour lui demander si elle avait besoin d'aide. Il ne se souvenait pas de sa réponse. Juste de son sourire. Franc, chaleureux. Un sourire qui lui faisait plisser les yeux, et lui donnait le sentiment à lui d'être quelqu'un d'unique, choisi, beau.

Il l'avait aidée à porter ses paquets, et elle l'avait invité à entrer dans son atelier. Très fière, elle lui fit faire le tour du propriétaire. Mais c'était surtout elle qu'il avait regardée. Elle avait quelque chose de radieux, une spontanéité si authentique et séduisante qu'il en fut bouleversé. Au bout de cinq minutes, il savait que c'était celle qu'il attendait depuis toujours. Que toute sa vie, jusque-là, était destinée à les mener l'un vers l'autre.

– Que faisiez-vous tous les deux ?

La question de la psychologue le ramena à la réalité. Il se tourna vers elle.

– Plein de choses.

– Tu peux me donner un exemple ?

Ils commencèrent à prendre leurs repas ensemble. Il revenait de son travail à temps pour le déjeuner, et elle travaillait chez elle, cela devint donc bientôt une habitude. Un jour chez elle, l'autre chez lui. C'était la première femme qu'il ait laissée entrer dans son appartement depuis des années, car il n'avait jamais réussi à surmonter le sentiment de dégoût que lui inspirait la présence d'une personne et le désordre qui s'ensuivait. Elle avait ri de cet ordre maniaque qui régnait chez lui, lui avait dit que tous ces angles droits la mettaient mal à l'aise, et l'avait convaincu de changer un peu la disposition des lieux. Elle était même retournée chez elle pour aller chercher un grand tableau à l'huile qu'ils avaient accroché sur un mur. Après son départ, ce soir-là, il avait compris combien il l'aimait. Il s'était déplacé dans son univers perturbé sans ressentir de compulsion. Sans en avoir la moindre idée, elle avait, par sa simple présence, accompli un acte exceptionnel : elle était parvenue à neutraliser le danger qui le menaçait.

Cette nuit-là, il était allé se placer, tout nu, devant le tableau, et avait suivi ses coups de pinceau avec le doigt. Les zébrures de cette toile éveillaient en lui un désir si violent qu'il en était douloureux, mais il ne le lâcherait pas. Il en prendrait soin et le lui donnerait quand elle serait prête.

– Aviez-vous beaucoup d'amis ?

Il se tourna à nouveau vers la fenêtre et fourra une main dans sa poche. Ses souvenirs avaient réveillé ce désir lancinant. Cette faim d'une autre peau qui allait le rendre fou si Anna ne le touchait pas bientôt.

– Pas particulièrement.

– Des parents, alors ?

– Son père et sa mère sont morts dans un accident de voiture quand elle avait quatorze ans. Mais elle est de ces herbes folles qui s'en sortent toujours dans la vie. Forte et têtue.

– A-t-elle des frères et des sœurs ?

– Un frère, mais il vit en Australie.

– Et toi ?

Il tourna la tête et la regarda.

– Quoi ?

– Tes parents ?

– Qu'est-ce qu'ils ont ?

– Je ne sais pas. Dis-moi.

– Nous ne nous voyons plus. Je suis venu vivre à Stockholm à l'âge de dix-huit ans, j'avais envie de partir de là.

– C'est-à-dire ?

– Je vivais au nord de Gävle.

– Oui, mais la plupart des gens restent en contact avec leur famille, même s'ils quittent le foyer.

– Ah bon.

Depuis la révélation de la trahison, sa mère lui avait dit sept mots, en tout et pour tout. Sept. C'était le jour de son dix-huitième anniversaire. Il était dans la cuisine, et prenait son petit déjeuner après sa tournée de livraison. Trois mois durant, il avait fait tout ce qu'il avait pu pour qu'elle lui pardonne, mais elle était restée intraitable. Son père s'était retranché dans un studio, face au centre de Gävle, pour échapper à la honte qu'il ressentait face au chagrin inguérissable et à la déception de sa femme. Il avait pris ses vêtements et un des lits de la chambre à coucher, et était parti.

Soudain, elle était apparue sur le seuil de la cuisine. Elle portait cette robe de chambre à fleurs qui sentait si bon, qui sentait la maman. Il avait éprouvé une grande joie et s'était dit qu'elle était peut-être prête à lui pardonner. Puisque c'était son anniversaire et qu'elle était là devant lui.

Elle ne lui avait dit que ces sept mots :

Je ne veux plus te voir ici.

Yvonne Palmgren changea une nouvelle fois de position. Une ou deux feuilles glissèrent du dossier et elle les rattrapa au vol.

Il baissa les yeux et retourna s'asseoir près d'Anna.

– Pourquoi n'as-tu pas gardé le contact avec tes parents ?

– Parce que je n'en avais pas envie.

– Ils ne te manquent pas ?

– Non.

Elle se racla la gorge et ferma la chemise posée sur ses genoux.

– Je crois que nous allons nous arrêter là pour cette fois, mais j'aimerais reprendre cette conversation cet après-midi.

Il haussa les épaules, très contrarié d'être obligé d'en passer par leurs volontés. De ne pas pouvoir leur dire d'aller se faire voir, tous autant qu'ils étaient.

– À deux heures cela te va ?

Elle se leva, avança vers le lit, regarda Anna puis Jonas, et se dirigea vers la porte.

– Alors, à tout à l'heure.

Il ne lui répondit pas.

La porte se referma sur elle. Il prit la main d'Anna, la posa sur son entrejambe et ferma les yeux.

Elle ne s'était jamais senti aussi seule.

Il avait dormi sur le canapé. Il était allé chercher son oreiller et sa couette, sans dire un mot, et l'avait laissée avec toutes ces questions demeurées sans réponse qu'elle ne parvenait pas à formuler. Ses dernières paroles l'avaient rendue muette.

L'angoisse, une boule dans le ventre.

Pourquoi était-il en colère ? D'où venait cette rage ? Qu'avait-elle fait pour mériter d'être traitée de cette façon ?

Seule dans le lit conjugal, elle regretta d'avoir emmené Axel chez ses parents. Elle aurait donné n'importe quoi pour l'avoir près d'elle, maintenant, entendre sa respiration, tendre la main et sentir son dos bien chaud sous son pyjama.

Vers quatre heures du matin, elle n'y tint plus. Le visage rouge et gonflé, les yeux brûlants de larmes, elle passa sa robe de chambre et alla le trouver au salon. Il faisait toujours nuit, dehors. La faible lueur de la lune lui permit de le voir, couché sur le dos, les bras sous la tête. Ses genoux étaient légèrement pliés, car le canapé était un peu trop court pour lui permettre d'étendre les jambes. Elle se demanda pourquoi il n'était pas allé dormir dans le lit d'Axel. Ce n'était qu'un lit d'enfant, certes, mais cela valait mieux que le canapé.

Elle s'assit au bord du fauteuil.

– Tu dors ?

Il ne répondit pas.

Elle serra sa robe de chambre sur elle, car elle grelottait. Les fenêtres à petits carreaux de la salle de séjour avaient besoin d'une nouvelle couche de mastic. Les radiateurs ne parvenaient plus à garder la chaleur, une bonne partie s'évaporait aussitôt par les interstices. Cela prendrait pas mal de temps, car il y avait huit carreaux à chaque fenêtre. Peut-être pourraient-ils faire venir un artisan, pour ne pas gâcher une partie de leurs vacances, si méritées. Mais cela n'avait sans doute plus d'importance, maintenant.

Elle avala sa salive.

– Henrik ?

Pas le moindre bruit.

– Henrik, s'il te plaît, est-ce qu'on ne pourrait pas se parler un peu ? Tu pourrais m'expliquer ce qui se passe ?

Pas le moindre mouvement.

– Peux-tu au moins me dire pourquoi tu es tellement en colère ? Qu'est-ce que je t'ai fait ?

Il se mit sur le côté et remonta sa couette. Il avait dû entendre, au ton de sa voix, à quel point elle était triste, affligée, mais elle comprit qu'il ne répondrait pas. Il comptait la faire taire, elle et ses questions, comme si elle ne les avait jamais prononcées. Elle pencha la tête en arrière et ferma les yeux, essayant d'étouffer le cri de désespoir qui se formait dans sa gorge, un hurlement exigeant de se faire entendre. Un animal menacé dont l'instinct lui disait de se battre, mais ignorant contre quoi. Elle resta un bon moment dans cette position, incapable de se lever. Ses jambes finirent par la ramener dans le grand lit vide.

Elle venait de se recoucher lorsqu'elle l'entendit aller aux toilettes.

Il la laissait seule.

Elle ne se rendormit que bien après cinq heures. Elle se réveilla à sept heures en entendant la porte d'entrée se fermer. Il partait sans doute chercher Axel pour l'emmener à l'école.

Elle resta couchée, incapable de bouger, à regarder la trotteuse de sa montre. Elle l'éloignait chaque fois un peu plus encore de ce qui était raisonnable. Comment allait-elle résoudre cette situation ?

La sonnerie du téléphone la fit sursauter. Elle répondit en se disant que c'était peut-être lui.

– Oui, dit-elle.

– Bonjour, c'est moi.

– Ah ! bonjour, maman.

Elle se recoucha.

– Comment ça s'est passé, hier soir ?

– Très bien, merci. Axel va bien ?

– Oui, mais il s'est réveillé vers une heure et demie, il était triste et voulait absolument vous appeler. On lui a dit qu'il était trop tard. Mais il a insisté. Vos portables étaient éteints et votre fixe sonnait occupé. Vous vous êtes bien amusés ?

Le téléphone sonnait occupé ?

– Oh ! oui, beaucoup.

Qui avait-il appelé à cette heure ?

– Papa et moi, on se demandait si vous ne voudriez pas venir dîner, dimanche. Il me reste encore un peu de viande d'élan, de l'automne dernier, et je me suis dit que le moment était venu de la consommer. J'ai oublié de poser la question à Henrik quand il est passé chercher Axel, mais, en général, c'est toi qui tiens votre agenda. Entre parenthèses, il a beaucoup maigri, Henrik. Il a sûrement perdu plusieurs kilos, non ?

Eva se mit sur son séant, à nouveau. Elle avait soudain du mal à respirer.

– Allô ?

– Oui.

– Tu es toujours là ?

– Oui.

– Alors, pour dimanche ?

Dimanche ? Dîner en famille ?

– Je ne crois pas qu'on puisse. Mais je dois y aller, je partais quand tu as téléphoné, on se rappelle.

Elle coupa la communication avec l'index et resta assise, le combiné à l'oreille. Comment avait-elle pu être aussi aveugle ? Si bêtement naïve. Les pièces se mirent soudain en place, comme dans un puzzle magnétique. Les réunions de travail tardives. Le voyage à Åland pour cette conférence organisée par un employeur dont elle n'avait jamais entendu parler. Les communications téléphoniques qui s'interrompaient quand elle franchissait le seuil de la porte.

Elle se leva, enfila sa robe de chambre et entra dans son bureau. Elle trouverait forcément quelque chose. Une lettre, un bout de papier, un numéro de téléphone.

Elle commença par les tiroirs du bureau, et les fouilla méticuleusement, l'un après l'autre. Lucide, efficace, elle avait pourtant très peur d'obtenir la preuve de ce qu'elle savait déjà.

Jamais elle n'aurait pensé se retrouver un jour dans cette situation. Jamais.

Elle ne trouva rien. Juste des preuves de l'existence de leur famille. Assurance-vie, passeports, relevés de compte bancaire, carnet de vaccination d'Axel, clé du coffre-fort. Elle passa aux étagères. Où ? Où pouvait-il bien cacher ce qu'elle ne devait absolument pas trouver ? Y avait-il un seul endroit, dans cette maison, où elle ne regardait jamais ? Où son secret serait en sécurité ?

Elle entendit soudain la porte d'entrée s'ouvrir. Piégée comme un voleur, elle se glissa hors du bureau et regagna sa chambre. Il lui fallait réfléchir. Elle devait savoir. Qui était cette femme qui lui volait son mari et détruisait sa vie ? La menace la fit frissonner.

Elle l'entendit monter l'escalier, ouvrit la porte, et sortit.

Ils se retrouvèrent face à face, à deux mètres l'un de l'autre. Mais séparés par un abîme insondable.

Il eut l'air surpris de la voir.

– Tu n'es pas au travail ?

Il gagna ensuite sa place habituelle à la table de la cuisine et elle entendit le bruit, également, de sa chaise qui raclait le plancher. En le voyant attraper le *Dagens Nyheter*, elle perdit tout contrôle. Elle se rua vers lui, lui arracha le journal des mains et le jeta par terre. Il la dévisagea, comme s'il ne comprenait pas ce qui se passait.

– Tu es folle !

Il la regardait toujours froidement. Son indifférence était aussi efficace qu'une barrière anti-émeute. Elle n'était plus la bienvenue. Il était en sécurité derrière le rempart de son secret, à l'abri des attaques qu'elle pouvait lancer, alors qu'elle était nue, sans défense, dépourvue de toute arme de combat efficace.

La colère s'empara d'elle. L'envie de frapper, de

blesser, d'anéantir. De rendre coup pour coup. De rétablir l'équilibre. Elle détestait cette faiblesse qu'il venait de créer en elle.

– Tout ce que je te demande, c'est de me répondre : depuis combien de temps est-ce que cela dure ?

Elle le vit avaler sa salive.

– De quoi parles-tu ?

Il avait dû sentir le danger car il n'osait plus la regarder en face. Cela l'apaisa un peu, et lui donna presque envie de rire. Elle reprenait le dessus. Le bon droit était de son côté. C'était lui qui avait menti, qui l'avait trompée et qui allait devoir répondre de sa trahison. Et sur qui tomberait la honte.

Elle s'assit en face de lui.

– D'accord, il y en a peut-être plusieurs, mais je pensais surtout à la femme à qui tu as parlé au téléphone cette nuit.

Il se leva, alla jusqu'à l'évier et but directement au robinet. Elle fit un effort sur elle-même pour retenir tous les mots qui se pressaient sur ses lèvres. La meilleure torture consistait à garder le silence, le pire qu'elle pouvait lui faire était de le forcer à parler.

Il se releva et se tourna vers elle :

– C'était juste une connaissance.

– Ah ! je la connais ?

– Non.

Sans plus. Il avait le regard bien droit et cela l'ébranla un instant. Pour la première fois depuis longtemps, il la regardait dans les yeux. Il n'aurait pas cette force, s'il n'était pas accusé à tort.

– Comment s'appelle-t-elle ? Et où l'as-tu rencontrée ? Parce que je suppose que c'est une femme.

– Quelle importance ?

– Très grande, parce que si mon mari a une amie assez intime pour l'appeler au téléphone au milieu de la nuit alors que je suis couchée dans la pièce d'à côté, je préfère le savoir.

Elle le vit hésiter et il prit dans l'évier une tasse encore sale pour la mettre dans le lave-vaisselle. Puis il revint s'asseoir.

Mari et femme, face à face par-dessus leur table de cuisine familière.

Un calme soudain.

Le moment était venu de parler, de profiter de cette pause au milieu de l'ouragan qui leur permettait de se rapprocher l'un de l'autre, comme s'ils s'apprêtaient à parler d'un autre couple que le leur. Toutes les questions trouveraient enfin réponse, tous les mensonges seraient avoués. La réalité serait dévoilée et la vérité apparaîtrait dans toute sa nudité et cruauté. Le reste, ce qui se passerait ensuite, ne présentait aucun intérêt pour l'instant, en vertu d'un accord tacite.

Si seulement la vérité était enfin dite.

– Elle s'appelle Maria.

Maria.

– Où l'as-tu rencontrée ?

– Elle travaille comme graphiste chez Widman.

– Depuis combien de temps la connais-tu ?

Il haussa les épaules.

– Six mois, peut-être.

– Pourquoi ne m'as-tu jamais parlé d'elle ?

Aucune réponse.

– Pourquoi l'as-tu appelée cette nuit ?

– Comment sais-tu que je l'ai appelée ?

– Quelle importance ? Tu l'as appelée, oui ou non ?

– Oui. Je l'ai appelée cette nuit. Elle est...

Il s'interrompit et changea de position. Assis sur des charbons ardents, il mourait d'envie de se lever et de partir. C'était évident.

– Je ne sais pas. C'est agréable de parler avec elle.

– De quoi ?

– De tout un tas de choses.

– De nous ?

– Cela nous est arrivé.

À nouveau cette sensation de nausée.

– Qu'est-ce que tu lui as dit, alors ?

– Eh bien, je lui ai dit que... euh...

– Je t'écoute.

La violence de sa respiration révélait à quel point il était mal à l'aise.

– Je lui ai dit que nous, enfin que je... Enfin, bon, c'est une fille marrante, c'est agréable de parler avec elle.

Une fille marrante.

Mais nous, on ne s'amuse plus beaucoup.

Maria.

Son mari avait appelé Maria, de chez Widman, cette nuit, à une heure et demie. Il lui avait parlé pendant qu'elle, Eva, était couchée seule dans leur chambre, avec ses questions sans réponse et sa lingerie fine.

Bon sang !

Que lui avait-il dit ? Avait-il parlé du champagne qu'elle avait acheté et du voyage ? Cette seule pensée lui donna envie de vomir. Quelque part dans cette ville, il y avait une femme qui en savait plus long qu'elle-même sur ses relations avec son mari, et qui détenait des informations sur sa vie auxquelles, elle, n'avait pas accès. Elle se sentit trahie, livrée en pâture.

Mise en situation d'infériorité face à une femme qu'elle n'avait jamais vue.

La pause était terminée. La réalité reprenait ses droits.

– Et à ton avis, comment dois-je prendre cela, le fait que tu lui confies un tas de choses sur nous et notre relation ?

Il lança un regard qui en disait long en direction de son bureau, mais elle n'avait pas l'intention de le lâcher.

– Tu imagines ce que je ressens ? Si tu as des problèmes, c'est à moi qu'il faudrait en parler, pas à elle.

Le silence. Puis, à nouveau, ce regard indifférent.

– J'ai le droit de parler avec qui je veux, cela ne te regarde pas.

Un étranger, voilà ce qu'il était devenu, un étranger assis à cette table.

Peut-être l'avait-il toujours été, après tout ? L'avait-elle jamais connu ? Elle avait vécu quinze ans avec lui sans savoir qui il était vraiment. Mais elle ne comprenait toujours pas sa colère. Ne pouvait-il comprendre, au moins, à quel point elle se sentait blessée ? Et, s'il y parvenait, pourquoi cela n'avait-il aucune importance pour lui ? Pourquoi continuait-il à frapper, alors qu'elle était déjà à terre ?

Il se leva et elle vit quelque chose de nouveau dans son regard. Peut-être n'était-ce que du dégoût, cependant.

– Tu es jalouse parce que je m'amuse.

– Ah, c'est ce que tu penses ! Vous couchez donc ensemble, aussi ?

Il fallait qu'elle sache.

Cette fois, il pouffa de mépris.

– Non, qu'est-ce que tu crois ! On aime bavarder

ensemble et s'amuser, c'est tout. Tu ferais mieux de garder ta sale imagination pour inventer tes foutues stratégies commerciales.

Puis il se dirigea vers son bureau et claqua la porte derrière lui.

Deux ans auparavant, ils avaient remplacé la vitre de cette porte ensemble.

Maria, de chez Widman. Une fille marrante.

Elle remarqua que le géranium sur la fenêtre de la cuisine avait besoin d'eau et se leva pour aller chercher l'arrosoir. Et puis elle devait penser à régler la facture des leçons de natation d'Axel.

Elle resta debout dans la pièce, l'arrosoir à la main, le regard perdu. Une camionnette était garée à l'entrée du garage du voisin, et deux hommes déchargeaient un lot d'appareils ménagers bien emballés. Grandeur et décadence. Comme la vie était différente, à une dizaine de mètres seulement.

Elle prit son sac à main et quitta la maison !!

– Je voudrais parler à Maria.

Elle se trouvait au milieu du jardin public. Elle n'avait pas eu le courage de téléphoner de chez elle. L'idée d'entendre la voix de cette femme au milieu de ses objets personnels lui paraissait impossible. Elle ne savait pas pourquoi mais, pour une raison ou pour une autre, elle éprouvait le besoin irrépressible d'entendre sa voix, la voix de cette Maria, de chez Widman, qui savait sur elle des choses qu'elle-même ignorait. Et que lui avait dites Henrik. Il fallait qu'elle rétablisse l'équilibre et prenne l'avantage, même.

– Vous cherchez une Maria ?

– Oui. Maria.

S'il y en a plusieurs, passez-moi juste la plus marrante, celle qui aime se mêler de ce qui ne la regarde pas.

– Je crois que vous vous êtes trompée de numéro.

– Je suis bien chez Widman ?

– Oui, mais il n'y a pas de Maria, ici.

Elle raccrocha et resta un moment sans bouger. Toute cette énergie accumulée pour rien. Comment, il n'y avait pas de Maria ?

Elle ne savait plus où elle en était. Elle fit le tour de la maison et vit la camionnette quitter l'allée des voisins. Elle rentra chez elle, et se dirigea vers la salle de bains en laissant tomber ses vêtements par terre.

Pourquoi lui avait-il menti ? Pourquoi avoir prétendu parler avec une certaine Maria, de chez Widman, alors qu'elle n'existait pas ? Elle pouvait difficilement lui poser la question, car elle ne voulait pour rien au monde lui révéler qu'elle avait mené son enquête. Elle n'allait pas lui donner la satisfaction de savoir qu'elle s'était abaissée à ce petit jeu.

Elle les trouva derrière le gel douche qu'Axel lui avait offert pour son anniversaire. Elle fut surtout étonnée de cette négligence. Mais peut-être avaient-elles été laissées là exprès, en guise de déclaration de guerre ? Cette personne marrante, avec qui il était agréable de parler, avait peut-être voulu marquer son territoire, faire preuve de force ?

Il lui avait menti.

Ce salaud lui avait menti et le mépris que lui inspirait sa lâcheté éveilla un sentiment nouveau en elle. Une impulsion qu'elle n'avait encore jamais éprouvée.

On ne ment pas. Surtout pas à quelqu'un qui avait

confiance en vous, qui vous avait cru pendant quinze ans en vous considérant comme son meilleur ami.

Et si, en plus, ce mensonge mettait en péril toute la vie de cette personne, c'était impardonnable.

Et ce qu'il ne fallait surtout pas faire, à moins d'y avoir mûrement réfléchi, c'était laisser ses boucles d'oreilles derrière le gel douche à l'eucalyptus de votre femme.

Il était resté auprès d'Anna, après le départ d'Yvonne Palmgren. Il était sorti pour emprunter le four à micro-ondes du personnel afin de réchauffer le déjeuner qu'il avait apporté. Il se demanda combien de parts de pizza et autres comestibles analogues il avait ingurgités ces deux dernières années, mais se dépêcha d'aller retrouver Anna avant que son cerveau ne soit contraint d'en calculer le nombre exact.

Deux mois s'étaient écoulés, puis trois. Sa mère était toujours enfermée dans sa chambre. Son existence entière était placée sous le signe de la contrainte, mais fuir ce châtiment muet aurait empiré les choses. Chaque nuit, il se hâtait d'effectuer sa tournée puis de rentrer à la maison pour ne pas la laisser seule. Aucun signe de son père. De temps en temps, pourtant, mais pas de façon régulière, arrivait une lettre contenant quelques milliers de couronnes destinés à régler les notes de fuel et d'électricité. Leurs dépenses n'étaient pas grandes. Il payait les courses avec son salaire. La maison appartenait à sa mère, qui l'avait héritée de sa tante. Les revenus du père, plombier, avaient suffi à couvrir leurs dépenses jusque-là et sa mère n'avait jamais eu besoin de travailler. Son identité entière se résumait à son rôle d'épouse et de mère.

Il trouva les annonces un mardi, et tout commença par une catastrophe.

Chaque nuit, il allait chercher son paquet de journaux près de la pizzeria. Il y en avait toujours trop et, avant de commencer sa tournée, il les comptait soigneusement pour n'en prendre que le nombre nécessaire. C'était la seule façon de s'assurer, après coup, qu'il n'avait oublié aucune boîte à lettres. Pourtant, il ne pouvait jamais en être vraiment certain et, bien des fois, il avait été hanté par l'inquiétude d'avoir oublié un abonné ou servi deux fois un autre, au contraire.

Il commençait par compter les soixante-deux exemplaires dont il avait besoin. Puis il sortait la bâche en plastique de son sac à dos et l'étendait sur le sol pour protéger les journaux de l'humidité. Il les empilait ensuite par dix. Il plaçait directement les deux derniers dans la sacoche, sur son porte-bagages. Après avoir vérifié à quatre reprises ses piles, il les glissait dans sa sacoche et démarrait. En suivant exactement le même itinéraire, au mètre près.

Mais ce mardi-là avait mal tourné. Il s'était retrouvé avec un exemplaire en trop à la fin de sa tournée.

Il avait oublié un abonné.

Il était facile de vérifier les boîtes à lettres des maisons particulières. Mais si quelqu'un avait déjà vidé la sienne et si ce n'était pas lui qu'il avait oublié ? Les dix appartements de l'immeuble situé au-dessus de la pizzeria avaient des fentes insérées dans la porte d'entrée. Comment voir si c'était l'une d'elles qu'il avait manquée ?

La panique s'empara de lui.

L'exemplaire en trop lui brûlait les mains, mais il ne parvenait pas à s'en débarrasser. En rentrant chez lui, il resta figé sur le perron, le journal à la main.

Sandviken-Falun, 68, Skövde-Sollefteå, 696.

Il fallait qu'il le lise. Qu'il prenne connaissance de chacun des mots qu'il contenait pour neutraliser son erreur.

Il s'assit sur une marche du perron. Le jour commençait à pointer. Les dalles étaient glaciales et, au bout de la première page, déjà, il grelottait de froid. Pourtant, il se sentit obligé de poursuivre sa lecture. Chaque lettre devait être vue et respectée par l'œil du lecteur. C'était le seul moyen.

Il trouva l'annonce à la page 12.

« Cherche facteur pour Stockholm. »

Au début, ces mots lui parurent improbables, mais son regard ne cessait de revenir en arrière et, au bout de la huitième fois, ils devinrent soudain une éventualité.

Il ne pouvait plus rester à la maison. Le seul moyen d'aider sa mère à revivre était qu'il disparaisse. Il veillait sur elle, et elle ne voulait pas de lui.

Il regarda le jardin. Les plantes vivaces des plates-bandes, jadis si bien entretenues, dépérissaient parmi les mauvaises herbes.

La mauvaise herbe de la maison, c'était lui.

Je ne veux plus de toi ici.

À la page 16, tout se mit en place. Comme s'il était prédestiné à lire le journal ce jour-là, quelque chose avait fait en sorte qu'il oublie un abonné et soit obligé de le lire. Pour une fois, la compulsion était de son côté.

« Stockholm : chambre avec cuisine, à louer à personne de confiance pour cause de séjour à l'étranger. »

Il resta longtemps assis sur le perron, ce jour-là. Le matin même, il passait deux coups de fil et, quatre jours plus tard, prenait le train pour Stockholm et passer son entretien d'embauche. Il était revenu le soir même, sans que sa mère se soit aperçue de son absence. Les semaines suivantes lui parurent infiniment longues, mais il savait que tout était décidé d'avance. Il reçut les réponses positives pour l'emploi et l'appartement, sans surprise. Juste d'avoir osé.

Il hésita longtemps devant la porte fermée, le soir où il décida d'aller lui annoncer la nouvelle. Il finit par appuyer légèrement sur la poignée et l'entrebâiller. Elle était couchée, en train de lire. Le store bleu était baissé et la lampe de chevet allumée. Elle remonta sa couverture jusqu'au menton, comme pour se protéger. Comme il s'agissait d'un intrus. La présence d'un matelas unique dans ce lit prévu pour deux ressemblait à un reproche. Elle dormait près d'un espace vide qui lui rappelait à chaque instant, avec une netteté cruelle, l'humiliation et la trahison subies.

– Je pars vivre à Stockholm.

Elle ne répondit pas. Elle se contenta d'éteindre sa lampe de chevet et de s'allonger sur le côté en lui tournant le dos.

Il resta un moment sur place, incapable d'ajouter un mot. Puis il recula et ferma la porte.

La dernière chose qu'il vit, ce fut un pan de sa robe de chambre fleurie.

Yvonne Palmgren arriva à deux heures moins une. Elle le salua brièvement avant d'aller s'asseoir sur le siège près de la fenêtre. Elle ne souriait pas. Elle l'observa avec un regard si intense qu'il regretta d'avoir accepté de poursuivre l'entretien. Il prit la main d'Anna dans la sienne.

– J'ai passé quelques coups de fil ce matin.

– Ah !

L'un des quatre stylos-feutres avait disparu de sa poche.

Trois ! Oh ! non.

Il se demanda si elle savait. Si, grâce à sa formation solide de psychologue et à l'acuité de sa perception, elle pouvait voir clair dans son enfer si bien dissimulé. Ces trois stylos étaient un signe, un moyen de l'affaiblir, une déclaration de guerre afin de prouver sa supériorité.

Il serra un peu plus fort encore la main d'Anna.

Elle ouvrit la chemise en plastique, parcourut une feuille du regard et leva les yeux sur lui :

– Je voudrais qu'on parle de l'accident.

Le sentiment soudain d'un danger imminent.

– Je sais que tu as déclaré n'en avoir aucun souvenir, mais je voudrais que nous tentions, tous les deux, de t'aider à recouvrer la mémoire. J'ai sous les yeux le rapport de police.

Elle observa leurs mains enlacées.

– Je sais que c'est très pénible pour toi. Tu préférerais peut-être que nous en parlions ailleurs ? Nous pouvons aller dans mon bureau, si tu veux.

– Non.

Elle garda un moment le silence. Ses yeux perçants.

– Je ne me souviens de rien.

– Je sais, c'est écrit sur ces papiers. Mais, la vérité, c'est que tu as décidé de ne pas te rappeler. C'est ainsi qu'agit notre cerveau pour nous protéger de certains traumatismes. Il décide de refouler les souvenirs trop pénibles. Cela ne veut pas dire que tu ne te souviens de rien, tout est là, dans ta tête. Tôt ou tard, cela remontera à la surface et tu seras obligé d'y faire face, même si c'est très douloureux. Et c'est précisément à cela que je désire t'aider. T'aider à te souvenir, afin que tu puisses aller de l'avant. C'est une tâche très lourde qui t'attend et pourtant elle est cruciale. Tu éprouveras certainement de la colère au cours de cet entretien, mais ce n'est pas grave, tant que tu peux laisser libre cours à ce sentiment. Je veux que tu le diriges contre moi, pour l'instant.

Pas ici ! Jamais encore cela ne s'était produit alors qu'il se trouvait en présence d'Anna, sous sa protection.

– Tu comprends ce que je veux dire, Jonas ? Je suis là pour t'aider, et même si tu as du mal à le croire Anna est mourante, il faut que tu l'acceptes. Et, tu dois l'accepter aussi, ce n'est pas ta faute, tu as fait tout ce qui était en ton pouvoir. Personne n'aurait mieux fait.

Kalmar-Karesuando, 1664, Karlskrona-Karlstad, 460.

– Ce que je sais, je l'ai appris par le rapport de police et, bien sûr, j'ai lu le dossier d'admission d'Eva à l'hôpital ici. Elle a eu une commotion ischémique due à un défaut d'oxygénation du cerveau. Quelle est la dernière chose dont tu te souviens ?

Landskrona-Ljungby, 142. Aide-moi, Anna. Arrête-la !

– Vous étiez descendus à Årstaviken pour déjeuner. Te souviens-tu du jour de la semaine ?

– Non.

– Essaie de te souvenir, les arbres, les odeurs, si vous avez rencontré quelqu'un...

– Je ne me souviens de rien. Combien de fois faudra-t-il le répéter ?

– Vous êtes allés sur le ponton du club nautique d'Årstadal.

Il fallait arrêter cet entretien. Faire sortir cette femme de la chambre.

– Anna a décidé de prendre un bain, mais c'était déjà fin septembre. As-tu essayé de l'en empêcher ?

Sa voix, sans pitié.

– Tu es resté sur le ponton. Te souviens-tu à quelle distance elle se trouvait, avant que tu ne comprennes qu'elle était en danger ?

La tête d'Anna sous l'eau. Trelleborg-Mora. Bon sang. Surtout pas trois. Eskiluna-Rättvik, 222.

Les trois surligneurs, sur son opulente poitrine, comme un criant reproche. Sa voix monocorde envahissant tout son espace intérieur, bourdonnant, inexorable, sans remarquer qu'il était sur le point d'exploser.

– Quand elle a disparu, tu t'es jeté à l'eau pour aller la secourir, n'est-ce pas ? Un homme est arrivé à ce moment-là et a vu ce qui se passait. Il s'est jeté à l'eau lui aussi pour vous venir en aide. Te souviens-tu de son nom ?

– Je ne me souviens de rien !

– Il s'appelait Bertil. Bertil Andersson. L'homme qui vous a aidés. Ensemble, vous avez réussi à ramener Anna sur la plage et Bertil Andersson est parti vers le club nautique en courant pour appeler une ambulance. Fais un effort, Jonas, essaie de te souvenir de ce que tu as ressenti.

Il se leva. Impossible d'en supporter plus.

– Tu n'as pas compris ce que je t'ai dit, espèce de sale bonne femme. Je me souviens de rien !

Elle ne le quitta pas des yeux, et demeura assise, imperturbable, à l'observer.

Il l'avait trouvée un soir dans le grenier. Elle portait sa robe de chambre à fleurs et c'était la veille de son départ. Ses valises étaient posées dans l'entrée. Le plafond était bas, elle n'avait pas eu besoin d'une chaise ; le petit marchepied en plastique qu'il utilisait, petit, pour atteindre le lavabo, avait suffi.

– Que ressens-tu en ce moment ?

Ses paroles lui firent perdre le contrôle de lui-même.

– Dehors ! Fous le camp et laisse-nous tranquilles !

Elle ne bougea pas, pas même d'un millimètre, et continua à l'examiner de ses yeux méchants. Calme, résolue, bien décidée à l'écraser.

– Pourquoi te mets-tu en colère à ton avis ?

Quelque chose se brisa en lui. Il tourna la tête et regarda Anna.

Elle l'avait trahi. Allongée là, elle semblait si innocente, mais apparemment elle n'avait pas oublié de quelle façon on trahissait quelqu'un. Elle avait l'intention de le quitter de nouveau et de le laisser seul. Après tout ce qu'il avait fait pour elle.

Bon sang !

Il ne pouvait toujours pas lui faire confiance, même maintenant. Elle ne voulait toujours pas lui obéir.

Il allait lui montrer. Il ne la laisserait pas partir.

Comme l'autre fois.

Elle décida d'aller à pied à l'école. Un besoin physique d'échapper à la menace qui pesait sur elle. Son univers était sur le point de s'effondrer. Elle se sentait piégée, sans aucune échappatoire. Quelque part, un ennemi inconnu fomentait des plans secrets et le seul être en qui elle avait eu confiance était allé se placer de l'autre côté de la ligne de front, était un traître.

La sonnerie de son portable l'obligea à se ressaisir. L'écran indiquait que l'appel provenait de l'école.

– Eva.

– Bonjour, c'est Kerstin, de l'école. Il n'y a rien de grave, rassurez-vous, mais Axel est tombé du toboggan et s'est fait mal. Il aimerait rentrer à la maison. J'ai essayé de joindre Henrik, comme il vient le chercher, d'habitude, mais je n'ai pas réussi.

– Je suis en route. Je serai là dans un quart d'heure.

– Ne vous inquiétez pas, il a surtout eu peur. Linda est restée avec lui dans la salle du personnel.

Elle raccrocha et partit à la hâte. La rue, constituée de maisons, était en travaux pour l'installation d'un réseau de chaleur et la pose du câble. Elle fut donc contrainte de s'arrêter pour laisser passer une voiture.

Le haut débit.

Toujours plus vite.

Elle regarda ces vieilles maisons de la fin du XIXe siècle qui flanquaient la rue, imposantes comme des manoirs dans cette partie de leur quartier. Du côté où ils habitaient, les maisons étaient beaucoup plus petites car construites par des cadres aux revenus modestes qui devaient s'en contenter comme première demeure.

Comme les choses avaient changé en cent ans. Il n'y avait strictement rien de semblable. Les voitures, les avions, les téléphones, les ordinateurs, le marché du travail, la place des femmes, les valeurs, les croyances. Un siècle de mutations. Qui incluait les pires atrocités que l'humanité ait commises. Elle comparait souvent sa vie avec celle de ses grands-parents. Ils avaient dû affronter tant de difficultés, apprendre, s'adapter. Quelle autre génération aura à connaître une pareille évolution et de telles transformations ? Tout avait changé. À part une seule chose peut-être : la famille, la vie de couple destinée à durer toute une vie. Cela devrait fonctionner exactement comme avant, même si les circonstances étaient différentes. Mais le mariage n'était plus cette entreprise commune où mari et femme avaient chacun leur part, l'un et l'autre tout aussi indispensables. La dépendance mutuelle n'existait plus. L'homme et la femme gagnaient chacun sa vie et étaient éduqués à être autonomes et si on choisissait de se marier aujourd'hui, c'était uniquement par amour. Ce qui expliquait, peut-être, pourquoi il était si difficile de réussir sa vie conjugale, puisque tout dépendait de la capacité à garder cet amour intact. Et quel adulte en âge de procréer avait le temps de nourrir ce sentiment ? L'amour allait de soi, et devait se débrouiller comme il le pouvait parmi toutes les obligations. Il y parvenait rarement. Il lui fallait plus que cela pour durer. La moitié au moins de leurs amis avaient divorcé ces dernières années, parfois de façon très conflictuelle. Les enfants changeaient de domicile une semaine sur deux. Elle avala sa salive. L'idée que les autres avaient des problèmes relationnels ne rendait pas les siens plus faciles à gérer.

Dans la grisaille croissante de ces dernières années, elle s'était souvent demandé ce qui lui manquait. Et elle regrettait de n'avoir personne avec qui partager ses pensées. Elle avait des amies, mais, bien sûr, le plus souvent, les déjeuners entre copines se terminaient par un chœur de lamentations sur la vie. Un triste constat et non une discussion sur la raison de cet état des choses. Elles avaient pourtant toutes un sentiment en commun : la fatigue de ne pas être à la hauteur. Le manque de temps. Malgré toutes les inventions destinées à leur faire gagner du temps, celui-ci était devenu une denrée de plus en plus rare. Et maintenant on leur installait le câble pour les aider à économiser quelques précieuses secondes de plus. On répondrait encore plus vite au courrier, les décisions seraient prises sitôt les alternatives connues, l'information obtenue dans la seconde pour être ensuite interprétée et stockée. Mais l'être humain derrière, dont le cerveau devait maîtriser tout cela ? Autant qu'elle le sache il n'avait guère été amélioré au cours des cent dernières années.

Elle pensa à cette histoire d'un groupe d'Indiens Sioux qui, au cours des années 50, avait pris l'avion de leur réserve du Dakota du Nord, pour participer à une réunion avec le président du pays. Grâce aux moteurs à réaction, ils avaient couvert en très peu de temps les milliers de kilomètres les séparant de la capitale. Une fois arrivés dans le hall de l'aéroport de Washington, ils s'étaient assis par terre et avaient refusé de se lever malgré de pressantes invitations à gagner les limousines qui les attendaient. Ils étaient restés là un mois, à attendre leurs âmes qui n'avaient pu se déplacer à la même vitesse que leurs corps dans l'avion. Trente jours plus tard ils se déclaraient prêts à rencontrer le président.

La solution était peut-être là pour tous ces gens stressés qui tentaient désespérément de réussir leur vie : s'asseoir et attendre. Mais ils étaient déjà assis, pas vraiment pour attendre leurs âmes mais dans leurs salons bien confortables, absorbés dans la dernière *sit-com* que leur offrait leur poste de télévision. Et ils se disaient choqués des défauts de leurs semblables, et de leur incapacité à résoudre leurs problèmes relationnels. Comment faisaient les gens ? Puis ils changeaient rapidement de chaîne, pour ne pas avoir à s'interroger sur leur propre conduite. Il était tellement plus facile de juger à distance le comportement des autres.

Elle ouvrit la porte de la classe d'Axel, enfila les protège-chaussures en plastique bleu clair et se dirigea vers la salle du personnel. Elle les vit par la vitre de la porte et s'arrêta net. Axel était assis sur les genoux de Linda et mangeait un biscuit sec, tout en tenant dans sa main une mèche blonde de la jeune femme qui le berçait, les lèvres posées sur sa tête.

La colère d'Eva se dissipa aussitôt, pour laisser de nouveau la place à un sentiment d'impuissance dévastateur.

Comment pourrait-elle le protéger ?

Surtout ne pas pleurer.

Elle avala sa salive, ouvrit la porte et entra.

– Regarde, voilà maman.

Axel lâcha les cheveux de Linda et sauta à terre d'un bond. Linda sourit à Eva, timidement comme toujours. Celle-ci s'efforça de lui rendre son sourire, et prit Axel dans ses bras. Linda se leva et s'avança vers eux.

– Il a une petite bosse, ici, mais je ne crois pas que ce soit grave. Je leur avais dit pourtant de ne pas utiliser le toboggan quand il pleut, parce que ça glisse beaucoup, mais... Je suppose qu'ils ont oublié.

– Touche, maman.

Elle nota un petit gonflement sur sa nuque, à peine perceptible, et Linda n'avait rien à se reprocher.

– Ce n'est pas grave. Ce sont des choses qui arrivent.

Linda fit un petit sourire et se dirigea vers la porte.

– Au revoir, Axel, à demain.

Axel lui donna la main sur le chemin du retour. D'abord furieux de ne pas rentrer en voiture comme d'habitude, il se fit à l'idée de marcher et eut même l'air d'apprécier la promenade.

Un moment de répit bienvenu.

L'enfant était le seul à parler. Eva répondait par monosyllabes quand il le fallait.

– Et puis, quand Ellinor a pris la balle, on s'est mis en colère et alors Simon lui a donné un coup de crosse dans la jambe, mais Linda a dit qu'il fallait pas faire ça, et ensuite on a plus eu le droit de jouer.

Il donna un coup de pied dans un caillou.

– Elle est drôlement gentille, Linda.

– Oui.

– Tu trouves que Linda est gentille, maman ?
– Oui, vraiment.
– C'est bien, parce que papa aussi.
Oui. Quand il ne baise pas sa copine sous la douche à la maison.
– Bien sûr.
Axel donna un autre coup de pied dans le caillou en l'envoyant rouler plus loin cette fois.
– Oui, c'est vrai parce que, une fois, on prenait le café avec elle et il l'a embrassée, mais c'était parce qu'ils croyaient que je les voyais pas.
Elle s'arrêta net, visage livide.
– Qu'est-ce qu'il y a, maman ? On ne marche plus ?
En une seconde, tout avait basculé. Tout fut balayé, confiance, fidélité, promesses.
Linda !
C'était Linda.
Tout ce en quoi elle croyait et sur quoi elle comptait s'était soudain transformé en mensonge, une trahison.
Cette femme, qu'elle venait de voir les lèvres posées sur la tête de son fils dans un geste de protection, et qu'elle venait de rassurer, était en train de détruire leur famille. Elle s'était insinuée dans leur vie comme une amibe, en dissimulant ses desseins sous une gentillesse hypocrite.
Son existence paisible devenait soudain un piège. À quoi pouvait-elle se raccrocher ? À quoi se fier ?
Depuis combien de temps cela durait-il ? Quelqu'un était au courant ? Peut-être tous les autres parents. Elle était la seule, la pauvre maman délaissée d'Axel, à ignorer que son mari avait une liaison avec l'éducatrice de leur enfant.

L'humiliation dégradante, une lame de rasoir sur son poignet.

– Allez, viens, maman.

Elle regarda autour d'elle, elle ne savait plus où elle était. Une voiture ralentit et s'arrêta à sa hauteur. La mère de Jacob baissa la vitre.

– Bonjour, Eva. Vous rentrez à la maison ? Vous voulez que je vous ramène ?

Savait-elle quelque chose ? Faisait-elle partie du nombre des initiés, de ceux qui la regardaient avec pitié derrière son dos ?

– Non.

– Oh, maman, on peut ?

– Non, on rentre à pied.

Eva croisa le regard de l'autre femme, prit la main d'Axel et l'entraîna. La mère de Jacob les suivit en roulant au pas.

– Au fait, on doit se réunir pour organiser le camp « Âge de Pierre » des enfants. Tu as un moment, cette semaine ?

Incapable de répondre, de trouver ses mots, elle pressa le pas. Plus que cinq mètres avant de parvenir au jardin public. En silence, elle obliqua et poussa Axel devant elle. Elle entendit, derrière elle, le moteur de la voiture prendre de la vitesse et s'éloigner.

Linda. Quel âge avait-elle ? Vingt-sept, vingt-huit ans ? Elle n'avait pas d'enfant. Et sans avoir la moindre idée de ce que cela signifiait, être responsable d'une vie, elle avait réussi à séduire le père d'un des enfants de l'école.

Elle regarda son garçon qui marchait devant elle. Son pantalon en toile rouge formait des ballons autour de ses petites jambes. Lorsqu'il aperçut leur maison, il se mit à courir.

Elle s'arrêta.

Axel coupa à travers la haie de lilas et disparut par la porte d'entrée. Son fils sous le même toit que le traître. Ce salaud, ce lâche qui n'avait pas le courage d'avouer sa trahison.

Ce qu'il avait fait était impardonnable. Elle ne lui pardonnerait jamais.

Jamais.

Pour la première fois depuis deux ans et cinq mois, il allait passer la soirée ailleurs qu'à l'hôpital Karolinska. La colère que lui inspirait la trahison d'Anna ne passait pas et elle allait voir ça ! Il la laisserait seule, à se demander où il pouvait bien être. Demain, il lui dirait qu'il était allé au bistro et qu'il s'était bien amusé. Alors, elle regretterait et comprendrait qu'elle risquait de le perdre. Si elle n'y prenait pas garde, il se déciderait à faire ce qu'on lui avait demandé. Il lâcherait prise, et poursuivrait son chemin de son côté. Et elle resterait là à pourrir dans son lit sans personne pour se soucier d'elle.

Ce monstre de psychologue était parvenu à le convaincre, il avait accepté un autre entretien. Il n'avait pas trouvé d'autre moyen pour se débarrasser d'elle alors que c'était si nécessaire. Anna n'avait montré aucun remords de sa trahison et son propre état de compulsion l'avait rendu furieux. Mais ensuite il lui avait expliqué et les choses s'étaient calmées.

Il avait regagné la ville à pied. Puis il avait pris sa voiture pour rentrer chez lui et l'avait garée dans la rue. Il était parti se promener sans passer par chez lui.

Il avait suivi le sentier qui longeait Årstaviken, puis emprunté l'ancien pont de Skanstull, pour se diriger vers Söder. Dans la côte de Götgatan, il était passé devant plusieurs cafés mais après un simple coup d'œil à l'intérieur il avait préféré poursuivre son chemin. Beaucoup trop de monde. Un jeudi bien ordinaire, pourtant, mais il y avait foule partout, et le courage lui manquait. Il n'était pas encore prêt à entrer dans quelque lieu que ce soit.

Il était évident qu'il continuerait à marcher. Il était passé devant tous les cafés de Söder, avait traversé l'Écluse et poursuivi son chemin vers la Vieille Ville, en suivant un itinéraire déterminé à l'avance.

Il se trouvait au milieu de Järntorget et se dirigeait vers Österlånggatan quand il la vit.

Dans l'encadrement d'une vitre surmontée d'un auvent rouge.

Elle était assise, seule, sur un tabouret, et regardait dehors en sirotant un verre de bière presque vide. Il s'arrêta pour l'observer.

La ressemblance était frappante.

Ces pommettes hautes, ces lèvres. Comment deux personnes pouvaient-elles se ressembler à ce point ? Il n'avait pas vu ses yeux depuis longtemps. Ou ces mains qui ne le touchaient jamais.

Si belle. Belle et vivante. Tout comme avant.

Il sentait les battements lourds et sourds de son cœur.

Soudain, elle se leva et s'enfonça à l'intérieur. Il ne put supporter l'idée de la perdre. Il se hâta de traverser la place, ouvrit la porte sans hésiter, et entra. Elle était debout au bar. Sa peur s'évanouit d'un seul coup, cédant la place à la ferme résolution de rester près d'elle, d'entendre sa voix, de lui parler.

Le bar faisait un angle droit et il alla se placer de façon à pouvoir observer son visage. Il en eut le souffle coupé. Elle paraissait entourée d'une auréole. Tous ses désirs, toute la beauté, tout ce qui avait de la valeur étaient rassemblés dans ce corps parfaitement vivant.

Soudain, elle tourna la tête et le regarda. Il retint sa respiration. Impossible de la lâcher des yeux. Elle se tourna vers le barman.

– Un cidre, s'il vous plaît.

Le barman prit un verre au-dessus de sa tête, et la servit. Elle ne portait pas d'alliance.

– Cela vous fera quarante-huit couronnes.

Elle s'apprêtait à ouvrir son sac à main quand, sans réfléchir, il prononça ces mots comme s'ils allaient de soi :

– Est-ce que je peux vous l'offrir ?

Elle le regarda à nouveau. Il comprit qu'elle hésitait et attendit son verdict, le souffle court. Si elle refusait, c'en était fini de lui.

Elle eut un petit sourire.

– Certainement.

Confus, il se demanda si c'était bien de la joie qu'il ressentait. Il n'était plus capable d'identifier ce sentiment, qu'il n'avait pas éprouvé depuis bien longtemps. Il savait juste que tout était prévu, qu'il n'avait plus rien à craindre.

Un calme complet, universel.

– Merci, dit-il.

Comment aurait-il pu dissimuler sa gratitude ? Soulagé, il se hâta de sortir son portefeuille.

– La même chose pour moi.

Il posa rapidement un billet de cent couronnes sur le comptoir et le barman lui tendit un verre. Quand il se tourna à nouveau vers elle, elle lui sourit.

– C'est plutôt à moi de vous remercier, non ?

Il leva son verre dans sa direction avec un sourire dont le bienfait se répandait sur tout son corps.

– Non, pas du tout, c'est moi. Eh bien : à votre santé !

– Santé !

– Et bienvenue.

Ils trinquèrent. Ce contact lui fit l'effet d'une décharge électrique. Il ne cessa de la regarder tout en buvant, incapable de la quitter des yeux. Il devait mémoriser chaque ligne, chaque trait de son visage. Jusqu'à leur prochaine rencontre.

Elle but à nouveau, deux gorgées rapides. Quand elle aurait fini, il lui offrirait un autre verre.

– Je m'appelle Jonas.

Elle eut un sourire amusé.

– Eh bien.

Soudain, il perdit contenance. Comment arriver à la faire parler ? Il devait gagner sa confiance d'une façon ou d'une autre. Il s'était peut-être trop avancé en lui offrant ce verre.

– Je n'ai pas l'habitude d'aborder ainsi des inconnues, si c'est ce que vous pensez. Mais avec vous, c'est différent.

Elle lui lança un coup d'œil, puis plongea à nouveau le regard dans son verre presque vide.

– Ah bon ? Et pourquoi ?

Il ne pouvait pas lui répondre. Comment pourrait-elle jamais comprendre ?

– Comment vous appelez-vous ?

La question était inadéquate. Il voulait tout savoir

d'elle. Ce qu'elle pensait, ce qu'elle éprouvait. Il ressentait une grande joie intérieure de pouvoir nourrir ce sentiment.

Elle hésita avant de répondre et il la comprit. Il ne pouvait lui demander d'avoir confiance en lui. Pas si tôt. Mais elle ne tarderait pas à réaliser ce qu'il avait compris dès qu'il l'avait vue, lui.

Et, comme si elle avait soudain perçu, elle aussi, l'importance de leur rencontre, elle lui sourit, timide, comme si elle lui confiait un secret :

– Je m'appelle Linda.

Elle avait eu envie de se précipiter à l'intérieur de la maison et de lui dire ce qu'elle savait. Lui enfoncer la vérité au fond de la gorge et lui dire d'aller au diable... Mais elle avait vite compris que c'était exactement ce qu'il voulait.

Aller au diable.

Soudain, ce qu'il essayait de faire lui parut clair. Là debout dans le jardin, avec leur foyer souillé devant les yeux, elle devina son plan avec une intuition fulgurante. C'était tout d'un coup ridiculement évident.

Ce lâche tentait une fois de plus de lui faire endosser toute la responsabilité.

Une fois de plus, il pensait pouvoir se cacher derrière sa capacité d'action à elle.

Au lieu d'assumer les conséquences de ses actes et de prendre pour une fois les décisions, il avait l'intention de l'obliger, elle, à le quitter. Et de se débarrasser ainsi de toute culpabilité, afin de pouvoir se protéger et prétendre que c'était elle qui avait pris la décision, elle qui voulait divorcer et partir.

Mais il n'allait pas s'en tirer à si bon compte. Sûrement pas.

Il lui inspirait un profond mépris.

Il ne pouvait même pas gérer son infidélité sans elle.

Cette révélation lui rendit un calme libérateur. Elle avait repris la situation en main. Elle savait enfin ce qu'il fallait faire.

Elle avait besoin d'une simple confirmation pour tenir le coup.

Une dernière chose.

Elle était partie sans dire un mot. Henrik et Axel jouaient sur l'ordinateur et avaient fermé la porte du bureau. Ils s'apercevraient bien assez tôt qu'elle n'était plus là. Elle était contente de ne pas le voir. Elle n'était pas encore certaine de pouvoir dissimuler sa haine, mais elle avait toute la nuit pour prendre des forces. Demain, Henrik retrouverait sa loyale épouse, mais d'abord il lui fallait trouver quelqu'un pour lui confirmer qu'elle était à la hauteur.

Elle contempla la place de Järntorger. Elle s'était arrêtée sur le chemin de Gamla Star pour prendre un petit verre bien mérité. Cela faisait longtemps qu'elle n'était pas sortie en ville et, en tout cas, jamais seule. Sa mauvaise conscience aidant, elle était toujours pressée de rentrer. Au travail, parce qu'elle n'était pas chez elle et, chez elle, parce qu'elle n'avait pas eu assez de temps pour travailler correctement.

Elle vida son verre et regarda autour d'elle. Ce n'était pas le lieu idéal pour mettre ses projets à exécution. Des couples qui dînaient ensemble et des groupes d'amis qui n'avaient que faire d'elle. Allez un verre de cidre, et elle partirait.

Elle se dirigea vers le comptoir.

Elle entendit la porte s'ouvrir derrière elle. Le barman lui tournait le dos, un peu plus loin, occupé à verser des cacahuètes dans une coupelle. Elle pivota et jeta un coup d'œil sur l'homme qui venait d'entrer. Il s'était installé au comptoir en face d'elle.

Beaucoup trop jeune.

Le barman vint prendre sa commande.

– Un cidre, s'il vous plaît.

Il se baissa et réapparut avec une bouteille à la main. Il prit un verre sur l'étagère au-dessus de sa tête.

– Cela vous fera quarante-huit couronnes.

Elle se préparait à sortir son portefeuille de son sac, quand elle entendit :

– Est-ce que je peux vous l'offrir ?

D'abord, elle ne comprit pas que la question s'adressait à elle. Elle regarda, étonnée, cet homme accoudé au bar en face d'elle. Vingt-six, vingt-sept ans peut-être, veste grise, cheveux blonds coiffés en arrière, l'air assez bien.

Pourquoi pas ?

– Certainement.

Un instant, elle crut qu'il avait plaisanté, car il se contenta de lui sourire. Puis il sortit son portefeuille de sa poche.

– Merci. La même chose pour moi.

Il posa un billet de cent couronnes sur le comptoir. Le barman lui servit un verre. Elle sourit intérieurement. Il était certainement son cadet de plus de dix ans, il lui restait donc un certain pouvoir de séduction.

Elle se demanda ce qu'ils faisaient à la maison. Si Axel s'était déjà endormi. Elle écarta cette pensée et s'efforça de sourire.

– Ce serait plutôt à moi de vous remercier, non ?

Il leva son verre dans sa direction.

– Non, pas du tout, c'est moi. Eh bien : à votre santé !

– Santé !

– Et bienvenue.

Il avait un regard particulier. Si perçant qu'elle en était presque gênée. Comme s'il voyait jusqu'au plus profond d'elle, pouvait lire ses pensées, mais elle n'avait pas la moindre intention de les partager avec qui que ce soit. Elle regretta presque d'avoir accepté son offre. Elle allait se retrouver coincée ici, alors qu'elle avait d'autres projets pour la soirée. Plus vite elle finirait son verre, mieux ce serait. Elle but deux grandes gorgées.

– Je m'appelle Jonas.

Elle but encore un peu. Elle ne ressentait plus que de la haine. Elle ne pouvait rester là à bavarder comme si tout était normal.

– Eh bien.

Elle eut bientôt finit son verre.

– Je n'ai pas l'habitude d'aborder ainsi des inconnues, si c'est ce que vous pensez. Mais avec vous, c'est différent.

– Ah bon ? Et pourquoi ?

Il resta un moment à la regarder en silence.

– Comment vous appelez-vous ?

Il lui sourit à nouveau. Totalement désarmant. Et puis ce regard qui la transperçait, comme s'il voulait la démasquer. Mais personne ne devait voir sa haine, cette haine honteuse ; cela risquerait de l'affaiblir. Elle devait apprendre à se comporter comme à l'accoutumée. Autrement, elle ne pourrait jamais mettre son plan à exécution.

Elle but une nouvelle gorgée.

Mon Dieu ! Il avait sûrement dix ans de moins

qu'elle, au bas mot. Totalement inoffensif. Idéal à titre d'entraînement. Pendant un moment, il lui avait fait oublier qu'elle avait la maîtrise des opérations. Son intérêt non dissimulé l'avait un peu désarçonnée, alors qu'en fait c'était exactement le but de la soirée. Là devant elle se trouvait, comme offert sur un plateau, ce qu'elle était venue chercher. Elle le regarda soudain d'un œil nouveau. Il la désirait alors qu'elle avait au moins dix ans de plus que lui. Pourrait-elle jamais obtenir une meilleure preuve ?

Elle sourit à nouveau.

– Je m'appelle Linda.

Son mensonge l'étonna elle-même. Il lui était venu si facilement. Mais, en était-ce vraiment un ? Elle n'était plus Eva, l'épouse modèle, mais une autre femme, qui avait renoncé à toutes ses convictions et sans le moindre scrupule avait l'intention de parvenir à ses fins et de prendre ce qu'elle désirait, même si cela appartenait à quelqu'un d'autre.

À une certaine Linda, par exemple.

– Bonsoir, Linda. Encore un cidre ?

Elle constata que son verre était vide, et prit alors conscience d'une légère ivresse. Tout lui parut soudain très loin, seul le présent comptait. Un moment de repos où rien n'avait vraiment d'importance. Il n'y avait rien à perdre, rien à gagner. Elle avait toute la nuit devant elle.

– Bien sûr. Pourquoi pas ?

Il sembla satisfait de sa réponse et héla le barman.

– La même chose, s'il vous plaît.

Le barman servit Eva et ils s'installèrent sur leurs tabourets, lui les genoux tournés vers elle et elle les bras posés sur le comptoir. Le barman changea de cassette et esquissa quelques pas de danse aux premières notes d'une vieille chanson du groupe Earth Wind and Fire. Elle ne se souvenait plus du titre. Juste qu'on la passait souvent lors des soirées de son lycée.

Ils restèrent un moment silencieux. Elle n'était pas sûre d'avoir envie de rester, mais elle allait lui donner sa chance. Il en valait bien un autre. Elle but une gorgée de cidre et regarda autour d'elle. De nouveaux clients étaient arrivés. Un groupe d'Anglais d'un certain âge. Dans la glace placée derrière le barman, elle vit que Jonas l'observait toujours.

– Est-ce que je peux risquer un compliment ?

Elle tourna la tête et croisa son regard très intense. Il lui donna envie de rester, d'apprécier pleinement cette admiration sans fard.

– Bien sûr, je vous en prie.

– Cela va vous paraître stupide peut-être, mais tant pis.

Il baissa les yeux soudain, l'air gêné, puis la regarda de nouveau droit dans les yeux.

– Savez-vous que vous êtes la seule, ici, à avoir l'air vraiment vivante ?

Elle éclata de rire et but une nouvelle gorgée.

– Dis donc. Celle-là on ne me l'avait jamais faite.

Il la contemplait en silence, d'un air sérieux.

Elle agita la main comme pour chasser la gravité de Jonas.

– Je les trouve pourtant bien vivants. En tout cas, ils bougent.

Un soupçon d'irritation. Une ride entre ses sourcils bruns.

– Riez si vous voulez, mais je ne plaisante pas. C'était un compliment, dans ma bouche. Il y a de la tristesse dans vos yeux, mais vous avez un cœur qui sait aimer, cela se voit.

Ses paroles brisèrent le sentiment de paix qu'elle avait éprouvé.

Un cœur qui sait aimer. Ha !

Son cœur était aussi noir qu'une cave dépourvue de soupirail. Aucun amour ne pourrait plus y survivre. Mais, là, elle était assise dans un bar de Gamla Stan avec ce Jonas qui avait dix ans de moins qu'elle et parlait comme un mauvais poète, mais la regardait avec un désir extrême dont elle faisait l'expérience pour la première fois. Elle eut envie soudain qu'il la touche, qu'il perde tout contrôle et laisse libre cours à cette faim qu'elle lisait dans ses yeux. Qu'il prouve qu'il ne pouvait lui résister. Qu'elle méritait cet amour.

L'alcool lui donna le courage nécessaire.

Elle se tourna vers lui tout en le regardant, posa sa main sur la sienne et lui demanda :

– Tu habites loin d'ici ?

Il était couché, immobile, incapable de bouger, comme s'il était coupé en deux moitiés. L'une satisfaite et pleine d'un espoir qu'il n'aurait jamais pensé pouvoir éprouver. Tout ce dont il avait rêvé.

Dix heures auparavant, il ignorait jusqu'à son existence même et alors qu'ils ne se connaissaient que depuis quelques heures, elle lui avait donné tout ce qu'il pouvait désirer. Elle s'était offerte à lui en tremblant, exposant les parties les plus sensibles de son corps. Cette confiance qu'elle lui avait témoignée avait ouvert son esprit qui n'était plus que tendresse. Sa solitude avait littéralement explosé.

Et puis ce calme qu'elle créait. Ses mains sûres recouvrant son corps le purifiaient, le libéraient. Tous ces désirs qui le taraudaient avaient soudain explosé pour s'écouler en elle. La sensation de vide avait disparu.

Mais il y avait aussi la certitude désolante qu'il n'avait pas le droit d'éprouver cela.

L'autre moitié se sentait en effet coupable.

Il l'avait prouvé. Il était devenu un traître, très naturellement, car il avait trahi la confiance d'Anna. Il l'avait abandonnée sur son lit d'hôpital pour une autre. Il avait déversé ses désirs, si longtemps gardés pour elle, sur une inconnue.

Il ne valait pas mieux que son père.

Quand il se réveilla, elle n'était plus là. Un cheveu brun, sur l'oreiller, témoignait de son passage. Ce cheveu, et sa faim enfin rassasiée maintenant.

Ils ne s'étaient pas dit un mot. Leurs mains et leurs corps avaient parlé pour eux.

Il s'assit et prit conscience du froid qui régnait dans la pièce. Il avait oublié d'ouvrir les radiateurs en rentrant. Et si elle avait pris froid ? Il régla la température au maximum dans la chambre et la cuisine et passa dans la salle de bains. La lampe était restée allumée et la serviette rayée bleu et blanc gisait sur le sol. Il sentit une pointe de dégoût, mais elle disparut rapidement. Les caresses de cette femme constituaient une sorte d'enveloppe protectrice autour de lui, une cuirasse impénétrable, rien ne pouvait plus le toucher.

Il accrocha la serviette, fit couler de l'eau dans la baignoire et attendit qu'elle soit à moitié pleine pour grimper dedans. La chaleur de l'eau lui rappela les mains de cette femme et il sentit le désir monter de nouveau en lui. Cela faisait tellement d'années qu'il se l'était interdit. Mais il ne pourrait plus résister, désormais, même après le départ de cette femme. Qu'avait-elle réussi à éveiller en lui ?

Il s'assit et s'appuya contre la paroi. Le souvenir de sa nudité était un cadeau pour la vie. Il la revoyait devant lui, fermant les yeux et se laissant aller au plaisir qu'il lui procurait.

Ses mains. Ses lèvres. Le goût de sa peau. Leurs corps unis sans commencement ni fin.

Comment aurait-il pu lui résister ? Elle était tout ce dont il avait rêvé. Une femme vibrante qui le désirait, voulait le toucher, l'aimer. Et lui faisait connaître une jouissance qu'il n'aurait pas crue possible. Quel dieu terrible aurait pu lui demander de refuser un tel don ?

Il se leva, sortit de la baignoire et se sécha avec la serviette rayée. Celle dont elle venait de se servir. Il eut soudain envie de pleurer. Comment toucher Anna maintenant avec ses mains pleines à ras bords d'une autre femme ?

De Linda.

Il osait à peine penser à son prénom. Anna pourrait découvrir ce qui s'était passé. Elle devinerait la trahison, elle saurait qu'il n'avait pas été capable de tenir sa promesse.

Et que dirait-il quand Linda se manifesterait ? Elle ne lui avait pas demandé son numéro de téléphone, mais elle connaissait son adresse. Il était dans sa salle de bains, mais son désir était avec elle.

Il s'assit sur le siège des toilettes et enfouit sa tête dans les mains.

Quoi qu'il fît, il lui faudrait l'une d'elles.

Il devait aller à l'hôpital. Trouver Anna et lui avouer ce qu'il avait fait. Il devait obtenir son pardon. Sans lui, il ne pourrait pas survivre.

Le téléphone sonna. Il regarda sa montre. Sept heures dix. Il retourna dans la chambre, nu. C'était sûrement elle. Qui pourrait appeler si tôt le matin, sinon ? Elle avait dû obtenir son numéro par le service des renseignements. Que lui dire ? Et comment résister à l'envie de décrocher et d'entendre sa voix ?

Le plus extraordinaire fut qu'il put attendre la cinquième sonnerie. Il était hors d'atteinte, désormais. Son corps tout entier se détendait grâce à cette certitude.

– Jonas à l'appareil.

– Jonas ? Ici Björn Sahlstedt, de l'hôpital Karolinska. Il faut que tu viennes, tout de suite.

Quand elle quitta l'immeuble, à quatre heures du matin, elle ne savait pas où elle se trouvait. Le taxi avait pris la direction du sud à partir de Gamla Stan, tourné à droite à Gullmarsplan, c'était tout ce dont elle se souvenait. Elle se retourna. Elle vit à sa droite l'entrée, une plaque portant le nom de la rue. Elle s'avança dans l'obscurité. Storsjövägen. Elle se trouvait dans une impasse. Elle remonta donc la rue dans le sens inverse. Les façades des maisons étaient plongées dans le noir, mates. Seule une lumière brillait ici et là.

Elle se réjouit qu'il ne se soit pas réveillé quand elle se leva du lit. Pendant au moins une heure, elle était restée couchée, sans bouger, et avait fait semblant de dormir avant que la respiration régulière de son compagnon ne l'assure qu'il s'était endormi. Elle avait alors seulement osé ouvrir les yeux. La pièce peu meublée servait à la fois de salon et de chambre à coucher. Peut-être n'était-ce qu'un pied-à-terre. Seuls les murs semblaient indiquer le contraire. Ils étaient recouverts de tableaux de toutes tailles, abstraits aux couleurs vives.

Il s'était endormi les lèvres posées sur son épaule gauche. Il faisait vraiment froid dans cet appartement.

Doucement, pour ne pas le réveiller, elle s'était écartée de lui, s'était levée et avait ramassé ses vêtements.

Dans la glace de la salle de bains, c'était une étrangère qu'elle avait vue. Une femme qui avait séduit un jeune homme de vingt-cinq ans, l'avait accompagné chez lui, et avait couché avec lui. Elle n'arrivait pas à savoir si cela avait eu l'effet qu'elle escomptait.

Tout semblait fermé en elle.

En montant l'escalier vers son appartement, elle s'était sentie nerveuse. Le courage qu'elle devait à l'alcool avait disparu et elle avait eu envie de rebrousser chemin. Mais elle s'était alors imaginé Henrik et Linda ensemble, et cela avait suffi à la persuader de franchir la porte de l'appartement. Une fois dans l'entrée, elle s'était collée à lui pour dissimuler son manque d'assurance, et le désir de Jonas avait été tellement fort qu'ils avaient à peine eu le temps de se déshabiller. Ses mains affolées avaient parcouru tout son corps. L'idée lui était venue qu'il était peut-être puceau, mais elle avait fait de son mieux pour lui donner confiance en feignant de prendre plaisir à ses tentatives gauches.

La rue débouchait sur une intersection. Elle sortit son téléphone portable pour appeler un taxi.

Il lui avait dit qu'il s'appelait Jonas et il y avait marqué Hansson sur sa porte. Elle ne savait rien d'autre sur lui et ne voulait rien savoir de plus. Il avait joué son rôle et elle le sien.

C'était comme un vide en elle, une absence totale d'émotion. Le seul homme qui l'avait touchée en quinze ans était Henrik, son mari, et pourtant, elle venait de se donner à un parfait inconnu.

Et elle s'en fichait éperdument.

Il y avait de la lumière dans l'entrée, quand elle arriva chez elle. Elle sortit son porte-monnaie, en retira son alliance et la remit à son doigt. Elle enleva son manteau et ses chaussures sans faire de bruit et gagna la cuisine. Le silence régnait. L'assiette d'Axel était encore sur la table, ils avaient mangé des spaghettis bolognaises. Un dîner habituel. Le téléphone portable de Henrik était posé sur le plan de travail. Pas un seul message. La liste des appels enregistrés ne contenait aucun numéro, ni passés ni reçus. Il avait dû tout effacer. Il se croyait malin, le salaud.

Elle entra ensuite dans la chambre d'Axel. La lampe de chevet en forme de lune était allumée et le sol jonché de jouets, mais le lit était vide, comme d'habitude. Elle s'assit par terre. Elle remarqua, sur le tapis à côté d'elle, un Action Man dont les bras et les jambes semblaient paralysés par une crampe. Il gisait là, abandonné par de petites mains sans défense, impuissantes alors que leur vie volait en éclats.

Elle regarda le jouet. Qui le lui avait donné ? La main droite était façonnée pour saisir des armes.

Elle se leva rapidement. Le trousseau de clés de Henrik était dans la poche de sa veste, et elle descendit dans la cave. Le placard qui lui servait d'armurerie. Là où il rangeait ses fusils de chasse. Le seul de la maison qu'elle ne touchait jamais.

Elle les trouva sous une boîte de munitions rouge. Une liasse de lettres tapées à la machine, sans enveloppes. Elle ne put lire que les quatre premières lignes. La poitrine oppressée. Elle les feuilleta rapidement ainsi que, en dessous de la pile, deux listes d'appartements portant l'en-tête d'une agence immobilière, avec une référence à rappeler dans toute correspondance. Ce salaud cherchait un nouveau logement ; il savait pourtant que, sans lui, elle ne pourrait pas assumer financièrement leur maison. Il n'avait même pas eu la décence de lui dire qu'elle serait bientôt obligée de déménager.

Jamais de la vie elle n'aurait pensé qu'on pourrait la traiter ainsi.

Pour le moment, elle ne pouvait rien faire contre Henrik.

Linda, en revanche, n'imaginait même pas ce qui l'attendait.

Il se retrouva dans sa voiture en pleine heure de pointe. En général, il mettait dix-huit minutes pour aller à Karolinska, parfois vingt-quatre. Cette fois, il lui fallut tout ce temps pour arriver seulement à la sortie de Bromma. Il n'arrêtait pas de zigzaguer d'une file à l'autre, prit la direction d'Essinge, mais cela ne servit à rien.

Le docteur Sahlstedt lui avait dit de venir tout de suite.

Pourquoi ne lui avait-il pas demandé de se dépêcher ?

Trois voitures étaient entrées en collision à la hauteur de Tomteboda et, une fois passé le ralentissement dû à l'accident, les choses s'arrangèrent un peu. Il avait si souvent effectué ce trajet. Il chercha combien de fois exactement mais fut soulagé, malgré son inquiétude, que personne ne lui demande de compter.

Elle l'avait guéri.

Et la pensée suivante : Pardon, Anna. Pardon.

L'odeur du bacon frit. Liée pour toujours au jour où elle l'avait quitté. Il flaira le danger dès l'entrée. Ce n'était pas juste l'odeur de friture, il y avait autre chose dans l'air. La voiture était garée devant la maison, donc son père était là et, à cette heure de la journée, sa mère aussi. Il demeura immobile, sans ôter son manteau, et se demanda si on l'avait entendu arriver.

Pas un seul bruit. Pourtant, il savait qu'ils étaient là.

Il tendit les bras devant lui, incapable de toucher la veste qu'il devait enlever. Il sentit son obsession prendre de la force et se dirigea vers la salle de bains pour se laver les mains.

– Jonas !

Il s'immobilisa. Son père l'avait appelé.

– Oui.

– Viens ici.

Il avala sa salive.

– Je vais me laver les mains.

– Arrête ces bêtises et viens ici tout de suite !

Il avait bu. Et il était de mauvaise humeur. Comme souvent quand il était soûl mais, en général, ce n'était que le week-end. Il fallait faire très attention, alors, car on ne savait jamais quand il exploserait. Ni pourquoi.

La pression se relâcha. La peur de ce qui l'attendait dans la cuisine prit toute la place. Il ôta sa veste et la posa sur une chaise. Tout était silencieux, à nouveau. Il se dirigea lentement vers la cuisine.

Elle était assise à table.

Quant à lui, il se tenait debout contre l'évier, un verre à la main. Dire que l'alcool et l'eau pouvaient avoir la même apparence...

Sur la table, devant elle, était posée une chemise d'homme.

Quand il entra, elle tourna la tête pour le regarder et son expression le terrorisa. Il voulut courir vers elle et la prendre dans ses bras, la consoler, la protéger. Poser sa tête sur ses genoux comme il le faisait quand il était petit, pour qu'elle lui caresse les cheveux et lui dise que tout irait bien. Ils s'étaient si souvent consolés l'un et l'autre, unis face aux rages imprévisibles du père.

Il regarda celui-ci. Il avait ses yeux des mauvais jours. Quand il n'était plus qu'un étranger.

Il but une gorgée.

– Ta mère a trouvé un peu de rouge à lèvres sur une chemise. C'est pour ça qu'elle fait cette tête-là.

Elle savait tout. Malgré son angoisse face à sa réaction, ces mots le soulagèrent. Son père avait enfin été obligé d'avouer, le débarrassant par la même occasion du devoir de la protéger. Il ne serait plus obligé de proférer tous ces mensonges et contrevérités qui s'étaient accumulés entre eux. Il allait enfin être à elle, se mettre de son côté. Comme avant.

Le père posa son verre sur le plan de travail d'un geste sec et se tourna vers sa femme qui lui tournait le dos.

– Qu'est-ce que tu veux à la fin ? Tu ne fais jamais rien. Tu traînes ici habillée n'importe comment, à te plaindre qu'on n'a pas assez d'argent, qu'on ne part jamais en vacances et qu'on ne peut rien s'offrir. Va donc travailler, alors, si ça ne te suffit pas !

Jonas regarda sa mère et s'avança vers elle. Il posa la main sur son épaule et elle prit cette main dans la sienne.

Puis il regarda son père. Espèce de salaud ! On n'a plus besoin de toi. Pas plus aujourd'hui qu'hier.

Il vit l'expression de son père changer. Une seconde plus tard, le verre alla s'écraser contre les carreaux de faïence au-dessus de la cuisinière sur le mur opposé.

– Et toi, espèce de petit hypocrite, la consoler comme si tu n'avais jamais rien su !

Il s'écoula quelques secondes avant que sa mère ne lâche sa main.

– Si tu savais le mal qu'il s'est donné pour que tu ne saches rien. Il ment comme un arracheur de dents, ton fils, je ne sais pas où il va chercher tout ça. Mais je suppose qu'il tient de toi, vous avez toujours été de grands menteurs dans ta famille.

Son père continua inexorable :

– Pourquoi tu ne lui dis pas ? Pourquoi tu ne lui dis pas que je plais aux femmes, que toutes sauf elle feraient n'importe quoi pour que je les baise ? Celle au rouge à lèvres, tu la connais, d'ailleurs, tu l'as vue de tes propres yeux.

Deux semaines auparavant, il avait accompagné son père aux docks de Söderhamn. On lui avait proposé de gagner un peu d'argent en aidant à nettoyer un chantier sur lequel son père avait travaillé, posant la plomberie. Il était content au début à l'idée de passer deux jours avec lui. Il aurait peut-être l'occasion de parler enfin de ce qu'il ressentait, et de lui dire qu'il ne pouvait plus mentir. Il avait attendu cette occasion toute la journée sans qu'elle se présente. Il s'était dit alors que le soir, au cours du dîner à l'hôtel, il aurait sa chance. Mais elle les attendait déjà dans la salle à manger quand ils y entrèrent et, avant même d'avoir commandé, son père l'avait invitée à se joindre à eux. La bière s'était mise à couler et Jonas était resté silencieux, honteux de la conduite ridicule de son père. Une heure plus tard, il lui donnait quelques billets de cent couronnes en lui demandant d'aller s'amuser en ville. Il était revenu vers trois heures du matin seulement. Il tombait de sommeil. Il était épuisé par le travail de la journée, savait qu'il devait se lever à sept heures pour continuer. Elle était encore dans la chambre. Leurs vêtements gisaient sur le sol et sa grosse jambe droite dépassait du lit. Ni l'un ni l'autre ne l'entendirent arriver. Il avait passé la nuit sur le canapé de la réception, mais c'était la goutte d'eau qui avait fait déborder le vase. Au réveil, il avait été incapable de garder pour lui sa colère si longtemps retenue. Pour la première fois, il avait osé vider sa rage. Son père, assis au bord du grand lit en désordre, avait la gueule de bois et tenté de lui demander pardon. Mais Jonas s'était montré inflexible. Il n'avait plus l'intention de mentir. Il allait tout raconter. Quand son père comprit le sérieux de cette menace, il s'effondra en larmes, le visage entre les mains, son gros ventre dépassant de son caleçon, et l'avait supplié de n'en rien faire.

Et, une fois de plus, Jonas avait été contraint de trahir.

Sa mère leva la tête et le regarda. Elle ne prononça pas un seul mot, mais sa question était parfaitement claire. Il baissa les yeux, incapable de supporter son regard. Il s'accroupit près d'elle, la tête courbée, le visage contre sa jambe droite. Il pria Dieu qu'elle veuille bien le toucher et lui faire comprendre par un signe qu'elle lui pardonnait. Qu'elle comprenait qu'il n'avait pas voulu lui faire de mal et qu'il avait agi pour son bien, en fait.

– Pardonne-moi.

Quelques secondes s'écoulèrent, peut-être plus.

Elle repoussa alors sa chaise et se leva. Sans les regarder ni l'un ni l'autre, elle sortit de la cuisine.

Quelque part au fond de lui, il comprit qu'elle ne reviendrait jamais.

Il gara sa voiture devant l'entrée principale de l'hôpital, malgré le panneau d'interdiction. Si quelqu'un venait lui mettre une contravention, cette fois, il serait dans son bon droit.

L'ascenseur qui conduisait au service d'Anna lui parut d'une lenteur désespérante. Il s'arrêtait à chaque étage, pour laisser descendre ou monter un inconnu, et l'angoisse qu'il éprouvait lui laissait un goût de plomb dans la bouche.

Le couloir était désert. Il se hâta vers la chambre d'Anna, et il venait de poser la main sur la poignée de la porte lorsqu'il entendit crier :

– Attendez !

Il se retourna. Une infirmière qu'il n'avait vue qu'une ou deux fois auparavant s'approcha de lui à pas pressés.

– Le docteur Sahlstedt arrive tout de suite. Je crois qu'il vaut mieux que vous l'attendiez avant d'entrer.

Il préférait aller pourrir en enfer ! Personne ne pourrait l'empêcher d'aller retrouver Anna.

Il ouvrit la porte.

Le lit n'était pas tout à fait visible du seuil de la porte, mais il comprit tout de suite.

Une fatigue soudaine l'empêcha d'entrer dans la pièce. Une sorte d'absence momentanée. Il n'y avait rien à faire, à penser, à sentir.

Une trêve avant que tout ne devienne horriblement clair.

L'envie irrésistible de refermer la porte, regrettant

d'avoir vu que la chambre était éclairée par une bougie qui vacilla sous l'effet du courant d'air, son reflet voltigeant sur le mur.

Une main sur son épaule lui coupa toute retraite possible et le ramena vers l'avenir. Il se tourna et découvrit le visage navré du docteur Sahlstedt. Le contact désagréable de cette main l'obligea à avancer et elle lui apparut alors.

La chambre avait été vidée. Il ne restait plus qu'Anna, sur son lit, enveloppée dans des draps blancs. Plus de tuyaux, ni de sondes, plus d'appareils. Ils avaient été emportés dans d'autres lieux où des patients en avaient besoin.

Le médecin s'avança vers elle.

– Un caillot s'est formé vers quatre heures.

Vers quatre heures.

Alors qu'il dormait auprès de Linda, les lèvres contre sa peau.

– Nous n'avons rien pu faire.

Nu, dans ce lit, il avait donné à une inconnue ce désir qu'il avait gardé pour Anna.

Il alla s'asseoir sur le bord du lit mais n'eut pas la force de la toucher. Ses mains constituaient une preuve irréfutable.

– Tu souhaites rester seul avec elle ?

Il ne répondit pas, mais il entendit les pas du docteur s'éloigner et la porte se refermer.

Les mains d'Anna étaient croisées sur sa poitrine. La gauche, en forme de griffe, serrait la droite. Sur son cou, une compresse blanche recouvrait le trou laissé par le tuyau du respirateur.

Il l'avait quittée un soir seulement et elle en avait profité. Elle avait dû deviner. Elle avait dû sentir qu'il était avec une autre et elle l'avait puni. Elle était restée là deux ans et demi, à attendre son heure, le meilleur moment pour exercer sa vengeance. Elle l'avait quitté, une fois pour toutes, et elle avait choisi le moment avec soin.

Il n'obtiendrait donc jamais son pardon. Il lui faudrait passer le reste de sa vie en sachant qu'elle ne lui avait pas pardonné.

Il se leva et regarda le corps allongé sur le lit. Il avait mis tellement de temps à gagner son amour. Et, pour toute récompense, elle l'avait laissé trahi.

Il aurait pu jurer qu'il voyait un sourire sur ses lèvres. Elle estimait sûrement avoir gagné, avoir eu sa vengeance. Comme si tout ce qu'il avait fait pour elle n'était pas assez pour l'absoudre de sa faute.

– Je n'ai pas besoin de toi. Tu m'entends, sale pute. J'ai rencontré une vraie femme, qui m'aime pour ce que je suis, et pas comme toi... Comme toi... qui ne considère l'amour que comme un jeu, un divertissement en attendant mieux.

Il lui cracha ces mots à la figure sous le coup d'une colère soudaine. Il voulait la faire réagir, qu'elle comprenne qu'elle n'exerçait plus aucun pouvoir sur lui, qu'elle avait échoué.

La porte s'ouvrit et il se retourna. Le docteur Sahlstedt était accompagné de ce monstre de psychologue. Ils s'immobilisèrent sur le pas de la porte et le regardèrent, comme s'ils attendaient quelque chose de lui.

– Comment te sens-tu ?

C'était la femme aux yeux perçants qui s'adressait à lui. Elle portait le même pull-over rouge et le stupide collier de plastique que la veille. Les trois surligneurs qui dépassaient de sa poche de poitrine laissèrent Jonas totalement froid.

Il lui sourit.

– Vous savez, ce putain de collier-là, c'est sans doute le plus moche que j'aie jamais vu.

Le docteur le regarda les yeux écarquillés. Mais Yvonne Palmgren ne se laissa pas démonter. Elle s'avança jusqu'au pied du lit.

– Je te présente mes condoléances.

Il sourit à nouveau.

– Ah bon ?

Il se tourna vers la table de nuit et souffla la bougie qui s'éteignit.

– Elle a un frère quelque part en Australie, mais je n'ai aucune idée de l'ampleur du chagrin qu'il va ressentir. Il ne s'est jamais manifesté, d'ailleurs. Et je ne connais aucun autre parent qui lui soit proche.

Le docteur Sahlstedt s'approcha et posa à nouveau sa main sur l'épaule de Jonas qui était loin d'être la bienvenue.

– Jonas, nous comprenons que tu sois sous le choc mais...

Il recula pour éviter ce contact.

– Faites ce que vous voulez du corps. Elle ne m'est plus rien maintenant.

Le médecin et la psychologue échangèrent un regard.

– Jonas, nous sommes obligés de...

– Je ne suis obligé de rien. Vous vouliez que je lâche prise et que j'aille de l'avant. Eh bien, c'est ce que je fais vers le cadavre sans le regarder. Vous pouvez en faire ce que vous voulez, bon sang !

Il se dirigea vers la porte avec l'impression de ne pas toucher terre. Comme si ses pieds ne foulaient pas le sol revêtu de linoléum.

– Jonas ! Attends !

Ils ne pouvaient pas le retenir. Rien ne pouvait l'arrêter. Il allait partir d'ici pour ne jamais revenir. Il allait éradiquer le souvenir de toutes les minutes, heures et jours qu'il avait gâchés avec ce désir dévorant.

La vie l'attendait dehors.

Le seul résultat auquel elle était parvenue avec sa vengeance ingénieuse, c'était de lui avoir rendu sa liberté. Il ne se sentait plus coupable.

Œil pour œil, dent pour dent.

Une trahison en vaut une autre.

Il était libre.

Il n'appartenait plus qu'à l'Autre.

La seule chose qu'il lui restait à faire, c'était de rentrer chez lui et d'attendre qu'Elle lui téléphone.

Peut-être avait-elle dormi une heure ou deux lorsque le réveil sonna, elle n'en savait rien. Elle avait passé les premières heures de l'aube dans une sorte de somnolence, quelque chose en elle lui interdisait de s'endormir, elle devait rester sur ses gardes. Endormie, elle était sans défense.

Elle tendit le bras, arrêta la sonnerie, se leva et enfila sa robe de chambre. Il occupait l'autre moitié du grand lit, immobile, les yeux fermés. Impossible de dire s'il dormait ou non. L'aversion qu'elle éprouvait envers lui acheva de la réveiller. Tout en elle se concentrait sur sa haine. La fatigue ne pouvait l'atteindre.

Rien ne pouvait l'atteindre.

Elle se pencha et glissa ses mains sous le corps endormi d'Axel. Elle le souleva avec précaution, l'emporta hors de la chambre et referma la porte derrière elle.

Elle se laissa tomber sur le canapé et observa le visage endormi de son fils. Si innocent, si libre de toute culpabilité. Elle ferma les yeux et réprima la douleur que lui causait sa présence. Lui seul la rendait vulnérable, et elle n'avait pas de place pour la faiblesse, désormais. Elle devait se protéger des sentiments qu'il éveillait en elle. Se blinder. Si elle cédait, elle était perdue, elle deviendrait une victime, la pauvre maman abandonnée d'Axel qui avait perdu le contrôle de sa vie. Plus tard, il comprendrait qu'elle agissait pour son bien. De manière responsable en s'efforçant de le protéger, ce que son père ne faisait pas.

– Réveille-toi, Axel. C'est l'heure d'aller à l'école.

Ils arrivèrent un peu en retard, comme elle l'avait prévu. Les enfants étaient déjà assis par terre dans la salle de jeux en attendant le rassemblement matinal, et tous les parents étaient déjà repartis au travail. Axel accrocha son manteau à la patère. Au même moment, Linda sortit de la cuisine une coupe de fruits à la main.

– Bonjour, Axel.

– Bonjour.

Un bref sourire vers Eva puis :

– Viens, Axel. On n'attendait plus que toi.

Elle se sentait très calme. Sa haine était presque agréable. Elle était concentrée et n'éprouvait aucune culpabilité. Rien de cela n'aurait dû arriver, mais ils l'avaient forcée. Il avait suffi d'une simple paire de boucles d'oreilles oubliées dans la douche pour la transformer, c'était étrange.

Elle aiguisa ses mots comme les pointes d'une lance.

– Linda, vous auriez une seconde ? Je voudrais vous parler.

Elle lut la peur dans les yeux de sa rivale et jouit de son ascendant sur elle.

– Oui. Bien sûr.

– Axel, va t'asseoir en attendant, je te dirai au revoir par la fenêtre.

L'enfant lui obéit. Peut-être sentait-il à quel point elle était résolue. Il disparut dans la salle de jeux et elle se tourna vers Linda. Elle l'observa une seconde, consciente de l'inquiétude que son silence pouvait susciter chez elle. Linda demeurait absolument immobile. Seule la coupe de fruits qu'elle tenait entre ses mains tremblait.

– Voilà, ce que j'ai à vous dire est un peu délicat, mais... je dois le faire, pour Axel.

Elle se tut, profitant de son avantage.

– Il se trouve que... enfin, cela ne va pas très fort, à la maison, en ce moment, entre Henrik et moi, et j'ai pensé qu'il valait mieux vous mettre au courant, je veux dire, par rapport à Axel. Je ne sais pas s'il se rend compte, mais... Je sais en tout cas qu'il est très attaché à vous et que vous allez compter de plus en plus pour lui, du moins jusqu'à ce que nous ayons réglé tout ça.

Linda, gênée, ne savait où poser les yeux.

– Je vois.

« Je vois » ? Moi qui croyais que tu avais une conversation si fantastique.

– Je voulais juste vous avertir, pour le bien d'Axel.

– Mais oui, bien entendu.

Elles se tenaient immobiles, face à face. Il était évident que Linda rêvait de pouvoir partir. C'était peut-être leur point commun, à Henrik et elle, cette même invraisemblable lâcheté, ce même désir de fuir ce qui pouvait ressembler à une conversation à cœur ouvert.

Eva la cloua sur place du regard.

– Vous avez un joli pull-over.

Linda baissa les yeux vers son pull comme si elle le voyait pour la première fois.

– Merci.

Tiens, ma petite Linda !, tu vas pouvoir te demander si c'est du lard ou du cochon.

– Vous voulez bien dire à Axel que je m'en vais ?

– Bien sûr.

– Et merci de m'avoir accordé une minute.

Elle posa amicalement la main sur le bras de Linda en souriant.

– Cela me fait du bien de vous parler de ces choses. Je suis sûre que ça s'arrangera. Mais tous les couples connaissent des hauts et des bas, n'est-ce pas ?

Nouveau sourire. Peut-être est-ce ce que Linda tentait de faire, elle aussi.

– On viendra le chercher à quatre heures, comme d'habitude.

Elle laissa sa main un peu trop longtemps sur le bras de Linda avant de faire demi-tour et de partir.

Lorsqu'elle revint à la maison, il n'était toujours pas réveillé. La porte de la chambre était fermée et elle se rendit dans la cuisine pour faire du café. Elle avait appelé le bureau sur son portable. Prétextant une affreuse grippe, elle avait annoncé que le médecin lui avait prescrit un arrêt de travail et elle avait demandé que Håken veuille bien se charger de ses tâches les plus pressantes pendant quelques jours.

Elle prit le plateau pliant que Cissi et Janne leur avaient offert comme cadeau de mariage. Il était toujours dans l'emballage d'origine. Il n'avait servi que très rarement.

Elle n'avait jamais eu les idées aussi claires, sans l'ombre d'un doute ou d'une hésitation. Elle agissait sous l'emprise d'un moteur si puissant qu'il écartait tout sur son chemin et justifiait chacune de ses pensées et de ses actions.

Une chose à la fois. Seul le présent comptait. L'avenir qu'elle avait désiré n'existait plus, on le lui avait enlevé.

Il ne lui restait plus qu'à détruire ses projets d'avenir à lui.

Et il ne comprendrait même pas ce qui lui arrivait.

Le plateau prêt, elle s'arrêta devant la porte de la chambre. Elle s'efforça à plusieurs reprises de sourire, pour s'entraîner, mais il ne fallait pas exagérer, non plus. Elle devait se comporter comme l'Eva qu'il croyait connaître, celle qui existait encore vingt-quatre heures auparavant, sinon elle risquait d'éveiller ses soupçons.

Elle appuya sur la poignée de la porte avec le bras et l'ouvrit en la poussant du pied. Il était réveillé et se hissa sur le coude.

– Bonjour.

Il ne répondit pas.

Tu n'as pas entendu que je te disais bonjour, espèce de sale cochon ?

Il la dévisagea en silence, c'était une hache et non un plateau qu'elle tenait à la main.

– Qu'est-ce que c'est ?

Elle s'avança.

– Un petit déjeuner au lit.

Elle se trouvait à côté de lui maintenant et dut résister à l'envie de lui renverser le café brûlant sur le visage. Il s'assit et elle déposa le plateau sur ses jambes avec beaucoup de précaution.

– Ne t'inquiète pas. Je n'ai pas l'intention de te séduire. Je voudrais juste te parler un peu.

Elle alla s'asseoir au pied du lit, loin de lui.

Il demeura immobile, cloué sur place par le plateau posé en travers de ses jambes.

– Comme tu as pu le remarquer, je n'étais pas à la maison, hier soir.

– Non. J'aurais aimé que tu me préviennes avant de partir.

Elle avala sa salive. Surtout, ne pas céder à la provocation. La nouvelle Eva était sympathique, attentionnée, et comprenait qu'il se soit inquiété.

– C'est vrai, c'était idiot. Je te demande de m'excuser, mais j'avais besoin de sortir.

Cela ne lui suffit pas, et il saisit l'occasion pour se décharger sur elle d'une partie de sa mauvaise conscience.

– Axel était triste et se demandait où tu étais.

Elle serra le poing et se concentra sur la douleur que lui causaient ses ongles en pénétrant dans sa paume.

Si tu veux de la culpabilité, je vais t'en donner. Et on verra qui lui fait le plus de mal.

– J'ai marché toute la nuit.

Elle baissa les yeux et caressa le drap à carreaux bleus.

– J'ai réfléchi à tout ce qui s'est passé, ici, ces derniers temps, à notre mésentente, à la façon dont nous nous comportons l'un envers l'autre. Je reconnais que c'est aussi ma faute si nous en sommes arrivés là.

Elle leva les yeux vers lui mais eut du mal à interpréter sa réaction. Son visage était impassible. Il s'était préparé à la lutte, à l'affrontement et, manifestement, ne savait quelle attitude adopter devant sa soumission nouvelle.

Elle le tenait.

– Je suis désolée de m'être emportée au sujet de cette Maria de chez Widman. Afin que les choses soient bien claires, sache que je suis contente que tu puisses parler avec elle, c'est même certainement une bonne chose pour nous deux. Si elle est aussi intelligente que tu le dis, elle pourra sûrement nous aider à traverser cette petite crise.

L'expression de son visage l'obligea à baisser les yeux. Elle tourna la tête pour qu'il ne puisse voir son sourire et poursuivit dans cette position :

– Je sais que tu ne vas pas bien depuis un certain temps, et tu le dis toi-même, on ne s'amuse plus beaucoup, nous deux, n'est-ce pas ?

Elle le regarda alors.

– Pourquoi ne pars-tu pas un peu ? Pour réfléchir à la situation et à ce que tu désires pour l'avenir. Je m'occuperai de la maison pendant ce temps-là, ne t'en fais pas. L'essentiel, c'est que tu ailles mieux.

Il ne bougeait toujours pas.

Alors Henrik, c'est plus difficile, maintenant, hein ?

Elle se leva.

– Tu sais, je serai toujours là tant que tu auras besoin de moi. Cela n'a pas changé, même si je n'ai pas très bien su te le montrer. Mais je vais faire de mon mieux pour m'améliorer. Je suis à tes côtés et le serai toujours.

Il avait l'air d'avoir envie de vomir. Ses cuisses étaient comprimées par le plateau, le café déborda et coula sous l'assiette des tartines.

Elle s'étonna d'avoir réussi à le toucher. Il était si pitoyable, si intimidé qu'elle avait envie de le frapper.

Lève-toi, bon Dieu ! Défends-toi !

Elle gagna la porte à reculons, pressée d'en finir avant de se trahir.

Elle vit Henrik soulever le plateau puis quitta la chambre, descendit l'escalier et se dirigea droit vers l'armoire des fusils de chasse.

Il n'y avait pas de contravention sur le pare-brise de sa voiture. Cela ne le surprit pas particulièrement, il considéra cela comme normal. C'était la dernière fois que les portes automatiques s'écartaient à son passage, mais il ne se sentit nullement rejeté dans la peur, la solitude et l'attente de son prochain retour. Cette fois, elles s'étaient ouvertes avec respect pour lui souhaiter bonne chance dans sa nouvelle vie.

Tout commençait maintenant. Ce qu'il avait supporté jusque-là n'était qu'un test pour voir s'il méritait ce qui l'attendait désormais. Il était prêt à pardonner toutes les injustices que lui avait fait subir la vie. Avec elle, il en serait largement récompensé.

Pour la dernière fois, il s'engagea sur Solnavägen et tourna à droite vers Essingeleden. L'heure de pointe était passée et le trajet ne prit que dix-huit minutes, comme d'habitude.

Mais c'était la dernière fois.

En arrivant à Storsjövägen, il se gara en marche arrière devant l'entrée, coupa le moteur, sortit de la voiture et ouvrit le coffre. Il avait beaucoup de choses à faire, mieux valait s'y mettre tout de suite.

Les cartons de déménagement se trouvaient à la cave. Il alla en chercher quatre et prit l'ascenseur jusqu'à l'atelier. Ce dernier sentait le renfermé, mais il ne se donna pas la peine d'aérer. Il ouvrit deux cartons et en recouvrit le fond avec du papier journal. L'hibiscus avait perdu l'une de ses deux fleurs roses et celle qui restait s'était fanée et ratatinée. Il jeta le pot, avec la terre, dans le carton. Pendant deux ans et cinq mois il avait maintenu en vie les plantes. C'était fini, maintenant.

Il n'était plus responsable d'elles.

Les cartons se révélèrent plus lourds qu'il ne le pensait à cause de la terre et il dut les traîner jusqu'à l'ascenseur. Après avoir vérifié une dernière fois que tout ce qu'il y avait de vivant dans l'appartement se trouvait dans les cartons, il ferma la porte derrière lui, la verrouilla et jeta la clé dans la boîte à lettres.

Plus jamais.

Il regagna ensuite son appartement.

Certains cadres étaient trop grands pour entrer dans les cartons, il lui fallut donc les casser.

Sans cette décoration, les murs parurent complètement nus. Aussi nus et blancs qu'il allait l'être. Il comptait en effet se laver de ses pensées et de ses souvenirs, nettoyer chaque recoin en lui pour faire de la place à son nouvel amour.

Il devait se montrer d'une pureté parfaite, exempte de toute culpabilité pour l'accueillir et être digne d'elle.

Il ouvrit la penderie, sortit les robes qu'il avait prises à l'atelier et les enfonça dans les cartons entre les tableaux. Elles avaient perdu tout parfum depuis longtemps, mais lui avaient tenu compagnie lorsque la solitude avait été trop lourde à porter.

Il n'en avait plus besoin maintenant.

Plus jamais.

Il dut poser la dernière boîte sur le siège passager, tant la voiture était pleine. La pendule du tableau de bord indiquait midi et demi, et c'était beaucoup trop tôt. Il devait attendre le soir s'il ne voulait pas éveiller l'attention. D'un autre côté, il allait devoir transporter les cartons à pied sur la dernière partie du trajet, car le chemin carrossé s'arrêtait au club nautique. Et cela lui prendrait un bon moment. Il aurait préféré le faire sur le ponton, mais ce n'était pas possible. En revanche, il pouvait s'installer au bord de l'eau juste à côté. Personne ne risquait de le voir du sentier. De Söder, en revanche, on pourrait distinguer les flammes. Mais il avait le droit d'allumer un feu en plein air s'il le voulait, seulement il devait le faire à côté du ponton.

Une bonne fois pour toutes, comme un rite de purification.

Il pleuvait depuis une semaine, en ce mois de septembre, le jour de l'accident. Mais le ciel se découvrit soudain, et il était d'un bleu d'azur deux heures avant qu'elle n'arrive. Il avait préparé avec soin leur pique-nique. Il était même descendu en vitesse à l'épicerie du coin pour acheter des flûtes à champagne en plastique. Il voulait que tout soit parfait. Comme d'habitude, elle arriva en retard, vingt-six minutes pour être précis. Elle avait voulu terminer un tableau. Cela lui fut égal, d'ailleurs, il avait déjà patienté un an, alors vingt-six minutes de plus...

Il avait posé un torchon à carreaux sur le panier, et

elle avait montré sa curiosité sur son contenu au cours de leur descente vers Årstaviken. Fidèle à son habitude, elle ne cessa de bavarder, et il fut ennuyé de voir qu'elle ne comprenait pas la gravité de l'occasion. Elle lui avait parlé d'une galerie où elle devait exposer ses tableaux et de son propriétaire. Un homme très agréable. Cette conversation le mit mal à l'aise. Il détestait cela, qu'elle rencontre des gens sur lesquels il n'avait aucune prise. Il voulait tout savoir d'elle, qui elle rencontrait et comment elle se comportait avec eux. Quelques semaines plus tôt, il avait pris son courage à deux mains et tenté de parler de ses sentiments avec elle. Pour lui expliquer sa façon de voir. Après il s'était produit quelque chose qui l'avait inquiété. À ses yeux, il n'avait fait que lui prouver l'immensité de son amour, mais elle devait l'avoir mal compris car les semaines suivantes, il avait eu l'impression qu'elle prenait ses distances. Elle ne déjeunait plus avec lui comme avant. Une fois, elle avait même fait semblant de ne pas être chez elle quand il était venu frapper à la porte de son atelier, alors qu'il savait parfaitement qu'elle y était.

Il allait s'arranger pour que tout redevienne comme avant.

Il avait pensé qu'ils pourraient s'installer sur le banc au-dessus du club nautique mais, en voyant les grilles ouvertes, elle avait absolument voulu se rendre sur un ponton. Il avait choisi celui de droite et ils étaient passés devant les rares bateaux encore à l'eau qui attendaient d'être remisés pour l'hiver. Ils étaient allés au bout du ponton et il avait posé le panier sur le socle en béton. Le banc aurait été plus confortable. Elle s'était assise près de lui pour contempler l'eau. Une boucle de ses cheveux bruns s'était échappée de son chignon et s'était posée sur sa joue. Il résista à la tentation de toucher son visage pour l'écarter.

– Mon Dieu, comme c'est beau. Regarde l'hôpital de Söder !

Il suivit son geste. Le soleil faisait briller les fenêtres de l'énorme bâtiment comme si l'on avait allumé un feu derrière chacune d'elles.

– J'aurais dû apporter mon carnet d'esquisses.

Il s'accroupit, ôta le torchon du panier, le posa par terre en guise de nappe et sortit les flûtes à champagne.

– Oh ! s'exclama-t-elle avec un sourire étonné. C'est la fête !

Il se sentait nerveux, maintenant, et regrettait presque son initiative. Elle semblait absente. Tout aurait été beaucoup plus facile si elle avait fait preuve d'un peu plus de bonne volonté, si elle avait essayé de venir à son aide. Il sortit la salade de pommes de terre et le poulet rôti, tendit la main pour attraper la bouteille de mousseux et se leva.

Son sourire. Il fallait absolument qu'il la touche.

– Qu'est-ce qu'on fête au juste ?

Il lui sourit, incapable de prononcer un mot, pas encore.

– Il est arrivé quelque chose de merveilleux ?

Elle le regardait enfin avec curiosité. Pour la première fois depuis des semaines, il avait toute son attention. Elle lui était enfin revenue, là où elle n'aurait jamais dû cesser d'être.

Il lui tendit son verre, sûr de lui.

– Veux-tu m'épouser ?

Cela faisait des mois qu'il avait imaginé cet instant. La façon dont son beau visage se serait illuminé par ce sourire, les yeux plissés, elle s'approcherait de lui, tout près, et, confiante, le laisserait enfin l'embrasser, la toucher. Cette femme qui avait dû lutter toute sa vie comprendrait qu'il comptait la protéger, qu'il ne l'abandonnerait jamais, qu'elle n'aurait plus jamais peur.

Mais elle a fermé les yeux.

Elle ferma les yeux et le laissa seul.

Il fut saisi d'une peur panique. Cette peur dont elle l'avait protégé une année entière tomba sur lui avec la force d'un déluge.

Elle ouvrit les yeux et le regarda.

– Jonas, il faut qu'on parle.

Elle lui prit le verre des mains et le posa sur le ponton.

– Viens, asseyons-nous.

Il était incapable de bouger.

– Viens.

Elle tendit la main et la posa doucement sur son bras, le conduisit jusqu'au bord du ponton, et le fit asseoir. Elle avait les yeux fixés sur l'eau.

– Je t'aime beaucoup, Jonas, vraiment, mais ce que tu m'as dit il y a quelques semaines m'a fait peur. Je me suis rendu compte que tu avais peut-être mal interprété notre relation.

Je ne veux plus de toi ici.

– J'ai essayé de te le dire, mais... Je sais que c'est ma faute si nous en sommes arrivés là parce que je n'ai pas osé, je ne voulais pas te faire de peine. C'est vrai, et notre amitié a été très importante pour moi aussi, je ne veux pas la perdre.

Je ne veux plus de toi ici.

– Le propriétaire de cette galerie dont je t'ai parlé, il s'appelle Martin, et nous avons... Lui et moi, nous avons... Et puis zut...

Elle détourna la tête mais, l'instant d'après, il crut sentir sa main sur son bras. Ce n'était peut-être qu'une illusion, pourtant.

– Je suis désolée de ne pas t'en avoir parlé. Je n'ai pas réalisé ce que tu éprouvais avant que tu ne me dises que tu ne voulais pas que je rencontre d'autres hommes en ton absence. Et puis, il y a Martin. Je crois qu'il vaut mieux que je te dise la vérité. Je crois que je peux dire que je l'aime. En tout cas, je n'ai encore jamais éprouvé cela.

Il baissa les yeux sur son propre bras. Oui, elle était là. La main infidèle posée sur son avant-bras.

Elle le touchait.

– Pardonne-moi, Jonas, mais...

Soudain, un blanc total.

L'instant d'après, elle était dans l'eau. Son visage réapparut au-dessus de la surface, étonné et furieux à la fois.

– Qu'est-ce que tu fais, bon sang ! Tu es cinglé ?

Il regarda autour de lui. Un aviron avait été oublié là, il lui manquait la moitié de sa pale. Elle s'agrippa au bord du ponton. Il lui tordit les doigts pour l'obliger à lâcher. Lorsque son visage remonta à la surface, il lui assena un coup d'aviron sur l'épaule et la força à plonger à nouveau sous l'eau. Ses mains infidèles s'agitèrent au-dessus de la surface avant de disparaître. Puis elle s'éloigna et tenta de lui échapper en nageant à reculons, hors de sa portée.

L'eau se referma sur lui mais il ne sentit pas le froid. Il la rattrapa et lui enfonça la tête sous l'eau. Il évita ses bras alors qu'elle se débattait, et coinça son corps entre ses jambes. Cela dura dix minutes, peut-être ; le temps n'existait plus pour lui. Juste le sentiment que, peu à peu, elle cessait de résister, se pliait à sa volonté et renonçait.

Puis soudain cette voix qui l'avait ramené à la réalité.

– Hé, vous avez besoin d'aide ? J'arrive.

Elle attendit qu'il soit sous la douche. Quand elle entendit la porte de la cabine se fermer, elle se dépêcha d'entrer dans son bureau et de photocopier les lettres. Elle ne savait pas encore laquelle lui servirait. Elle voulait les lire au calme, quelque part, pendant qu'il la croirait au travail.

Elle laissa un mot sur la table de la cuisine. « Je vais au boulot, j'irai chercher Axel aujourd'hui pour que tu puisses avoir un peu de calme. » Puis elle remit les originaux dans l'armoire à fusils, glissa les papiers dont elle avait besoin dans sa serviette, enfila son manteau et quitta la maison.

Il n'était toujours pas sorti de la douche.

Sans avoir vraiment d'idée précise sur sa destination, elle suivit la direction de Värmdö, puis s'engagea sur la bretelle menant à Gustavsberg et s'arrêta sur un parking.

> Mon amour,
>
> À chaque minute, chaque instant, je suis avec toi. Savoir que tu existes me rend heureuse. Je ne vis que pour les courts instants que nous passons ensemble. Je sais que nous nous comportons mal et que nous ne

devrions pas éprouver ce que nous ressentons, mais comment pourrais-je dire non ? Je ne sais combien de fois j'ai voulu essayer de t'oublier mais, alors, je te revois et c'est impossible. Si la chose était découverte, je perdrais sans doute mon travail, toi ta famille, et ce serait le chaos total. Pourtant, je ne peux cesser de t'aimer. Et, tout en priant pour que tout cela ne soit jamais arrivé, j'ai peur que ma prière soit exaucée. Je comprends que je suis prête à tout perdre pour t'avoir, toi.

Je t'aime,

ta L.

Elle fut prise de nausées au fur et à mesure de la lecture. Un parasite s'était logé en elle et elle avait envie de vomir, de se tordre pour l'expulser. Il s'était glissé en elle profitant d'un instant d'inattention, s'était emparé de son organisme, et avait empoisonné sa famille. Pourtant ce n'était pas répréhensible aux yeux de la loi. Il n'y avait pas un seul article, dans le code civil, pour punir ce crime. Cette femme avait brisé une famille et braqué l'un contre l'autre les deux parents d'un même enfant. Les dégâts causés étaient à jamais irréparables. Et impardonnables.

Elle jeta un coup d'œil sur les lettres mais n'eut pas le courage de poursuivre. Elle manquait d'oxygène, les mots avaient rendu l'air irrespirable. Elle jeta les feuilles sur le siège passager et sortit de la voiture.

Les picotements dans son bras gauche.

Penchée en avant, les yeux fermés, elle posa les mains sur le capot. Une automobile arriva alors de Gustavsberg. Elle se redressa. Elle ne voulait surtout pas qu'on s'occupe d'elle, qu'on demande si ça allait. Ni qu'on la voie, d'ailleurs.

La voiture poursuivit son chemin. Elle regarda les lettres à travers la vitre. Elle les détestait, elle haïssait chacun de ces mots imprimés en noir et blanc. Il lui répugnait de penser que cette femme et elle utilisaient le même alphabet.

Quelque part, au fond des ténèbres où elle était plongée, elle s'étonnait de cette passion que Henrik avait réussi à susciter chez cette femme.

Pourquoi lui et non pas un autre ?

Qu'est-ce qu'*elle* voyait en lui ?

Avait-elle jamais, pour sa part, aimé de cette façon ? Au début peut-être, mais elle ne s'en souvenait plus. Un jour, tout était alors très différent, ils avaient décidé d'unir leurs destinées et, pour sceller ce pacte, ils avaient mis au monde un enfant, une responsabilité pour la vie entière. Et maintenant, juste parce que son entrejambe le démangeait, tout allait être détruit, ce compagnonnage aboli. La seule chose qui comptait, pour lui, c'était de baiser l'éducatrice d'Axel sans en supporter les conséquences.

Espèce de salaud.

Une colère froide s'empara d'elle et les picotements de son bras gauche cessèrent.

Elle était de nouveau tout entière dans la décision qu'elle avait prise.

Elle remonta dans sa voiture et reprit la première lettre.

Il était difficile de croire qu'une telle âme de poète se cachait derrière ce sourire lâche qui les accueillait le matin. Mais cette lettre était parfaite, il n'y avait pas un mot à changer. Et il était bon de savoir qu'elle était prête à tout perdre. Elle le disait noir sur blanc, et c'était exactement ce qui allait lui arriver.

Ta prière sera exaucée, petite Linda, tu peux en être sûre.

Elle regarda sa montre. Dix heures et quart. Il était temps de rentrer. À cette heure, ils étaient sans doute partis pour leur pique-nique en forêt.

Elle démarra, fit demi-tour et prit la direction de l'école.

Pour ne rien laisser au hasard, elle gara la voiture sur le parking du magasin Ica et parcourut les derniers mètres à pied. Elle ne voulait pas que l'on voie son véhicule à proximité de l'école, même qu'on la remarque, elle. La cour de récréation, à l'arrière, était déserte. Seuls les pneus noirs qui servaient de balançoire oscillaient sous le vent au bout de leurs chaînes. Tout était calme. Elle se demanda si tous les enfants étaient partis. Ce serait l'idéal à condition qu'ils n'aient pas fermé les portes à clé.

Celle de la classe d'Axel qui donnait sur la rue était verrouillée. Elle fit le tour, passa près du toboggan et, de loin, vit que la porte de la cuisine était maintenue entrouverte par une caisse en plastique bleu. Ines préparait peut-être le goûter de l'après-midi ? Elle s'approcha et tendit l'oreille. Le seul bruit était celui d'une radio qui semblait jouer dans une salle vide.

Si, contre toute attente, quelqu'un l'observait d'une fenêtre, il ne fallait pas qu'elle reste là à hésiter. Elle devait se comporter comme s'il était parfaitement normal qu'elle se trouve dans l'école de son fils à onze heures moins vingt-cinq un vendredi matin. Si on lui posait des questions, elle n'aurait aucun mal à répondre. Trouver une explication plausible pour expliquer sa présence était le moindre de ses soucis.

Elle ouvrit la porte et entra. La cuisine était déserte.

Quelques pains, sous leur emballage plastique, et un paquet de Marlboro Light sur le plan de travail en inox perturbaient l'ordre parfait qui y régnait. Le bruit d'une chasse d'eau lui indiqua où se trouvait Ines. Elle se dépêcha vers le couloir et continua en direction du bureau de Kerstin. Personne à l'horizon. Elle passa très vite devant la salle du personnel et la classe des petits, avant d'en franchir la porte laissée grande ouverte. Elle la tira derrière elle sans faire de bruit et la ferma à clé. Si quelqu'un venait, cette précaution lui ferait gagner du temps. Elle dirait qu'elle venait apporter un renseignement à Kerstin, et c'est ce qu'on la verrait faire, si par hasard quelqu'un la surprenait.

Elle se dirigea vers le bureau.

Elle n'avait jamais été douée en informatique, mais ce ne devait pas être très compliqué d'ouvrir l'ordinateur d'un service municipal. Elle posa sa serviette, appuya sur le bouton et s'installa dans le fauteuil pour attendre que l'appareil s'allume. Devant elle, un tableau d'affichage sur lequel on voyait les photos de groupe des quatre classes, prises à la rentrée. Une soixantaine d'enfants et le personnel chargé de veiller sur eux. Axel était assis par terre, en tailleur, et, juste derrière lui, le serpent qui avait brisé la paix de son ménage. Elle se leva, se pencha par-dessus le bureau et observa son ennemi. Ses cheveux blonds flottaient librement sur ses épaules. Et puis ce maudit sourire. Mais elle allait bientôt le perdre...

Elle s'assit à nouveau.

Sur l'écran, une fenêtre lui demanda le nom et le mot de passe de l'utilisateur. Elle inscrivit Linda Persson sur la première ligne et cliqua pour passer à la suivante.

On avait droit à trois tentatives, en général, comme c'était le cas sur son serveur au bureau.

Henrik. Mot de passe erroné. Axel. Même réponse. Garce. Veuillez contacter le service électronique de la commune.

Elle leva à nouveau les yeux sur le tableau d'affichage. Le numéro devait être affiché quelque part pour ne pas avoir à le chercher chaque fois dans l'annuaire interne. Mais sans doute chacun le connaissait-il par cœur. Elle décrocha le combiné et appuya sur la touche zéro.

– Hôtel de ville, bonjour.

– Bonjour. Ici Kerstin Evertsson, de l'école de Kortbacken. J'ai oublié le numéro abrégé du service informatique.

– Quatre mille onze. Vous voulez que je vous mette en contact ?

– Non, merci.

Elle coupa la communication. Elle préférait le faire elle-même pour minimiser les risques. Elle décrocha le combiné et composa le numéro.

– Service informatique.

– Ici Linda Persson, de l'école de Kortbacken. Je ne sais pas ce qui se passe, mais nous ne pouvons pas ouvrir notre courrier électronique. L'appareil refuse notre code d'accès.

– C'est curieux. Quel est votre nom, déjà ?

– Linda Persson.

Silence au bout du fil, pendant un moment qui lui parut une éternité.

– Je peux vous rappeler ?

Elle hésita une seconde, se demandant si Ines entendrait la sonnerie dans la cuisine.

– Bien sûr, mais c'est très pressé.

– J'en ai pour une minute.

Elle n'avait pas le choix.

– D'accord.

Elle raccrocha et souleva aussitôt le combiné, en appuyant avec le doigt à la place. Plus la sonnerie serait brève, mieux cela vaudrait.

Les secondes s'écoulèrent, interminables.

Cette soudaine nervosité consommait plus d'énergie qu'elle ne pouvait se le permettre. Combien de temps tiendrait-elle encore sans dormir ? Et si son interlocuteur connaissait Linda et avait deviné, à la voix, que ce n'était pas elle au bout du fil ?

Soudain, la sonnerie.

– Linda Persson.

– Ici le service informatique. Bon, j'ai fait un peu le ménage et ça doit passer, maintenant. Il suffit de choisir un nouveau code d'accès et de le confirmer à trois reprises dans les boîtes de dialogue qui apparaîtront l'une après l'autre sur l'écran. Ça va comme ça ?

– Oh ! c'est parfait. Merci de votre aide.

– Il n'y a pas de quoi. On est là pour ça.

On peut le dire, en effet.

Elle reposa le combiné et tenta de se concentrer à nouveau.

Trouver un nouveau code d'accès pour Linda n'avait rien de difficile.

Elle sourit en écrivant le mot dans la boîte de dialogue. Elle le confirma trois fois comme prévu.

Et voilà.

Elle pointa rapidement la flèche sur « boîte de réception » mais ne trouva aucun mail de Henrik. Il n'y en avait pas non plus dans la « boîte d'envoi ». De deux choses l'une : ou bien ils se remettaient leur sale courrier en main propre, ou bien elle utilisait une autre adresse pour séduire les pères de ses élèves. Elle avait peur de perdre son boulot, cette sale petite peste.

Ha !

Elle cliqua sur « nouveau message », ouvrit sa serviette, sortit la lettre, puis la liste des adresses des parents d'élèves. Il ne lui fallut pas plus d'une minute pour recopier la missive, en y ajoutant quelques fautes d'orthographe. Elle parcourut la liste. Le père de Simon était assez bel homme. Il allait avoir droit à une lettre. Celui de Jacob aussi, cela laisserait peut-être un peu moins de temps libre à sa femme pour organiser ces réunions pour ce maudit camp.

Elle cliqua sur « envoyer ».

Ah ! ah ! ma petite Linda. Je suis curieuse de voir comment tu vas expliquer ça.

Elle éteignit l'ordinateur et remit les lettres dans sa serviette. Elle allait se lever lorsqu'elle entendit soudain un bruit de pas dans le couloir. Elle retint sa respiration. La poignée de la porte s'abaissa. Elle regarda autour d'elle. Aucune cache possible. Puis un bruit de trousseau de clés. Sans réfléchir, elle se leva et se glissa sous le bureau. La porte s'ouvrit et elle vit deux pieds approcher. Elle ferma les yeux comme si cela réduisait le risque d'être découverte. Cela lui éviterait toutefois de voir l'expression d'Ines, si elle la découvrait. Cela ne devait pas arriver.

Un bruit de papiers qu'on soulevait, au-dessus de sa tête. Avait-elle pensé à tout prendre ? Et si elle avait oublié quoi que ce soit ? Ou si Ines devait jeter quelque chose dans la corbeille à papier, juste à côté d'elle ? Impossible d'expliquer rationnellement sa présence à cet endroit. Pourquoi s'était-elle cachée, si elle voulait juste communiquer un renseignement à Kerstin ? Si Ines la voyait, elle serait perdue. Sa vengeance serait révélée dès que les destinataires des mails en auraient pris connaissance. Mon Dieu ! qu'avait-elle fait ? Soudain, un bruit lui fit ouvrir les yeux de frayeur. Les jambes d'Ines étaient à quelques centimètres seulement de ses pieds. Puis elle entendit de nouveau le bruit, mais plus long cette fois. Son esprit refusait de le déchiffrer à moins que ce ne fût un effet sonore indiquant le moment où tout le monde découvrirait son misérable comportement. Ines se dirigea d'un pas pressé vers la porte. Eva comprit alors qu'elle venait d'entendre la sonnette de la porte d'entrée. Ines disparut. Eva sortit de sa cachette, jeta un dernier coup d'œil sur le bureau pour s'assurer qu'elle n'avait rien oublié et gagna rapidement la sortie la plus proche, par la classe d'Axel. Il ne lui était plus possible d'ignorer sa fatigue. Elle avait l'impression de se trouver dans une bulle de verre, séparée de ce qui avait jadis constitué sa réalité. La peur avait consommé toutes ses réserves d'énergie qui la maintenaient encore sur pied. Si elle voulait continuer, il fallait absolument qu'elle dorme un peu. Dans la voiture peut-être ? À condition de reprendre le volant et de trouver un endroit sûr où personne ne pourrait la voir.

Elle monta dans le véhicule et démarra.

Quelques heures de sommeil.

Elle devait dormir.

Dormir un peu, puis rentrer à la maison et préparer une belle soirée pour sa famille.

Il était allongé, nu, sur son lit. L'appartement était propre et net de tout, il avait juste gardé les draps sans les laver. Les murs de la chambre étaient vides, tout ce qui s'y trouvait ce matin avait disparu. Transformé en un tas de cendres fumant, à Årstaviken. À l'hôpital Karolinska, gisait un corps qui ne le concernait plus. Il avait aussi peu de signification pour lui que trois ans et cinq mois plus tôt, avant qu'il ne fasse la connaissance d'Anna.

Et il serait bientôt réduit en cendres, lui aussi.

Mais son corps à lui vivait. Pour la première fois, il existait vraiment. Plus comme un ennemi qu'il fallait sans cesse renier, dompter, contraindre, faire renoncer. Le désir lui était désormais permis. Cet appétit sexuel qui vibrait en lui n'était pas une menace mais le signe de toutes les choses fantastiques qui l'attendaient.

Il posa sa main sur son cou, la fit descendre le long de sa poitrine en une lente caresse et ferma les yeux. C'était ce qu'elle avait fait. Ses mains l'avaient libéré comme cela.

Pourquoi ne l'appelait-elle pas ?

Le téléphone était posé par terre près de lui, sur le tapis ; il ne se souvenait plus du nombre de fois où il l'avait regardé en posant la main dessus comme si ce geste allait lui révéler combien de temps il lui faudrait attendre.

Il désirait tant de choses. Enfin possibles, et il était obligé d'attendre. C'était un véritable supplice.

Il pensa aux magnifiques possibilités que leur rencontre avait créées. À ce qu'ils pourraient faire ensemble. Ce qu'il avait rêvé de faire avec Anna mais qui lui avait été interdit. Une nouvelle chance s'offrait à lui. Il allait se remettre à travailler, il ne serait sûrement pas difficile de retrouver son emploi de facteur mais ce ne serait qu'un début. Car il avait l'intention de réaliser son rêve et de suivre des cours de trigonométrie. Dès lundi, il téléphonerait pour s'inscrire.

Pourquoi n'appelait-elle pas ?

Il se leva et passa dans la cuisine. La seule chose comestible qui s'y trouvait était un surgelé de saucisses et risotto. La date de péremption indiquait la veille mais tant pis. Il versa le tout dans une casserole.

Comment avait-il pu être assez bête pour ne pas lui demander son numéro de téléphone ? Et si elle n'osait pas appeler ? Et si elle avait pensé qu'il ne s'intéressait pas à elle puisqu'il s'était endormi sans lui demander son numéro ? Il ne connaissait même pas son nom de famille. Qu'allait-elle croire ?

C'était bizarre qu'ils n'aient pas davantage parlé. En fait, il savait pourquoi. Ils avaient tant de choses à se dire qu'ils avaient décidé de rester silencieux.

Après tout, ils avaient toute la vie devant eux.

Et si elle était là à hésiter, le combiné à la main, n'osant pas composer le numéro ? Son estomac se serra. Dire qu'il ne lui avait pas posé la question, bon sang. Il ne connaissait d'elle que son prénom. Et le fait qu'il ne renoncerait jamais à elle. Même s'il lui fallait mettre Stockholm sens dessus dessous, il la retrouverait.

L'idée de ne pas savoir où elle était lui devint insupportable. Si elle ne donnait pas bientôt de ses nouvelles, son obsession reprendrait le dessus. Il était encore en sécurité. Le souvenir du contact de sa main sur sa peau le mettait à l'abri.

Mais pour combien de temps ?

Il venait de prendre sa première bouchée de risotto lorsque le téléphone sonna. Il se précipita vers l'évier, cracha et se rinça la bouche. Puis il se dirigea vers le téléphone.

Toutes les paroles qu'il avait préparées avaient soudain disparu de son esprit.

Quatrième sonnerie.

– Jonas à l'appareil.

– Bonjour, Jonas, c'est Yvonne Palmgren, de l'hôpital Karolinska. Je voulais juste prendre de tes nouvelles.

Il resta muet, pris d'une rage croissante. Il n'avait rien à dire à cette femme. Elle l'appelait depuis une autre vie qu'il avait laissée derrière lui. Seule Linda avait le droit de l'appeler, nul ne devait bloquer sa ligne téléphonique.

Cette sale bonne femme, à l'autre bout du fil, lui avait conseillé de lâcher prise et d'aller de l'avant, et c'était précisément ce qu'il avait fait. Elle n'avait pas à connaître ses sentiments ; il avait fait ce qu'elle lui avait dit de faire.

Il raccrocha.

Merde. Et si Linda venait d'appeler alors que la ligne était occupée ? Elle avait peut-être pris son courage à deux mains pour oser l'appeler et *la ligne était occupée* !

La salope !

Il rectifia la position du téléphone, qui ne faisait plus un angle droit avec le tapis, enfila des pantoufles et retourna dans la cuisine. Le risotto formait maintenant une boule dans sa bouche impossible à avaler.

Et s'il l'avait déçue, s'il ne s'était pas montré à la hauteur de son attente ? Qu'avait-elle vu en lui, d'ailleurs ? Qu'est-ce qui avait pu l'inciter à l'accompagner chez lui en toute confiance, sans le moindre soupçon, et à se donner à lui avec un tel abandon, sans aucune réserve ? Ce ne pouvait être que le destin. Leur rencontre prouvait qu'ils étaient faits l'un pour l'autre. Ce devait être l'impression qu'on avait quand on trouvait enfin la bonne personne. Tout cela n'avait pu se produire sans une raison précise. Le fait que, dès le premier soir, il l'avait rencontrée, elle, et avait osé lâcher prise. C'était le début. Il le savait !

Pourquoi n'appelait-elle pas ?

Il se leva et vérifia le combiné du téléphone. Il lui vint l'idée de le soulever, pour s'assurer que la communication avec le Monstre Psychothérapeute avait réellement été coupée, mais il n'osa pas. Si elle appelait juste à ce moment-là !

Il s'assit au bord du lit.

Et s'il ne la revoyait pas ? Impossible de supporter une telle idée.

Et si elle ne voulait pas appeler, si c'était pour cette raison qu'elle ne l'avait pas réveillé avant de partir ? S'il l'avait déçue. S'il l'avait perdue.

Cela ne pouvait pas finir comme ça. Sinon Anna gagnerait. Sa trahison, à elle, lui procurerait une vengeance qu'elle ne méritait pas.

Cela ne pouvait pas finir comme ça. Il avait été tellement sûr de lui, s'était senti tellement fort. Soudain il n'était plus sûr de rien.

Il ne pouvait plus rester dans cet appartement, il fallait qu'il sorte. Toutes ces questions menaçaient de le rendre fou, il devait la retrouver, reprendre le contrôle de la situation.

Il ouvrit la penderie et en sortit un pantalon beige et un pull-over. Il lui fallait absolument acheter des vêtements neufs, mais il n'en avait pas les moyens. Il se demanda quelle profession elle exerçait. Il fallait qu'il le sache, ainsi que tout ce qui la concernait. Être près d'elle, partager ses pensées, dormir avec elle. Tout. Il voulait tout.

Il prit le métro jusqu'à Slusseu et gagna Gamla Stan à pied. L'horloge de Katarina Lift indiquait 21 h 32. Il tenait son portable à la main, pour être sûr de l'entendre sonner si elle appelait. Avant de partir de chez lui, il avait procédé à un transfert d'appel. Arrivé à Järntorget, il s'arrêta et regarda l'auvent rouge. Elle s'était assise là. La veille, il s'était trouvé à cet endroit précis, et alors tout avait commencé. Il ne s'était écoulé que vingt-quatre heures depuis, mais tout avait changé, tout était nouveau.

Un homme en costume, la trentaine, était assis sur le tabouret qu'elle avait occupé. À côté de lui, d'autres hommes bien habillés. Et si elle était à l'intérieur ? À une trentaine de mètres seulement de lui ?

Il se dirigea vers la porte de l'établissement. L'idée qu'il pourrait la voir lui fit presser le pas.

Le café était bondé. Toutes les places assises étaient prises et il y avait beaucoup de monde au bar. Il balaya ces visages du regard sans la trouver. Mais n'était-ce pas elle, là-bas, cette femme en pull-over noir qui lui tournait le dos ? Il fendit la foule. Dans sa hâte, il heurta le coude d'une personne, faisant déborder le verre qu'elle tenait. Un regard courroucé. Il s'en fichait. Le cœur battant, il alla se poster près du mur opposé afin de voir son visage. Ce n'était pas elle et sa déception fut immense.

Cette foule était fort désagréable. Il régnait en ce lieu un brouhaha tel qu'on ne pouvait pas distinguer le moindre mot, seulement un brouhaha de voix essayant de dominer la musique.

Où étaient les toilettes ? Elle s'y trouvait peut-être. Il poursuivit son chemin le long du comptoir et trouva deux portes près de la cuisine. L'une était libre. Pour plus de sûreté, il l'ouvrit afin de s'assurer qu'elle n'était pas à l'intérieur. L'autre était occupée, il attendit et entendit le bruit de la chasse d'eau. Il vit en esprit sa main, la sentit lui caresser la hanche et descendre ensuite vers son bas-ventre. Le désir, à nouveau.

Il fallait qu'il la retrouve.

La serrure fut actionnée et le loquet passa au vert. Il cessa de respirer et ferma les yeux. Une femme d'une cinquantaine d'années sortit et il baissa le regard. Où était-elle ? Pourquoi ne venait-elle pas ? Il vérifia de nouveau l'indicateur d'appel de son portable. Non, il n'en avait pas manqué un seul. Peut-être n'aurait-il pas dû quitter son appartement ? Il regretta sa décision et sentit la pression s'accentuer. Son obsession passerait à l'attaque dès qu'elle décèlerait la moindre faille dans la cuirasse dont cette femme lui avait fait don. Il regarda la poignée de porte qu'il venait de tourner. Bon sang. Il la toucha très rapidement pour en neutraliser l'effet, mais rien n'y fit.

Luleå-Hudiksvall, 612, Lund-Karlskrona, 190.

Bon sang ! Où pouvait-elle être ?

Il regarda le bar. Combien de pas pouvait-il y avoir

jusque-là ? Il devait boire une bière pour repousser ces idées. Il n'y avait aucun tabouret de libre et guère de place debout mais, plus loin, un homme d'âge mûr qui avait trop bu tentait de persuader le barman de le servir à nouveau. Celui-ci refusa et l'homme se leva brusquement en renversant son tabouret. Le bruit interrompit un instant les conversations et laissa place à la musique.

Tous le monde regardait la scène.

Le barman prit le verre vide du coupable.

– Vous avez assez bu pour ce soir. Vous n'aurez plus rien ici.

– Donne-moi encore une bière, espèce de petit merdeux.

– Je dois vous demander de partir.

Le barman s'éloigna et posa le verre dans un casier.

– Quel endroit de merde, bon sang !

L'homme regarda autour de lui, quêtant l'approbation dans ces yeux braqués sur lui. Mais tous se hâtèrent de détourner le regard, affichant à la fois mépris et indulgence. Il n'existait pas. Seul Jonas continua à le fixer. Il ressentait de la haine envers cet homme pathétique qui se laissait ainsi humilier. Il vit un instant un autre homme, à un autre bar.

Les conversations reprirent comme sur un ordre exprès. Le brouhaha recommença. L'homme hésita quelques secondes et se retint au comptoir dans l'espoir de paraître un peu moins ivre. Finalement, avec toute la dignité dont il était encore capable, il gagna la porte en titubant et disparut dans les ténèbres.

Le tabouret était resté par terre. Jonas le ramassa. Le souvenir que cet homme avait réveillé mit un terme à son idée fixe. Il n'était pas comme son père.

Il s'assit au comptoir. Le barman essuya le zinc devant lui, et lui lança un rapide coup d'œil.

– Maudite engeance.

C'était le même que la veille. Celui qui les avait servis, Linda et lui. Jonas entrevit une possibilité de réussite.

– Une bière forte, s'il vous plaît.

– Une blonde ?

– N'importe laquelle.

– Une irlandaise, alors.

– D'accord.

Le barman tendit le bras pour prendre un verre sur l'étagère au-dessus de lui, remplit le verre à moitié et le posa devant lui.

– Quarante-deux couronnes.

Jonas sortit son portefeuille et posa un billet de cinquante sur le comptoir. Le barman alla servir d'autres clients et Jonas but quelques gorgées avant de remplir de nouveau son verre. La mousse déborda et fit une petite mare sur le zinc. Il plongea le doigt dedans et traça un L sur la partie du comptoir que le barman venait de nettoyer.

Il fallait qu'il lui pose la question. C'était sa seule chance. Il allait boire encore un peu, pour éviter d'être en proie à son obsession si les choses tournaient mal.

Il saisit l'occasion une demi-heure plus tard. Le barman se plaça devant lui pour ranger des verres qu'il venait de laver. Il en était lui-même à sa troisième bière et était donc parfaitement résolu.

– Dis donc, je me demande si tu ne pourrais pas m'aider pour un truc.

– Volontiers.

Les verres, l'un après l'autre, disparaissaient du bac pour prendre place sur l'étagère.

– Hier soir, tu vois, j'ai rencontré une fille, ici. Je sais pas si tu te souviens de moi.

– Si, je sais. Tu étais assis là-bas.

Il désigna d'un signe de tête l'extrémité du comptoir.

Jonas opina de la tête.

– Eh bien, cette fille...

Il s'interrompit, baissa les yeux sur le zinc, puis les releva au bout de quelques secondes avec un sourire.

– Enfin, bon, tu sais ce que c'est. On est rentrés chez moi ensemble, tu vois. Elle m'a donné son numéro de téléphone et j'ai promis de la rappeler, mais j'ai perdu le bout de papier. Je suis très embêté.

Le barman se fendit d'un sourire.

– C'est vrai, c'est pas marrant, ça.

– Tu te souviens d'elle, aussi ?

La question était assez stupide, en fait. Bien sûr qu'il se souvenait d'elle. Aucun de ceux qui l'avaient vue ne pouvaient l'oublier.

– Tu veux dire celle à qui tu as payé du cidre ?

Jonas hocha la tête :

– Elle s'appelle Linda. Elle vient souvent ici ?

– Pas que je sache. Je ne l'ai jamais vue avant, en tout cas.

Jonas vit tous ses espoirs s'envoler. Cet endroit et ce barman étaient les seules choses qui le rattachaient à elle.

– Tu ne connais pas son nom, alors ?

Le barman secoua la tête.

– Aucune idée. Désolé.

Jonas avala sa salive.

Le barman l'observa un instant, posa son dernier

verre, prit le bac et s'éloigna. Jonas sortit à nouveau son portable mais l'indicateur d'appel était toujours vierge. Elle savait comment il s'appelait, connaissait son adresse, et pourtant elle n'avait pas appelé. Il regarda autour de lui et vit ces bouches étrangères qui bavardaient et souriaient, ces yeux qui se cherchaient, ces mains. Où était-elle, en ce moment ? Se trouvait-elle dans un endroit semblable à celui-ci, mais où il n'était pas, lui ? L'idée qu'elle puisse être avec d'autres gens, que les yeux d'un autre puissent se poser sur elle, que sa silhouette se détache peut-être sur la rétine d'un autre, dans un autre.

– Au fait, je peux peut-être t'aider.

Il se retourna. Le barman était devant lui, un ticket de caisse à la main.

– Elle a réglé son premier verre avec sa carte de crédit. Avant que tu arrives.

Son cœur ne fit qu'un bond dans sa poitrine. Il tendit la main pour prendre le petit morceau de papier.

– Eh, doucement. J'en ai besoin, moi.

Il lut ce qui était marqué.

Un reçu de la Handelsbanken.

Elle avait ajouté dix couronnes de pourboire et apposé sa signature, comme il se doit.

Le barman l'observait.

– Mais je croyais que tu m'avais dit qu'elle s'appelait Linda.

Il relut la signature, car cela lui paraissait incompréhensible.

– Ce n'est sans doute pas le bon reçu.

– Si, je suis sûr que c'est le sien. On a dû changer de stylo alors qu'elle était en train de signer, comme tu vois.

Il indiqua le reçu d'un signe de tête. Les dernières

lettres de son nom étaient en effet écrites avec une autre encre.

– C'est à elle que tu as offert du cidre, j'en suis sûr. Mais il vaut peut-être mieux ne pas lui donner de tes nouvelles, après tout.

Le barman eut un petit sourire en coin.

Jonas ne pouvait quitter des yeux ces lettres totalement incompréhensibles. Cette femme pour laquelle il avait trahi Anna, qui avait aidé celle-ci à exercer son injuste vengeance, lui avait menti. Le prénom qu'il avait appris à aimer au cours des dernières vingt-quatre heures, ce prénom était faux, un mensonge éhonté.

Elle s'appelait Eva.

Eva Wirenström-Berg.

Du filet de porc gratiné et des pommes de terre. Et puis un vin rouge espagnol de 89. Elle en avait eu pour cent soixante-douze couronnes.

Elle aurait aussi bien pu lui servir le liquide du bac du balai des toilettes, en fait. L'idée lui en était d'ailleurs venue un moment.

Ils n'avaient pas échangé un seul mot au cours du repas. Axel s'était chargé de la conversation. C'était lui qui avait allumé les bougies sur la table et maintenant, assis sur sa chaise, il se disait qu'ils allaient passer une soirée agréable. Comme tous les vendredis. Il ne se doutait pas que ce genre de soirées était révolu à jamais et que l'homme qui les leur avait dérobées était assis à sa droite et dévorait sa nourriture à toute vitesse pour aller se réfugier le plus vite possible dans son bureau.

Henrik lui jeta un rapide coup d'œil, se leva et prit son assiette.

– Tu as fini ?

Elle hocha la tête.

De l'autre main, il prit le plat contenant la viande et se dirigea vers l'évier.

Elle resta assise, étonnée de constater qu'il ne se brûlait pas, le plat devait être encore chaud pourtant.

Sans un mot, mais de façon très efficace, il débarrassa la table, rinça les plats et les mit dans le lave-vaisselle.

Le repas de famille était terminé.

Il avait duré exactement sept minutes.

– Axel, c'est l'heure de ton émission, je vais t'allumer la télévision.

Axel se laissa glisser de sa chaise et ils passèrent dans la salle de séjour.

Elle resta assise avec son verre de vin à la main qu'il avait oublié de lui prendre. La bouteille était encore presque pleine car il n'y avait pratiquement pas goûté.

Le téléphone sonna pour la première fois à minuit moins le quart. Axel s'était endormi devant la télévision dès huit heures et Eva l'avait couché dans le grand lit. Elle avait passé le reste de la soirée, seule sur le canapé à regarder fixement, sans les voir, les images qui défilaient sur l'écran. Lorsque la sonnerie retentit, Henrik qui avait quitté provisoirement son camp retranché se trouvait aux toilettes. Elle décrocha donc.

– Eva à l'appareil.

Pas un bruit au bout du fil.

– Allô ?

On raccrocha.

Le combiné encore collé à l'oreille, elle sentit la colère monter en elle. La sale garce ! Elle ne pouvait même pas les laisser en paix le vendredi soir alors qu'ils étaient en famille.

Elle entendit la chasse d'eau et, de façon parfaitement synchronisée, la porte des toilettes s'ouvrit et Henrik apparut sur le seuil.

– Qui était-ce ?

Elle raccrocha et afficha une feinte indifférence en feuilletant le prospectus d'un magasin bio resté sur le plan de travail.

– Je ne sais pas, on a raccroché.

Une expression inquiète passa sur le visage de Henrik.

Puis il disparut à nouveau dans son bureau. La porte s'était à peine refermée qu'une nouvelle sonnerie déchira le silence.

Elle fut de nouveau la première à répondre.

– Oui ?

À nouveau le petit bruit indiquant qu'on mettait fin à la communication. Et, dès que le combiné fut reposé, une nouvelle sonnerie. Cette fois, elle ne dit rien et resta à écouter la respiration, à l'autre bout du fil.

Soudain :

– Allô ?

– Eva, à l'appareil.

– Bonsoir, c'est Annika Ekberg.

La maman de Jacob.

– La mère de Jacob, à l'école. Excusez-moi de vous appeler si tard, j'espère que vous n'étiez pas encore couchés.

– Non, ne vous inquiétez pas.

– Il faut absolument que je vous parle, parce qu'il se passe quelque chose d'ahurissant. Åsa, vous savez, la maman de Simon, vient de m'appeler pour me dire que Lasse, son mari, a reçu un mail très bizarre de Linda Persson, à l'école.

– Un mail bizarre ?

– Oui. Une déclaration d'amour.
– Quoi ?
– Oui.
– Au père de Simon ?
– Oui, et ce n'est pas tout. Nous sommes allés voir notre courrier électronique et nous en avons reçue une nous aussi.
– Une lettre d'amour ?
– La même qu'eux, mot pour mot. Je suppose que c'était destiné à Kjelle, mon mari, et non à moi, mais ce n'était pas précisé. Il est furieux. D'après ce mail, ils auraient une liaison depuis un certain temps.
– C'est invraisemblable.
– Oui. Je ne sais pas ce qu'on va faire.
– C'est peut-être une erreur ?
– Je ne sais pas. Le message est envoyé depuis son adresse électronique, à l'école. Il est possible qu'il ait été destiné à quelqu'un d'autre, mais cela paraît un peu idiot. Et si c'est une plaisanterie, elle n'est vraiment pas drôle.

Oh si !

– Non, en effet.
– Je voulais simplement savoir si Henrik a reçu quelque chose.

Soudain, elle se sentit très en forme.

– Attendez un instant, je vais voir. Ah ! oui, c'est vrai, il faut que je raccroche pour consulter notre courrier électronique. Je vous rappelle dans un instant.
– D'accord, merci.

Elle raccrocha. Elle voulait agir calmement sans avoir la mère de Jacob au bout du fil. Son visage s'illumina d'un petit sourire tandis qu'elle gagnait le bureau et entrait sans frapper. Elle avait mis la machine en branle. Elle ne savait pas trop quand elle désirait qu'elle s'arrête mais cela lui était parfaitement indifférent. Tout était fichu, de toute façon. Son seul but était de se venger du mal qu'on lui avait fait. De punir.

Il était assis à son bureau, les mains sur les genoux, et regardait fixement devant lui. L'ordinateur s'était mis en veille et des cercles de couleur dansaient gaiement sur l'écran. Il tourna légèrement la tête en l'entendant entrer.

Mais il ne la regarda pas.

– Qui était-ce ?

– Annika Ekberg, la maman de Jacob, à l'école. Tu as consulté ton courrier électronique récemment ?

– Comment ça ?

– Eh bien ! c'est absolument incroyable : le père de Jacob et celui de Simon ont reçu des lettres d'amour de Linda, à l'école.

Son dos trahit sa réaction. Il s'écoula deux secondes de trop avant qu'il ne se retourne et ne la regarde. Son regard ne fit qu'effleurer ses yeux avant de se poser à nouveau sur l'écran.

– Ah bon ! Qu'est-ce qu'elles disaient ?

Il n'avait jamais su très bien mentir. Ne se rendait-il pas compte à quel point c'était pitoyable ? L'indifférence qu'il affichait était une offense à ses capacités intellectuelles, à elle.

– Je ne sais pas. Ils m'ont demandé de vérifier si tu en as reçu une, toi aussi.

Elle alla se placer à côté de lui. De cette façon, il serait obligé de révéler les expéditeurs de ses derniers messages.

Mais il trouva vite une parade.

– Je viens d'y aller. Il n'y avait rien.

– Regarde encore une fois.

– Pourquoi ?

– Tu as peut-être reçu un mail depuis.

– Je suis allé voir il y a cinq minutes.

Il avait l'air un peu énervé. Énervé et effrayé. Un spectacle vraiment délicieux.

– Il y a cinq minutes, j'étais au téléphone, tu ne pouvais pas être sur Internet.

Il poussa un grand soupir. Tout en lui montrait à quel point il la trouvait énervante.

– Bon, c'était peut-être huit minutes. Je n'ai pas regardé l'heure.

– Pourquoi ne veux-tu pas aller voir ?

– Mais enfin, bon sang, puisque je te dis que je viens d'y aller !

Quel ton désagréable. Il avait peur, il était facile à décontenancer. Tu te porterais beaucoup mieux si tu consentais à dire la vérité, espèce de sale lâche.

– Donne-moi le téléphone.

– Qui veux-tu appeler ?

– Annika.

Il lui passa l'appareil sans fil et elle jeta un coup d'œil sur la liste de numéros affichée sur le mur. Annika répondit aussitôt.

– C'est Eva.

– Alors ?

– Il dit qu'il n'a rien reçu.

Silence au bout du fil.

Henrik, paralysé, fixait le serpent de couleur de l'écran.

Elle méditait déjà le coup suivant. Elle eut un petit sourire intérieur, regarda sa nuque et se mit à parler. Chacune des syllabes qu'elle prononça était autant de projectiles.

– Je crois qu'on devrait laisser Linda s'expliquer.

J'ai du mal à croire qu'elle a vraiment voulu expédier ces mails, mais le bruit va se répandre comme une traînée de poudre. Il n'y a qu'à organiser une chaîne téléphonique et convoquer une réunion, dimanche soir, à l'école. Je peux m'en occuper, si vous voulez.

Elle entendit la mère de Jacob soupirer à l'autre bout du fil.

– Je ne voudrais pas être dans sa peau lors de cette réunion.

Dans sa peau, c'était l'expression qui convenait, puisqu'elle se passait volontiers de vêtements avec le père d'un de ses élèves.

– Moi non plus, vraiment pas. Mais que faire d'autre ? Là, au moins, elle aura une chance de s'expliquer.

Henrik n'avait toujours pas bougé quand elle mit fin à la conversation.

Sa nuque avait rougi sous les coups reçus.

Elle s'endormit aussitôt ce soir-là. La fatigue faisait valoir ses droits mais elle se sentait à nouveau en sécurité. Elle maîtrisait parfaitement la situation. Personne ne pouvait plus lui faire de mal. Sa vie était déjà détruite.

Le plan A n'avait pu être mené à bien malgré tous ses efforts au cours de ces dernières années. Maintenant seul le plan B comptait. Il fallait juste l'ajuster un peu. C'était à elle de décider s'il allait la terrasser ou non. Jamais elle ne lui donnerait cette satisfaction. Au contraire, elle veillerait à ce qu'il paye sa trahison, tant sur le plan économique que sentimental. C'était *elle* qui le terrasserait. Et, quand il aurait pris conscience de ce qui se passait, il serait trop tard. Il serait planté là.

Seul.

La sonnerie du téléphone la réveilla. Elle chercha automatiquement le radio-réveil du regard. Qui pouvait appeler un samedi matin à 6 h 07 ? Elle n'avait pas le sens commun, cette petite peste.

Elle tendit le bras pour attraper le téléphone sans fil et répondit avant la seconde sonnerie.

– Allô ?

Henrik se tourna sur le côté, sans se réveiller.

Elle perçut un souffle dans l'écouteur.

– Allô ?

Pas de réponse.

Elle rejeta la couverture, se leva et sortit de la chambre.

Une fois dans le bureau, elle ferma la porte derrière elle.

– Il vaudrait mieux dire qui est à l'appareil, puisque nous sommes réveillés, maintenant.

Silence complet. Pourtant, elle savait qu'elle était encore à l'autre bout du fil.

Il y avait tant de choses qu'elle aurait voulu dire. Tant de mots qui criaient en elle et voulaient sortir. Mais elle était obligée de se maîtriser pour ne pas révéler qu'elle était au courant, et perdre l'avantage dont elle jouissait. Le plan B aurait été annihilé.

– Allez vous faire...

Et elle coupa la communication.

Impossible de se rendormir. Elle se glissa à nouveau sous la couverture et contempla le plafond. Axel se blottit contre elle et elle sentit la chaleur de son corps. Elle se mit sur le côté et observa son beau visage paisible. Le sentiment d'oppression la saisit par surprise. Elle respira à plusieurs reprises pour enrayer la douleur, mais l'air ne voulait pas rester dans sa poitrine. Il ressortait aussitôt, comme s'il ne supportait pas d'être à l'intérieur.

Elle se mit sur le dos mais la douleur s'amplifia, gagnant son bras gauche, lui arrachant une grimace. Ne pleure pas, fais un effort ! Pense à quelque chose, essaye de te concentrer sur une autre idée.

La maison de son enfance. Elle la parcourut mètre par mètre en se rappelant chaque marche, le craquement de chaque lame de parquet. Elle sentit dans sa main la poignée bombée de la porte d'entrée, entendit le bruit rassurant des voix de son père et de sa mère qui parvenaient jusqu'à sa chambre, à travers le plafond quand elle était couchée, et revit le bouton électrique en bakélite de l'ancienne chambre de bonne revenir à sa position initiale si on ne faisait pas deux tours complets.

Et soudain, cette idée dévastatrice qu'une fois devenu adulte, son fils ne pourrait pas atténuer ses angoisses en se souvenant de la paix et de la sécurité de la maison de son enfance à lui. Alors qu'elle avait consacré tant d'énergie à créer un foyer pour lui.

Il aurait même du mal à se souvenir qu'ils formaient une famille jadis.

Elle avait échoué.

La punition éternelle.

Mais elle ne serait pas la seule à la subir.

Eva.

Elle s'appelait Eva.

Pourquoi avait-elle menti ?

Pourquoi l'avait-elle accompagné chez lui, lui avait-elle offert son corps, l'avait-elle fait entrer dans sa vie, lui avait-elle permis de se mettre nu devant elle ?

Il était étendu sur le dos dans son lit, ce lit où ils avaient fait l'amour, les yeux fixés au plafond. Où il lui avait fait l'amour alors qu'elle l'avait utilisé, s'était servie de lui comme d'un objet. Sans le moindre scrupule, elle avait pénétré dans son existence, en bouleversant tout et en volant ce désir qu'il avait eu tant de peine à préserver pendant ces nombreuses années.

Elle était comme les autres.

Comme celles qui avaient détruit sa famille et lui avaient pris sa mère.

Cette force qu'il avait cru recevoir d'elle, trois lettres avaient suffi à la transformer en un point faible, un trou qui n'était pas défendu et menait au plus profond de sa peur. Cette peur n'avait qu'un seul adversaire à sa taille : la vérification. Sa seule arme.

Il sentit son obsession pénétrer en lui comme une attaque physique.

Alors qu'il était si fort une heure auparavant.

Qui était-elle, cette femme, pour s'arroger le droit de lui infliger cela ?

Il avait déjà ouvert l'annuaire du téléphone à son nom.

Elle habitait en banlieue, à Nacka.

Dix minutes en voiture.

Mais il lui était impossible de sortir de l'appartement.

Il composa son numéro à 23 h 44. Il était nu sur son lit et le téléphone posé à quatre-vingt-dix degrés par rapport à l'angle droit du tapis.

– Eva.

Elle avouait donc.

Il raccrocha et sentit la colère monter en lui. Puis il appuya rapidement sur la touche « bis ».

– Oui ?

Il raccrocha à nouveau. Pourquoi avait-elle répondu « oui » à son appel ? Sa voix s'enfonça en lui comme une pointe de couteau et éveilla ce désir ravageur de vivre. Le souvenir de sa nudité fit affluer son sang dans son bas-ventre, là où son désir se manifestait de façon de plus en plus impérieuse. Il s'étendit sur le lit, incapable de bouger. L'instinct prenait à nouveau la forme d'un ennemi qui se dressait pour se moquer de lui.

Personne ne veut de toi.

Tu ne vaux rien.

Il dormit peut-être quelques heures, mais ce n'est pas sûr.

Il téléphona de nouveau à 6 h 07.

Il fallait qu'il entende sa voix.

– Allô.

Il le fallait.

– Allô ?

Personne ne lui prendrait cela.

– Il vaudrait mieux dire qui est à l'appareil puisque nous sommes réveillés, maintenant.

Il cessa de respirer.

Elle avait dit *nous*.

Puisque *nous* sommes réveillés.

– Allez vous faire...

Elle raccrocha. Cette femme qui, la nuit précédente, avait dormi contre lui, lui avait ouvert le monde avait tout changé en espoir.

Cette nuit, elle avait dormi avec quelqu'un d'autre et elle parlait de lui en disant *nous*.

Qui était-ce ?

Qui était jugé digne de cela ?

Elle passa toute la matinée au lit. Lorsque Axel se réveilla, Henrik l'accompagna au salon pour qu'il regarde son émission à la télévision mais, contrairement à son habitude, il ne revint pas au lit pour s'accorder une demi-heure de sommeil supplémentaire. Elle entendit la porte du bureau se refermer et l'ordinateur se mettre en marche.

La souffrance s'était atténuée, et dans sa poitrine il ne restait plus qu'une douleur sourde.

Lorsque le radio-réveil finit par indiquer midi moins le quart, Henrik se présenta soudain sur le pas de la porte.

– Je sors, ce soir. Micke m'a invité à prendre une bière avec lui.

Elle ne répondit pas. Constata son incapacité à mentir presque insultante.

– Parfait.

Et il disparut.

Elle se leva, prit sa robe de chambre et passa dans la cuisine. Axel était assis par terre en train de faire rouler ses balles le long d'une ligne imaginaire et Henrik, assis à table, lisait le *Dagens Nyheter*.

– J'ai promis à Annika de téléphoner à tout le monde pour organiser une réunion, demain soir.

Il leva les yeux vers elle.

– Pour quoi faire ?

– Tu as une autre solution à proposer ?

Il ignora cette question et reprit la lecture de son journal.

– Si j'étais Linda, j'aimerais avoir la possibilité de me défendre. Pas toi ?

Si j'étais Linda.

Elle pouffa intérieurement.

C'était bien le problème.

Il tourna une page sans avoir lu une seule ligne.

– Je ne comprends pas ce que tu as à voir dans cette affaire. Pourquoi devrais-tu organiser cette réunion ? Tu n'as pas reçu de mail, que je sache.

Non. Mais l'armoire à fusils, en bas, est pleine de lettres d'amour dégoûtantes qui te sont adressées.

– Il s'agit de la maîtresse d'Axel. Cela ne manquera pas d'avoir des conséquences sur la bonne marche de l'école. Si vraiment elle a expédié ces mails, qui aura encore confiance en elle ?

– C'est son affaire.

– Son affaire ? Alors qu'elle envoie des lettres d'amour aux pères de ses élèves !

– Elle a fait ça, ma maîtresse ?

Axel était assis par terre, immobile, une balle vert clair à la main.

Henrik lança un regard plein de mépris à Eva. Ou de pure...

– Bravo ! C'est malin.

Il se leva et traversa la pièce d'un pas furieux. Elle

savait désormais combien il lui fallait de pas. Il y en avait onze depuis sa place à table jusqu'à la porte de son bureau, douze pour fermer la porte de celui-ci derrière lui.

Il y en eut douze.

– Qu'est-ce qu'elle a, ma maîtresse ?

Elle alla s'asseoir près de son fils, prit une balle rouge sur le sol et fit semblant de la faire sortir de son oreille par magie.

– Oh ! Et moi qui croyais que tu n'avais que des balles vertes dans l'oreille.

Il sourit.

– Est-ce que j'en ai dans l'autre, aussi ?

Elle jeta un coup d'œil sur l'oreille.

– Non, elle n'a pas encore fini de pousser. Les vertes ont besoin d'un peu plus de temps.

Elle prit le téléphone sans fil et la liste des parents d'élèves, et les emporta sur la terrasse pour passer ses appels. Elle avait jeté un gilet sur ses épaules mais il faisait déjà chaud pour un mois de mars et, au bout d'un moment, elle le posa sur le siège à côté d'elle. Elle contempla les pylônes qui dressaient leurs antennes à quelques centaines de mètres de là, tels des monstres d'acier futuristes, au-dessus de la forêt de la réserve naturelle. Dès qu'il avait su parler, Axel les avait baptisés Nicke et Nocke. Malgré le contraste saisissant qu'ils créaient, elle les avait toujours bien aimés, car ils lui servaient de repère pour situer sa maison de loin. Elle se souvenait d'un voyage en avion à Örebro pour son travail. La réunion qui avait motivé ce déplacement avait suscité des problèmes insolubles et elle était montée à bord pleine d'inquiétude et de stress. Il était plus de dix heures du soir et elle les avait vus, à l'horizon, aussitôt après le décollage. Et elle se rappelait la sensation qu'elle avait éprouvée d'être très loin de chez elle et de voir cependant l'endroit où se trouvaient Henrik et Axel, en sécurité, dans leur maison. Un instant de clarté sur ce qui était important dans la vie.

Puis les années avaient passé.

Seize fois, elle répéta que Linda avait envoyé des lettres d'amour importunes à certains parents d'élèves et qu'il fallait qu'ils se réunissent le dimanche soir. Après le septième appel, le téléphone sonna avant qu'elle n'ait eu le temps de composer un nouveau numéro.

– Bonjour, c'est Kerstin, la directrice de l'école.

Elle semblait triste. Et fatiguée.

– Je viens de parler à Annika Ekberg et elle m'a mise au courant de la conversation que vous avez eue.

– Oui, elle m'a appelée tard hier soir.

Il y eut un bref silence ponctué d'un profond soupir.

– Linda est désespérée. Ce n'est pas elle qui a expédié ces mails. Nous ne comprenons pas ce qui a pu se passer.

– Je dois dire que j'ai été extrêmement surprise, moi aussi, j'ai eu beaucoup de mal à croire que ça puisse être vrai. Je veux dire que Linda puisse avoir une liaison avec le père d'un de ses élèves. J'ai trouvé ça un peu énorme.

Elle regarda le jardin et tenta de trouver les mots qu'il fallait pour exprimer ce qu'elle éprouvait. La satisfaction d'avoir repris le contrôle de la situation. Telle une araignée invisible dont personne ne soupçonnait l'existence. Mais, en même temps, elle se demandait à quoi allait lui servir cette domination et où cela allait la mener. Le sentiment absolu que ce qui se passait ici et maintenant était la seule chose qui comptait. La minute suivante, la respiration suivante. Ce qui se passerait, ensuite, était impossible à imaginer. Un grand trait rouge avait été tiré dans un agenda imaginaire qui ne pourrait être effacé. Plus jamais. Passé et avenir avaient été séparés pour toujours. Et elle se trouvait entre les deux, dans les limbes.

Un bruit lui fit tourner la tête. Du coin de l'œil, elle vit quelque chose bouger. Quelque chose de gros qui disparut rapidement derrière l'annexe, au coin du jardin. Dans une vie précédente, avant ce trait rouge, elle avait répandu du sang séché à certains endroits stratégiques pour éloigner les chevreuils, mais maintenant cela lui était égal. Ils pouvaient dévorer tout le jardin, jusqu'à la dernière fleur plantée avec tant de soin. Rien ne pourrait jamais plus y fleurir.

– J'ai appris que vous aviez proposé d'organiser une réunion demain soir. J'étais réticente au début mais... Je crois qu'il n'y a pas d'autre solution. Je ne sais pas trop comment Linda va supporter tout cela. Cette histoire va être très difficile pour elle, et elle a déjà eu des expériences très pénibles, auparavant ; c'est d'ailleurs pour cette raison qu'elle est venue vivre à Stockholm. Cela n'a rien à voir avec ce qui se passe aujourd'hui mais je voulais que vous le sachiez.

À nouveau un profond soupir.

– En fait, je vous appelais pour vous demander d'insister sur le fait que Linda est bouleversée par tout cela et qu'elle n'a pas envoyé ces mails.

– Bien sûr.

Linda a déjà eu des expériences très pénibles,

auparavant, et c'est pour cette raison qu'elle est venue vivre à Stockholm.

Intéressant. Très intéressant. Pourtant, aussi pénible que cela ait pu être, cela ne lui a apparemment pas appris à respecter la vie des autres. Non, elle ne songeait qu'à semer la discorde et la dissension dans les ménages, et jusque dans la cabine de douche, où elle laissait traîner ses boucles d'oreilles. Elle prenait ce dont elle avait envie, peu lui importait les conséquences que cela pouvait avoir pour la famille concernée.

Ah, ma petite Linda. Toi et ta triste petite histoire. Tu n'as pas fini d'avoir des expériences pénibles, crois-moi.

En revanche, il pourrait être utile de savoir la raison exacte pour laquelle tu as été obligée de venir vivre à Stockholm.

Henrik partit dès quatre heures. Il s'était mis sur son trente et un, s'était rasé de frais et aspergé d'après-rasage, tout cela pour aller prendre une bière avec Micke. Il avait passé l'après-midi dans son bureau en sortant à intervalles réguliers pour faire les cent pas dans la maison. Comme un ours en cage. Cela faisait d'elle le gardien détesté dont il dépendait totalement mais qui veillait à le maintenir en captivité.

Elle coucha Axel vers huit heures et, heureusement, il s'endormit aussitôt. L'idée de savoir avec qui Henrik passait la soirée ne la laissait pas en paix et aucune des émissions à la télévision ne parvint à la distraire. Elle se demandait où ils étaient, ce qu'ils faisaient, s'ils couchaient ensemble en ce moment précis, et s'il faisait de son mieux pour la consoler. S'il lui donnait l'amour et la tendresse qui avaient jadis été les leurs.

Henrik et Eva.

Il y avait si longtemps de cela.

Comment en étaient-ils arrivés là ? À partir de quel moment avait-il été trop tard ?

Elle était seule, alors que lui s'était déjà procuré une nouvelle partenaire dans la vie, sur laquelle s'appuyer et avec laquelle forger des projets d'avenir. Elle avait l'impression intolérable d'avoir été soudain remplacée, comme une pièce de rechange, par une femme qui répondait mieux aux espoirs qu'il nourrissait. Là où elle avait échoué. Et il n'avait pas dit un mot de la raison de son insatisfaction. Il ne comptait même pas lui faire cet honneur pour lui permettre de comprendre ce qui s'était passé.

Elle éteignit la télévision et la pièce se trouva plongée dans l'obscurité. Elle n'avait même pas pensé à allumer bien que le soir soit déjà tombé.

Elle alla s'asseoir dans le fauteuil situé devant la porte-fenêtre. À l'extérieur, il faisait nuit noire. La lune elle-même ne parvenait pas à éclairer ce jardin condamné à mort. Elle alluma le lampadaire et tendit la main pour prendre le livre qu'elle avait commencé avant que ne soit tiré ce trait rouge en travers de l'almanach. Mais il demeura posé sur ses genoux et fermé.

Il ne l'intéressait plus.

Linda avait-elle lu les mails qu'elle avait envoyés ? Sans doute, puisqu'ils avaient été rédigés sur son propre ordinateur. Eva se demandait comment Henrik et elle avaient réagi en voyant ces lignes bien connues et ce que Henrik avait pensé en reconnaissant la déclaration d'amour de Linda qu'il croyait en sécurité dans son armoire à fusils. Peut-être avait-il eu des soupçons, mais comment oser poser la question ? Elle sourit à l'idée du dilemme qu'elle lui avait créé. Eh bien ! Henrik, qu'est-ce que tu vas faire ? Maintenant que ton épouse légitime, et compréhensive, la mère de ton fils, est devenue ta pire ennemie ?

Elle regarda son image dans la vitre noire. Malgré elle, les paroles de Linda s'étaient gravées dans sa mémoire comme un tatouage disgracieux. Elle savait qu'elles la poursuivraient sa vie entière.

Je comprends que je suis prête à perdre tout ce que j'ai si seulement je peux être avec toi. Je t'aime. Ta L.

Pouvoir être aimée de cette manière.

Pouvoir être aimée comme Henrik l'était.

Elle se demanda ce qu'il avait répondu à cette lettre. S'il avait soudain trouvé des mots qu'il n'avait jamais dits auparavant, qu'il n'avait jamais eu l'occasion d'utiliser. Des mots qui avaient attendu leur heure pendant toute leur vie conjugale, parce qu'ils n'en avaient pas eu besoin. Qui étaient exagérés, trop grands, trop forts, trop puissants, et venaient seulement d'avoir enfin la chance de se libérer et d'être employés.

Pour l'aider à préserver ce qu'il avait trouvé.

Être aimé comme cela.

Et oser se laisser aimer autant.

Quand elle fut obligée de reconnaître que ce qu'il vivait en ce moment était précisément ce dont elle avait toujours rêvé, elle ferma les yeux. La passion véritable. Celle qui s'emparerait d'elle et la forcerait à s'abandonner totalement, incapable de résister. Celle qu'elle n'avait jamais connue. Aimer sans réserve et être aimée en retour, sans devoir faire de son mieux à chaque seconde pour être à la hauteur, pour être la meilleure. Pouvoir être celle qu'elle était, en fait, derrière cette façade qu'elle avait si bien réussi à ériger afin de masquer sa peur de l'échec. De ne pas être assez bien. D'être délaissée.

Toi qui es si forte. Combien de fois avait-elle entendu ces mots ? Elle jouait si bien son rôle que personne n'était parvenu à la percer à jour, à voir ce qui se dissimulait derrière cette façade. Le désir d'oser un jour révéler toutes ses faiblesses et d'être acceptée malgré tout, de ne pas avoir à lutter pour mériter quoi que ce soit, d'oser laisser quelqu'un pénétrer en elle sans avoir peur.

Si seulement quelqu'un, un jour, lui disait « je t'aime » en pensant sincèrement chacune de ces syllabes et en souhaitant qu'il existe un mot plus fort, parce que je t'aime n'était plus suffisant...

Elle prit sa respiration et ouvrit les yeux. Cet aveu lui avait donné des palpitations. Elle regarda son visage sur le fond noir de la vitre et eut honte de sa faiblesse. Elle était forte et indépendante et ce genre de pensée n'était que des bêtises romantiques.

Et pourtant.

Quelqu'un pouvait-il l'aimer ainsi ?

Par sens du devoir, elle ne s'était jamais autorisée à exprimer, fût-ce à elle-même, son désir secret. Liée par ses promesses et ses engagements, elle avait réprimé ce désir, l'avait confiné dans un coin honteux de sa personnalité et avait tiré le verrou derrière lui.

Par loyauté envers Henrik.

C'était avec lui qu'elle avait choisi de partager son existence et avait connu le plus d'expériences. Elle ne pourrait jamais lui faire autant de tort. Elle avait tenté de combler son temps avec le travail et cherché dans les conversations avec ses amis ce que Henrik était incapable de lui donner.

Tout pour garder sa famille unie.

Et maintenant elle se retrouvait, seule.

C'était lui qui avait trouvé ce dont elle rêvait, elle.

Et il lui mentait comme si leur amitié n'avait jamais existé, comme si leur vie commune n'avait été qu'une illusion et n'avait jamais eu la moindre valeur à ses yeux.

Elle resta longtemps assise à se regarder, jusqu'à ce que son visage finisse par se déformer et revêtir les traits d'une étrangère.

Soudain, un mouvement dehors. Quelque chose passa derrière sa propre image. La peur, comme un électrochoc : quelqu'un l'observait de la terrasse. Elle éteignit la lampe, se leva et recula. Ce poids sur sa poitrine. Il faisait noir, à l'extérieur, on distinguait à peine la silhouette confuse de branches d'arbres se détachant sur le ciel sombre. Elle demeura immobile, dos au mur, n'osant plus bouger. Quelqu'un avait fait le tour de la maison, était monté sur la terrasse et était resté là, protégé par l'obscurité, à l'observer à quelques mètres seulement d'elle alors qu'elle était plongée dans ses pensées les plus secrètes.

Soudain, le désir que Henrik revienne à la maison.

Elle se dirigea lentement vers la cuisine, le regard rivé sur la vitre noire. Elle sortit de la pièce à reculons, se précipita vers le téléphone posé sur le plan de travail, et composa rapidement le numéro de son portable. Deux sonneries, trois, quatre. Puis le silence.

Le répondeur ne se déclencha même pas.

Elle était seule.

Dans sa maison.

Et dehors, sur la terrasse, dans la nuit noire, attendait quelqu'un qui le savait.

Elle vivait incontestablement dans une belle maison, cette femme qui lui avait menti. Un bardage en bois jaune datant sûrement d'une centaine d'années et des menuiseries blanches, au milieu d'arbres fruitiers aux troncs noueux et encore dépourvus de feuilles dans l'attente du printemps. Deux voitures étaient garées devant, un break Saab 9-5 et une Golf blanche. Bien plus récentes que sa vieille Mazda, à lui. C'était donc dans ce bel environnement de banlieue, fort paisible, qu'elle vivait. La femme qui avait utilisé son corps et trompé son âme. Elle et celui dont elle parlait en disant « nous ».

Il avait garé sa voiture à quelques pâtés de maisons de là et parcouru les derniers mètres à pied. Toute la matinée il avait souffert le martyre à l'idée de quitter son appartement mais, quand il avait enfin osé tenter l'aventure, cela s'était avéré plus simple qu'il ne l'aurait cru. Peut-être était-ce ce nouveau sentiment qu'il nourrissait qui lui facilitait la chose : une injustice avait été commise et il en était la victime. Il devait se défendre contre un ennemi extérieur et non plus en lui.

Il passa devant la boîte à lettres de la maison, d'un bleu cobalt, qui s'ouvrait avec une clé et dont la minuscule ouverture exigeait d'avoir les deux mains libres pour y glisser le courrier. Un objet détesté par les facteurs et livreurs de journaux. Et ils étaient là, l'un à côté de l'autre, les noms de ces deux êtres qui partageaient cette maison. Eva et Henrik Wirenström-Berg.

Eva et Henrik.

À gauche le terrain était contigu à un espace communal planté d'arbres dont il n'était séparé que par une petite haie. Il regarda autour de lui et, ne voyant âme qui vive, ne jugea pas nécessaire de presser le pas pour se glisser sous les arbres. Il resta un moment debout, derrière un tronc, les mains contre l'écorce rugueuse, à observer l'arrière de la maison. Une terrasse, une pelouse, divers arbres fruitiers, des plates-bandes et, dans un coin du jardin, une annexe peinte en jaune. L'ensemble était très bien entretenu et révélait toute l'attention qu'on y portait. Le regard braqué sur la maison, il appuya la joue contre l'arbre rugueux. Un frisson parcourut son corps. Il se demanda si elle était là, derrière ces fenêtres. Et s'il était là, lui, ce Henrik digne de son amour, même si elle lui avait été infidèle.

Une putain, voilà ce qu'elle était.

Il était peut-être là depuis une demi-heure lorsque la porte de la terrasse s'ouvrit. Il ne put voir de qui il s'agissait d'abord mais, soudain, elle était là, à nouveau devant lui. Il fut extrêmement surpris de sa propre réaction. Il la haïssait et pourtant en la revoyant ainsi, vivante, devant lui, il éprouva un désir tel qu'il n'en avait jamais connu. Même au cours de toutes ces années d'attente, de ces nuits à l'hôpital avec le corps muet d'Anna contre le sien, il n'avait jamais rien désiré avec autant d'intensité que cette femme qui venait d'apparaître. Mais il la détestait ; elle l'avait trompé et s'était servie de lui. Ces deux sentiments contradictoires luttaient en lui, l'obligeant à empoigner solidement le tronc pour se maintenir debout.

Si proche, et pourtant si lointaine.

Elle s'assit sur la terrasse en tenant d'une main un téléphone et de l'autre une feuille de papier. Sur ses épaules un gilet bleu clair.

Elle resta d'abord immobile, le regard perdu au loin. Puis elle se redressa, regarda le téléphone qu'elle tenait à la main et composa un numéro. Il ne put entendre ce qu'elle disait, seuls quelques mots isolés lui parvenaient.

Cinq minutes plus tard environ elle raccrochait, et après avoir regardé sa feuille elle composait un autre numéro.

La certitude de pouvoir la voir sans qu'elle le sache l'excitait énormément. Elle était livrée à son regard et totalement sans défense, à son bon désir. Elle composa d'autres numéros. Et il se demanda qui elle appelait et ce qu'elle disait. Il voulait savoir. Elle avait l'air très sérieuse tandis qu'elle parlait, et ne sourit pas une seule fois. Puis elle ôta son gilet bleu et le posa à côté d'elle. Il put discerner les contours de sa poitrine sous son pull-over, ces seins qu'elle lui avait permis de caresser deux jours auparavant. Il aurait voulu prendre ce gilet qui avait été en contact avec son corps, sentir l'odeur qui s'en exhalait, l'enfiler.

Soudain, le téléphone sonna. Elle appuya sur un bouton et il l'entendit décliner son nom. Ce nom qu'elle n'avait pas voulu lui révéler. Prudemment, avec une lenteur infinie pour que ses mouvements ne trahissent pas sa présence, il s'avança, dissimulé par les arbres. Il parvint jusqu'au dernier à la limite de la propriété privée. À deux mètres devant lui se trouvait l'annexe jaune.

Elle avait baissé les yeux sur le sol de la terrasse.

Sans hésiter, il saisit l'occasion pour s'élancer vers le mur et se mettre à couvert derrière. Par l'interstice entre le bardage et la gouttière, il pouvait la voir, mais sa voix était toujours indistincte. Il était trop loin d'elle.

Elle passa encore deux ou trois coups de téléphone avant de se lever soudain et de disparaître à nouveau par la porte de la terrasse. Le gilet bleu clair était resté sur le siège.

Il demeura sans bouger, ne sachant que faire. Le soleil avait disparu derrière la cime des arbres du terrain communal et il eut soudain froid. Tant qu'elle était devant lui, aucune sensation physique ne pouvait l'atteindre. Il se demanda si cela était dû à son rayonnement. Le corps de cette femme agissait comme un bouclier.

Il repartit en courant vers les arbres puis, sans se presser, regagna la rue où il s'attarda. C'était l'autre qu'il était venu voir. Celui qui s'appelait Henrik et était inclus dans le « nous ». Il n'avait toujours pas vu trace de lui. Il passa de nouveau lentement devant la boîte à lettres. Il comprit cependant qu'il ne pourrait rester là plus longtemps sans éveiller l'attention. Il s'éloigna pour retrouver la rue où il s'était garé. Il avait vraiment froid, maintenant, et, une fois dans la voiture, il mit le chauffage au maximum.

Il n'avait pas envie de rentrer chez lui. Comme si un aimant l'attirait vers cette maison jaune aux menuiseries blanches. Il engagea la première et laissa ce champ de forces agir. Il fit le tour du pâté de maisons à faible allure et se retrouva à la même place. Elle était dans cette maison. Avec l'autre, celui qui était digne de son amour.

Comme il passait devant la boîte à lettres, la porte d'entrée s'ouvrit.

Et, soudain, l'autre apparut devant lui.

Son pied appuya sur le frein instantanément. L'homme qui se trouvait sur le pas de la porte ferma derrière lui et le regarda avec curiosité. Jonas détourna les yeux. Il aurait aimé en savoir plus, l'examiner de plus près, mais il ne voulait pas être vu. Pas maintenant, pas encore.

Cent mètres plus loin, il y avait un endroit où il pouvait faire demi-tour. Lorsqu'il repassa devant la maison, son rival était déjà monté à bord de la Golf et sortait de l'allée en marche arrière. Jonas freina pour le laisser passer. Il reçut un petit signe de remerciement de la main. Il y répondit par un léger signe de tête.

De rien. J'ai baisé ta femme, aussi.

Il le suivit à une distance respectable. Des petites rues au tracé sinueux jusqu'à l'autoroute menant vers la ville. Il veilla à laisser une ou deux voitures entre eux pour éviter de paraître suspect. Personne ne devait savoir qu'il était là, le surveillant en charge de la situation. Il se sentait parfaitement calme, l'obsession était bien loin.

Après Danvikstull, ils prirent à gauche vers le quartier neuf de Norra Hammarbyhamn, puis à droite et encore à droite. Il connaissait bien cette partie de Södermalm pour y avoir effectué un remplacement pendant une semaine, quelques années auparavant, alors que la moitié de la ville était victime d'une épidémie de grippe. La voiture qu'il suivait tourna à droite sur Duvnäsgatan et disparut un moment de son champ visuel. Jonas ralentit en la voyant effectuer un créneau et se gara lui-même un peu plus loin. Il revint à pied vers Duvnäsgatan et, au moment où il tournait le coin de la rue, vit la portière de l'autre voiture s'ouvrir. Une femme blonde qui avait son âge, peut-être un peu plus jeune, sortit alors d'un immeuble situé une dizaine de mètres plus loin. Jonas mit sa capuche, monta la côte de l'autre côté de la rue et, une fois à hauteur de la Golf, s'arrêta pour regarder une vitrine. Il regarda leurs reflets. Après cela, rien ne pourrait plus le surprendre. Les morceaux du puzzle ne se raccordaient pas. Ses yeux se fixèrent sur le panneau apposé derrière la vitre, où il lut la mention : « Local à louer ». Il n'y avait rien d'autre à voir derrière cette vitrine. Ce qu'elle réfléchissait n'en avait que plus d'intérêt. De l'autre côté de la rue, la femme qui venait de sortir de l'immeuble et l'homme appelé Henrik qui venait de quitter sa belle maison de banlieue étaient debout, enlacés. Serrés dans les bras l'un de l'autre, de façon presque convulsive. Comme s'ils risquaient de tomber si l'un d'eux lâchait prise.

Ils restèrent longtemps dans cette position. Assez longtemps en tout cas pour que sa présence devant la vitrine de ce magasin vide éveille leur attention s'ils finissaient par sortir de leur bulle.

Qui était cet homme ? Il avait chez lui une femme qui était tout ce qu'on pouvait désirer au monde. Et il était là, dans les bras d'une autre.

Sans se retourner, Jonas descendit la côte et retourna vers sa voiture. Il ne savait plus quoi penser, se demandait même s'il avait bien vu, si les apparences ne le trompaient pas. Un mari et sa femme qui assouvissaient leurs désirs chacun de son côté, avec d'autres partenaires.

Bon sang.

Jamais de la vie.

Le jour où il se marierait et où quelqu'un l'aimerait pour de bon, tel qu'il était, le jour où quelqu'un le verrait vraiment, il ne regarderait plus jamais ailleurs. Il laisserait libre cours à la passion qu'il y aurait en lui et il ferait de sa femme une reine. Il la vénérerait, exécuterait tout ce qu'elle lui demanderait, et lui consacrerait chaque seconde de son existence. Il ne la trahirait jamais. Son amour pourrait réaliser des miracles, si seulement quelqu'un lui permettait de s'exprimer. Pourquoi aucune femme n'était-elle capable de déceler en lui cette faculté, ce pouvoir latent qui résidait en lui ? Pourquoi personne n'était-il prêt à accepter ce qu'il était disposé à donner ?

Anna avait su. Pourtant, il n'avait pas été assez bien pour elle.

Il fut à nouveau en proie à son grand désir, le besoin de sortir de sa solitude. Et puis il pensa à cet homme, ce Henrik qu'il venait de voir dans les bras de l'autre femme. Un homme qui avait tout ce qu'on pouvait désirer mais qui n'était pas satisfait.

Et Lind... Eva.

Eva.

Que voulait-elle en réalité quand elle l'avait accompagné chez lui ?

Il vit une voiture passer de son côté. Mais ce n'est qu'en le dépassant qu'il se rendit compte que c'était la Golf. La femme était assise sur le siège passager.

Il démarra et les suivit presque automatiquement. À gauche vers Renstiernas Gata, puis sur le boulevard périphérique jusqu'à la sortie de Nynäsvägen. Il ne garda pas ses distances, cette fois il avait le droit d'aller où il voulait avec sa voiture.

Il finit par atterrir dans une pizzeria un peu à l'écart, à mi-chemin de Nynäshamn. La Golf quitta la route et se gara sur le petit parking bordé d'une haie. Ce restaurant ne semblait ni luxueux ni particulièrement agréable. Ils l'avaient sans doute choisi parce qu'il se trouvait à une distance assez grande du pavillon de Nacka. L'infidélité nécessitait certaines précautions, il le savait mieux que quiconque. Il les regarda avec un mépris croissant pousser la porte vitrée de l'établissement, le bras de l'homme passé autour de l'épaule de la femme, dans un geste protecteur, attentif. Comment une femme pouvait-elle être assez bête pour faire confiance à un homme qui au même moment était en train de tromper une autre femme ?

C'était si incompréhensible.

Il attendit un peu avant de quitter sa voiture et prit même le temps de lire le menu affiché à côté de la porte. Ils s'étaient assis en face l'un de l'autre, dans un coin de la salle. Un serveur qui avait l'air d'un étranger prenait leur commande. Il n'y avait pas foule. Seules deux autres tables étaient occupées. Une par trois adolescents à peine assez âgés pour boire les bières qu'ils avaient entre les mains, et l'autre par une famille qui réglait l'addition. Pourtant cela ne paraîtrait pas bizarre qu'il choisisse la table voisine. Il avança donc et, au moment où il tirait la chaise, vit l'homme qui s'appelait Henrik et était infidèle redonner le menu au serveur. Jonas s'assit et, quelques secondes plus tard, il le tenait entre ses mains.

Ses mains.

Les mains qui avaient caressé la même femme.

Les siennes pleines d'amour, celles de l'autre pleines de traîtrise.

Et pourtant c'était lui, l'autre homme, qui avait droit à elle.

Il posa le menu sur la table, refusant d'y toucher et tentant de se rappeler le nom d'une pizza parmi ceux qu'il avait lus à l'extérieur.

Le serveur retourna à la cuisine. Les autres se remirent à parler. Jonas pouvait, sans trop d'efforts, entendre ce qu'ils disaient, même à voix basse. Et soudain, tout fut clair. Il comprit pourquoi tout cela était arrivé. Pourquoi il était prédestiné à la voir assise au bar deux soirs auparavant, pourquoi ils devaient fatalement se rencontrer, tous les deux.

Il était investi d'une mission.

Il avait cru qu'on l'avait, elle, envoyée pour le sauver, alors que c'était exactement le contraire ! Il devait la sauver, elle qui n'était pas là pour se défendre de leur impitoyable tromperie et condamnation, à ces deux-là, assis devant leur pizza Quatre Saisons.

Il fut incapable d'avaler une bouchée de ce qu'il avait commandé. Il demanda la note.

Le bruit de leurs voix résonna dans sa tête pendant tout le trajet du retour à Nacka.

– Quand vas-tu lui parler de nous ? Je ne supporte plus cette situation.

– Je sais. Mais il y a Axel. Il faut d'abord que je trouve un appartement où il puisse vivre avec moi aussi.

Et c'est alors qu'il avait compris que, dans toutes ces préoccupations égoïstes, il y avait un fils.

Il y avait un fils.

Et, là, dans cette pizzeria de banlieue, se cachant de peur d'être reconnus, il avait vu son propre père assis à table avec une de ses putes.

Il faisait nuit noire quand il déboucha dans la rue où elle vivait. Il resta debout près de la voiture, à contempler, fasciné, les jeux de lumière des pylônes de Nacka, à quelques centaines de mètres de là. Ce faisceau de lumière qui se ramifiait en avenues très droites dans les nuages, pour se perdre ensuite dans l'infini. Il était évident qu'elle ne pouvait habiter que sous un projecteur, il lui suffisait de suivre la lumière.

Cette fois, il pénétra dans la propriété* et inspecta la maison de près, s'arrêtant prudemment près de chaque fenêtre pour tenter de percer l'obscurité. Il ne l'aperçut nulle part. Il gagna la façade arrière et vit une lumière par la grande fenêtre située à côté de la porte de la terrasse. Il descendit sur la pelouse, pour éviter qu'elle ne remarque sa présence. Pas encore. Pas avant qu'cllc nc soit prête.

C'est alors qu'il la vit enfin. Elle était assise dans un fauteuil, près de la fenêtre, éclairée par un simple lampadaire. Il crut voir ses yeux braqués sur lui mais comprit rapidement qu'elle fixait seulement l'obscurité. Il ne put résister à l'envie d'approcher. Lentement, pas à pas, il se dirigea vers la terrasse. Trois marches et il serait près d'elle. Tout près. Seule une vitre l'empêchait de la toucher. Un livre était posé, fermé, sur ses genoux, et il contempla ses mains jointes dessus. Ces mêmes mains qui l'avaient caressé et lui avaient rendu la vie. Un seul désir : les sentir, une fois de plus, sur sa peau. Il fallait qu'il fasse taire ce désir pour donner à cette femme le temps de comprendre. Il leva les yeux vers son visage. Il était totale-

* En Scandinavie, les propriétés privées ne sont presque jamais entourées d'une clôture infranchissable, au plus d'une haie basse assez symbolique. (*N.d.T.*)

ment dépourvu d'expression, mais des larmes coulaient le long de ses joues en laissant des traces blanches sur sa peau.

Oh ! ma chérie, si seulement je pouvais te tenir entre mes bras. N'aie pas peur, je suis près de toi, je veillerai sur toi. Je te montrerai mon amour. Et quand tu comprendras ce que je suis prêt à faire pour gagner le tien, tu m'aimeras à ton tour. Pour toujours. Et je ne te quitterai jamais. Jamais.

Il sentit soudain des larmes de gratitude affluer à ses yeux. Elle et lui, unis par les larmes, à quelques mètres l'un de l'autre.

Même la pensée d'une nuit solitaire dans son appartement ne l'effrayait plus.

Fort de cette certitude, il recula, fit le tour de la maison et regagna sa voiture.

Qui savait mieux que lui ce que la trahison pouvait faire d'une femme ? Ou comment agir pour la sauver ?

Cette fois, il n'échouerait pas.

Il ne gâcherait pas cette nouvelle chance.

Elle n'avait pas encore fermé l'œil lorsqu'elle entendit enfin sa clé tourner dans la serrure. Inquiète, elle avait fait les cent pas dans l'obscurité, derrière les fenêtres de la maison, le regard braqué sur le jardin. Sans noter le moindre mouvement ni percevoir le moindre bruit, rien que les ombres indistinctes des arbres lorsque, à certains moments, la lune avait percé les bancs de nuages. Et puis le faisceau de lumière, à la fois pivotant et voilé, des Mâts de Nacka.

Dès qu'elle l'entendit arriver, elle regagna la chambre en hâte et se glissa près d'Axel dans le lit. Il était plus de quatre heures du matin.

Il ne se dépêcha pas vraiment dans la salle de bains. Elle dut patienter une bonne demi-heure avant de l'entendre monter l'escalier et, juste après, le sentir se glisser de son côté du lit. Elle fit alors semblant de se réveiller.

– Salut.

– Salut.

Il se mit sur le côté et lui tourna le dos.

– Vous vous êtes bien amusés ?

– Mmm.

– Micke va bien ?

– Oui, oui, bonne nuit.

Le dimanche matin, elle comprit qu'il voulait lui dire quelque chose. Il ne cessait d'arpenter fiévreusement la maison et passait des moments de plus en plus longs en dehors de son bureau, voire – ô surprise – dans la même pièce qu'elle. Elle n'avait aucune intention de l'aider. Elle prenait plaisir à le voir lutter avec lui-même. C'est finalement à l'heure du déjeuner, pardessus une omelette hâtivement préparée, qu'il prit son courage à deux mains. Non sans s'être assuré auparavant de la présence d'Axel au bout de la table sur sa chaise modulable, pour lui servir de bouclier en cas de conflit.

– J'ai réfléchi à ce que tu m'as dit, l'autre jour. Que je devrais partir quelques jours.

Elle choisit de ne pas répondre. Elle prit le couteau d'Axel et l'aida à rassembler le reste de son plat pour en faire un tas qu'il n'aurait aucun mal à attaquer.

– Je partirai lundi matin, si cela te va. Deux ou trois jours, pas plus.

– Bien sûr. Où vas-tu ?

– Je ne sais pas vraiment. Je vais prendre la voiture et rouler un peu.

– Seul ?

– Oui.

Cours élémentaire du mensonge, leçon numéro 1 : Ne pas répondre trop vite à une question. Imbécile.

Elle se leva et commença à desservir.

– Tu sais qu'il y a une réunion ce soir, hein ? Je compte demander à mes parents de garder Axel, pour que nous puissions y aller tous les deux.

Elle le vit avaler sa salive.

– J'ai parlé à Kerstin. Apparemment, Linda est

très affectée, la pauvre. Elle jure que ce n'est pas elle qui a expédié ces mails.

Il but une gorgée d'eau pendant qu'elle poursuivait.

– Tu sais comment ça fonctionne, toi, ces trucs-là ? Est-ce que quelqu'un peut vraiment utiliser ton courrier électronique à ta place ?

Il se leva et alla ranger le verre dans le lave-vaisselle.

– On le dirait.

Il avait apparemment lâché tout ce qu'il avait sur le cœur. Elle comprit que, si elle voulait le faire parler, ce devait être maintenant. Avant qu'il ait effectué les douze pas vers son bureau.

– Mais pourquoi lui ferait-on cela ? Ce n'est pas croyable. Je veux dire : cela peut lui coûter son emploi. Si c'est une plaisanterie, je trouve qu'elle a de curieux copains.

Il était évident qu'il ne désirait pas poursuivre la discussion. Il avait déjà effectué sept des douze pas le menant vers son refuge.

Ses parents proposèrent de venir chercher Axel et l'idée que Henrik soit obligé de prendre une tasse de café avec eux lui parut assez séduisante. Elle prépara donc un quatre-quarts et mit le couvert dans le salon pour mieux fêter l'occasion.

Henrik mit un certain temps avant de les rejoindre. Il resta aussi longtemps que possible derrière sa porte fermée et, quand il finit par venir prendre place à table, son café était déjà froid. Il alla le jeter dans l'évier et revint s'asseoir.

– Je crois qu'il faut vous féliciter, dit son père,

assis avec Axel sur les genoux. Eva m'a dit que vous écriviez un grand article pour un journal.

Henrik regarda son beau-père, l'air abasourdi.

– C'est bien ce que vous avez fêté, l'autre jour ?

Henrik lança un regard vers Eva, mais celle-ci ne fit rien pour lui venir en aide.

– Ah ! oui, c'est vrai.

– C'est pour quel journal ?

– Oh ! il n'existe pas encore. Il va être lancé bientôt. Je n'en connais toujours pas le nom.

Il n'y avait plus rien à ajouter sur la question. Henrik but son café en silence et les parents d'Eva firent de leur mieux pour meubler la conversation. Pour sa part, elle s'interrogeait surtout sur la situation. C'était peut-être la dernière fois qu'ils se trouvaient assis tous ensemble à la même table. La dernière fois.

Il lui faudrait bientôt les mettre au courant, leur demander de l'argent. Elle aurait besoin de leur aide si elle voulait racheter la part que Henrik détenait dans la maison.

Mais le moment n'était pas encore venu.

– Bon, c'est l'heure de rentrer, non ?

C'était plus un constat qu'une question. Eva se rendit compte que le silence régnait depuis un bon moment autour de la table, et, quand elle leva les yeux, elle vit que sa mère la regardait. Son père fit grincer sa chaise sur le parquet en se levant.

– Qu'est-ce que tu en dis, Axel ? Tu veux bien venir un peu chez nous, pendant que papa et maman vont à leur réunion ?

Eva se mit à rassembler les tasses à café.

– Si tu veux emmener quelque chose chez papy et mamy, sois gentil d'aller le chercher toi-même, Axel. Tu peux prendre ton sac à dos, si tu veux.

Elle prit le plat du quatre-quarts, auquel personne n'avait touché à part Axel, et l'emporta dans la cuisine.

Henrik saisit l'occasion pour s'enfuir à nouveau.

– Bon, eh bien moi, je retourne travailler. À ce soir, Axel.

Il passa près d'elle au moment où elle sortait de la cuisine sans même lui accorder un regard.

Il ne restait plus que deux heures avant la réunion. Elle s'assit à la table de la cuisine avec une pile de papiers. Du courrier qui n'avait pas été trié – factures et autres – adressé à Henrik. Il y avait belle lurette qu'il ne l'ouvrait plus lui-même. De peur qu'il ne traîne trop longtemps et qu'une facture reste impayée, elle s'était mise à le faire pour lui. Ni l'un ni l'autre n'avait jamais abordé la question. Comme souvent. Elle ne céderait jamais sur les factures, convaincue qu'il ne paierait pas une seule d'entre elles à temps. Comment le ferait-il alors qu'il n'ouvrait même pas ses propres lettres ? Pourtant, elle nourrissait le secret désir qu'il assume davantage ses responsabilités sur le plan financier.

Même s'il était un peu tard pour cela, maintenant.

Ce problème comme tant d'autres serait bientôt résolu.

Elle regarda autour d'elle. Elle s'était donné tant de mal, avait consacré tant d'énergie. Cette vieille table par exemple : à combien d'antiquaires n'avait-elle pas rendu visite avant de trouver précisément celle qu'elle désirait ? Cette poterie posée sur le sol qu'elle avait rapportée du Maroc, la jugeant si importante qu'elle avait accepté de payer un supplément pour excès de bagages. Ce tableau qui venait de la maison de ses parents, ces chaises qui avaient coûté une fortune, ces boîtes, sur l'étagère de la cuisine, qui ne servaient certes jamais mais étaient si décoratives. Tout lui paraissait soudain très laid. Comme si ces objets familiers avaient été métamorphosés et qu'elle les voyait pour la première fois. Pas un seul ne l'émouvait désormais. Elle ne se souvenait même pas de ce qu'elle ressentait à l'époque où ils étaient importants. Tout ce qui l'avait émue, qu'elle avait aimé, qui l'avait touchée, qu'elle avait fait passer en premier, tout cela n'avait plus de sens. Comme si une lentille s'était mise en place sur ses yeux et avait modifié l'aspect de chaque objet. Elle était la seule à voir à quel point c'était absurde. Elle était totalement seule, dans son propre univers en marge de celui des autres. Et pourtant, elle était assise à sa place habituelle et réglait les factures à l'intention du monde extérieur.

La porte du bureau s'ouvrit. Il passa dans le salon puis revint sur ses pas, ramassa un jouet qui traînait par terre, le posa sur le plan de travail et disparut une nouvelle fois dans son antre.

Elle jeta un coup d'œil sur le bulletin municipal, le posa sur le tas des papiers à jeter et ouvrit l'enveloppe suivante.

Il ressortit alors du bureau et refit le tour de l'appartement. Au troisième, quelques minutes plus tard, elle ne put se retenir.

– Tu ne tiens pas en place. Que se passe-t-il ?

Elle déchira la fenêtre d'une enveloppe et posa celle-ci sur la pile du papier à recycler.

Retourne-vite-dans-ton-bureau-et-n'en-sors-pas-avant-qu'on parte, crut-il peut-être qu'elle lui disait, car c'est ce qu'il fit.

Quant à répondre à sa question, cela aurait été trop lui demander, bien sûr.

L'heure arriva enfin. Elle se sentait beaucoup plus nerveuse que d'habitude, comme s'ils se rendaient à une fête attendue depuis longtemps.

Il se mit au volant de la Golf et elle prit place à côté de lui, c'était plus pratique. Il pouvait d'ailleurs la garder, cette voiture. C'était la Saab qui était à elle puisqu'elle avait été payée par son employeur.

– Au fait, je suis désolée de t'avoir forcé à mentir à mon père. À propos de ton travail.

Il ne répondit pas et garda le regard braqué sur la route.

– Je n'avais pas envie de dire ce qui se passait, jeudi, quand Axel est allé dormir chez eux, que nous avions besoin d'être un peu seuls, tous les deux.

Cette fois, il émit un son en guise de réponse. Pas vraiment un mot, plutôt un grognement.

Elle sourit et posa sa main sur la sienne, qui tenait le levier de vitesse, dans un geste familier.

– Je ne savais pas que tu mentais si bien, ajouta-t-elle.

La salle de jeux était déjà remplie de parents qui avaient enfilé des housses en plastique bleu clair sur leurs chaussures. Les chaises avaient été disposées de façon irrégulière, sur le sol, et les gens discutaient à voix basse par petits groupes. Aucune trace de Kerstin ni de Linda. Henrik alla s'asseoir sur un siège placé près de la porte et se mit à tambouriner nerveusement sur le côté de celui-ci.

Eva alla rejoindre la maman de Jacob et regarda autour d'elle.

– On dirait que tout le monde a apprécié l'idée de cette réunion.

Annika Ekberg hocha la tête.

– Oui. Merci de votre aide.

– Oh, ce n'est rien.

Lorsque Kerstin apparut sur le pas de la porte, le brouhaha s'apaisa. Elle ne semblait pas particulièrement heureuse d'être là.

– Bonsoir à tous, et soyez les bienvenus, même si les circonstances ne sont pas très agréables. Je crois que le mieux est que vous preniez place, maintenant.

Ils s'exécutèrent comme d'obéissants écoliers. Trente-deux parents s'assirent donc avec leurs pieds recouverts de plastique bleu. Eva se plaça à côté de son époux.

– Comme vous le comprenez sûrement tous, Linda juge la situation extrêmement pénible. Je vous assure encore une fois qu'elle n'a pas expédié ces mails ; aucun d'entre nous n'a la moindre idée de ce qui a pu se passer. Dès demain matin, le service informatique de la commune va ouvrir une enquête, mais nous n'avons pu joindre personne pendant le week-end.

– Linda n'est pas là ?

C'est la mère de Simon qui posait cette question. Le ton était un peu insidieux et l'assistance comprit qu'elle n'avait pas beaucoup apprécié la lettre d'amour adressée à son mari.

Bienvenue au club.

– Si, elle arrive. Je voulais seulement vous dire ces quelques mots d'abord.

Elle s'écarta et laissa la place à Linda, qui apparut alors sur le seuil de la porte, la tête baissée. Kerstin passa un bras protecteur autour de ses épaules, mais ce contact déclencha un sanglot. Du coin de l'œil, Eva vit Henrik serrer les mains.

Linda toussa un peu en gardant les yeux fixés sur le tapis épais.

Tu peux toujours le regarder. Il ne viendra pas à ton secours.

Puis elle ouvrit la bouche pour entamer son plaidoyer.

– Je ne sais pas quoi dire.

Ces paroles furent accueillies par un silence assez long pour qu'elle se mette à pleurer pour de bon. Elle cacha son visage derrière l'une de ses mains et Henrik changea nerveusement de position sur sa chaise.

–Quelqu'un d'autre que vous a-t-il accès à votre courrier électronique ?

Eva ne reconnut pas la voix derrière son dos.

– Non, pas que je sache, et maintenant je n'y ai même plus accès personnellement. Le code d'accès a été changé, sans doute.

Essaye d'en trouver un autre plus coquin.

Le silence se fit à nouveau, mais il fut moins long.

– Que disaient ces mails ?

Une voix de femme inconnue, elle aussi.

– Je ne sais pas. Ce n'est pas moi qui les ai écrits et je ne les ai pas lus non plus.

– Je peux vous en donner lecture, si vous voulez.

Le père de Simon sortit de sa poche une feuille de papier pliée en deux et se racla la gorge avant de la lire d'une voix sèche et froide, comme s'il s'agissait du procès-verbal d'un conseil quelconque.

« Chéri. À chaque minute, chaque instant, je suis là où tu es. Le seul fait de savoir que tu existes suffit à me rendre heureuse. Je ne vis que pour les brefs moments que nous passons ensemble. Je sais que c'est mal et que nous ne devrions pas éprouver ce que nous ressentons, mais comment pourrais-je dire non ? Je ne sais combien de fois j'ai décidé de tenter de t'oublier, mais chaque fois je te revois et c'est impossible. Si la chose venait à la connaissance des autres, je perdrais sans doute mon travail, toi ta famille et ce serait le chaos total. Pourtant, je ne peux cesser de t'aimer. Et, au moment même où je prie pour que tout cela ne soit jamais arrivé, j'ai peur que ma prière soit exaucée. Je comprends alors que je suis prête à perdre tout ce que j'ai, si seulement je peux être près de toi. Je t'aime, ta L. »

Le changement d'atmosphère, au cours de cette lecture, fut total. Linda releva les yeux, lentement, pour finir par croiser ceux de Henrik. Eva se pencha légèrement pour voir son visage, mais son expression était impossible à interpréter. Le premier mot qui se présenta à son esprit fut celui d'épouvantable. Puis Henrik se tourna vers elle et, pour la première fois depuis très longtemps, ils se regardèrent vraiment. Et elle vit qu'il avait peur. Peur que le soupçon qu'il venait de caresser ne soit réel. Qu'elle soit au courant de tout. Elle lui adressa alors un petit sourire et se leva.

– Écoutez. Je voudrais dire quelque chose, si vous n'y voyez pas d'inconvénient. Puisqu'il est évident que Linda n'a pas envoyé ces mails, nous devons la croire. Mettez-vous à sa place, imaginez que vous êtes victime de ce genre de procédé et que vous deviez vous défendre devant tout le monde.

Puis elle se tourna vers Linda.

– Je comprends que ce doit être vraiment affreux. Je vous trouve très courageuse d'oser vous présenter devant nous tous, ce soir.

Mais ferme ta gueule, sale chienne, avant de te mettre à baver, en plus.

Puis elle se retourna vers l'assemblée.

– Qu'est-ce que vous en pensez ? Il me semble que le mieux est de laisser le service informatique mener son enquête et puis de considérer l'incident clos. Il faut penser d'abord aux enfants, n'est-ce pas ?

Un vague murmure d'approbation et un hochement de tête de la part de quelqu'un. Le visage de Henrik arborait maintenant la même expression que celui de Linda. Il l'observait fixement, la bouche ouverte.

Autre trait commun sur lequel ils pourraient bâtir ensemble un avenir radieux.

La mère de Simon était la seule qui semblait avoir un avis différent sur la question. Elle ne semblait pas prête à vouloir oublier cet incident et faire comme s'il ne s'était jamais produit.

Eva se tourna vers Linda et Kerstin avec un sourire. La seconde le lui rendit avec gratitude et la première tenta peut-être de l'imiter, mais ce n'était pas clair.

Kerstin fit un pas en avant et posa la main sur son bras.

– Merci, Eva. Merci de tout cœur.

Puis elle balaya l'assistance du regard.

– Linda a souhaité prendre un congé en début de semaine et je crois que c'est une bonne idée. Il me semble qu'elle a besoin d'un peu de repos, après tout ce qui vient de se passer.

Eva lança un regard à Henrik qui avait baissé les yeux. Elle savait qu'il n'oserait jamais lui demander si ses soupçons étaient fondés. Car cela l'obligerait à reconnaître quel lâche et quel menteur il était.

Elle tenait toujours la situation en main.

Et, demain matin, elle lui ferait un petit geste d'adieu le sourire aux lèvres, sur le seuil de la porte. Elle lui souhaiterait de bonnes vacances en lui recommandant d'être prudent au volant, surtout.

Quant à elle, des journées chargées l'attendaient.

Il patientait sous les arbres du terrain communal quand la Golf se rangea dans l'allée du garage. Une sourde lassitude s'était emparée de lui quand il avait constaté que la maison était vide et qu'il ne savait pas où elle se trouvait. Sitôt la voiture arrêtée, la portière avant s'ouvrit et l'homme qui s'appelait Henrik descendit et se dirigea à grands pas vers la maison. La femme resta assise sur le siège du passager et, lorsque la lumière s'alluma à l'intérieur du véhicule, il aurait pu jurer qu'elle souriait. Puis elle sortit et resta un moment debout près de la voiture, avant de se diriger vers la porte d'entrée, sans se presser. Au moment où elle posait la main sur la poignée, il composa le numéro programmé sur son portable et, tandis qu'elle disparaissait à l'intérieur de la maison, il entendit une voix répondre :

– Allô ?

– Je suis bien chez Henrik Wirenström-Berg ?

– Oui.

Il arracha un morceau d'écorce sur l'arbre devant lui. Il n'avait pas l'intention de se presser.

– Vous êtes seul ?

– Comment ?

– Personne ne vous écoute ?

– Qui est à l'appareil ?

– Pardon. Je m'appelle Anders et...

Il observa une petite pause pour faire durer le suspens, avant de reprendre :

– Je voudrais vous parler d'une chose en particulier.

– Ah ! bon. De quoi ?

– Ce serait mieux si on se voyait. Je préférerais ne pas parler de ça au téléphone.

Silence au bout du fil. Il entendit un bruit de vaisselle qu'on posait, puis une porte qui se fermait. Une lumière s'alluma à l'une des fenêtres.

– De quoi s'agit-il ?

– On peut se voir demain à l'heure et à l'endroit qui vous conviennent.

– Demain, je ne peux pas.

Je le sais parfaitement, espèce d'idiot. Mais tu as le temps avant le départ du bateau.

– Mardi, alors ?

– Je ne peux pas non plus. Je m'absente quelques jours.

Il n'avait pas l'intention d'attendre aussi longtemps, il ne pourrait plus tenir. Il fallait absolument qu'il voie cet homme, mais pour lui dire quoi exactement ? Il lui répugnait de faire appel aux sentiments de ce porc à l'autre bout du fil. Mais la simple idée qu'il faisait cela pour elle lui permit de surmonter son dégoût.

– Il vaudrait mieux pour nous deux qu'on se voie.

Comme il n'obtenait pas de réponse, il décida d'ajouter un peu de pression.

– Je ne peux plus continuer à faire ça dans votre dos.

Le silence qui suivit lui confirma que l'argument avait fait mouche. La formule était pourtant très vague. Comment un homme infidèle pouvait-il savoir ce qui se faisait dans son dos ? Mais le fait qu'on lui rendait la monnaie de sa pièce devrait suffisamment l'intéresser pour l'inciter à accepter une rencontre.

Un raclement de gorge.

– On peut se voir demain matin, à neuf heures, à l'entrée du terminal de la Viking Line, dans le port. Ça vous va ?

– Aucun problème. Je vous reconnaîtrai. À neuf heures, donc.

Il coupa la communication, jeta un regard vers la fenêtre éclairée, et regagna sa voiture.

Il y avait longtemps qu'il n'avait passé une aussi bonne nuit et, pour la première fois depuis une éternité, il se réveilla parfaitement reposé. Il s'habilla avec soin. Henrik devait comprendre qu'il avait affaire à quelqu'un qui lui était supérieur. Pourtant, il n'avait pas envie d'ôter le pull bleu dans lequel il avait dormi. Il savait qu'il lui devait son calme : ce vêtement avait conservé un peu de son odeur, à elle. Même ce sentiment de sécurité était purement passager.

Le téléphone sonna.

Il regarda sa montre. Il n'était que sept heures. Qui pouvait l'appeler si tôt un lundi matin ? Il décrocha et s'aperçut en même temps qu'il n'avait même pas compté les sonneries.

– Jonas, à l'appareil.

– Bonjour, Jonas. C'est Yvonne Palmgren.

Il ne put répondre. Juste souffler violemment pour

exprimer sa contrariété. Cette fois, elle n'avait pas l'intention de se laisser interrompre.

– Je voudrais qu'on se voie, Jonas. Anna sera enterrée vendredi et il est important que tu sois inclus dans ce processus.

– Quel processus ? Vous voulez que je creuse la tombe ou quoi ?

Il l'entendit prendre une profonde inspiration.

– Nous procéderons à une cérémonie d'inhumation ici, à l'hôpital, et j'aimerais que tu nous aides à prendre les décisions qui conviennent à ce propos. Comment l'habiller, quelle musique choisir, quelles fleurs acheter, comment décorer le cercueil... Tu es le seul à connaître ses goûts.

– Demandez au docteur Sahlstedt. D'après lui, elle n'a rien senti, avant de mourir, alors j'ai du mal à croire qu'elle se pose beaucoup de questions, maintenant. Et puis, je suis très occupé toute la semaine.

Il raccrocha et constata, à son grand déplaisir, que cette conversation l'avait affecté. Perturbé. La seule façon pour lui de se défendre était de passer à l'attaque. Il se rendit dans l'entrée, sortit son portefeuille et en tira le Post-it jaune que lui avait remis Sahlstedt. Elle répondit à la première sonnerie.

– Jonas, à l'appareil. Je voulais vous dire que si vous ou quelqu'un d'autre me parlez encore d'Anna ou de quelque chose, je... Je n'ai aucune obligation envers elle, je crois avoir fait plus qu'on ne pouvait me le demander pour cette putain. Alors ça suffit ! C'est compris ?

Il lui fallut quelques instants pour répondre. Et quand elle le fit, ce fut avec calme mais en soulignant chaque mot, comme d'un trait de crayon rouge. Un ton de mépris comme si elle lui était supérieure.

– Tu commets une grave erreur, Jonas.

C'en fut trop pour lui.

– Encore un mot, bon sang, un seul, et je vous...

Il s'interrompit en regrettant ses paroles. Il ne fallait pas se montrer téméraire et révéler à ceux qui n'avaient pas besoin de le savoir que c'était lui qui avait le pouvoir maintenant. Cela pourrait être utilisé contre lui.

Il raccrocha et demeura immobile afin de recouvrer son calme. Ce n'est qu'après avoir enfilé de nouveau son pull-over bleu et s'être allongé un moment qu'il parvint à se sentir assez concentré pour retourner choisir sa tenue. Il lui fallut malgré tout un bon moment pour chasser de ses pensées cette conversation téléphonique importune.

Il arriva une demi-heure trop tôt au rendez-vous. Mais il voulait avoir une vue d'ensemble, être préparé, voir arriver Henrik et décider lui-même où il ferait le premier pas. Il se demandait s'il viendrait seul ou avec sa putain. Cela importait peu en fait, mais il préférait le voir seul. Leur bateau ne partait qu'à dix heures et quart, il l'avait entendu au cours de leur conversation, à la pizzeria.

Il n'était pas difficile de se perdre dans la foule des voyageurs à l'intérieur du terminal. Il s'assit sur un banc, à côté d'un groupe de Finlandais d'âge mûr, en survêtement, qui avaient manifestement la gueule de bois, afin de pouvoir surveiller l'entrée principale. À neuf heures moins cinq, il fit son apparition, seul. Il s'arrêta sitôt franchie la porte d'entrée, posa sur le sol un sac de voyage bien rempli et explora la salle des yeux. Jonas ne fit pas un geste, pour le faire attendre. Il le vit regarder sa montre à plusieurs reprises, scruter les environs et observer tous les hommes qui passaient près de lui.

Jonas ferma les yeux, prit une profonde inspiration et se reposa un instant dans ce calme qui l'habitait. Il savait pour la première fois de sa vie ce qui l'attendait. L'avenir était la récompense de la lutte qu'il avait menée jusqu'à ce jour, et la peur ne pouvait plus rien contre lui. Cette sensation était aussi bienvenue qu'inhabituelle et totalement libératrice. Un moment de grâce total.

Il se leva alors et se dirigea vers son ennemi.

Il s'arrêta à un mètre de lui sans rien dire en le laissant toujours dans l'incertitude. Ce fut l'autre qui rompit le silence finalement.

– C'est vous, Anders ?

Il hocha la tête mais garda le silence. Le plaisir de voir le malaise évident de Henrik était trop fort.

– Qu'est-ce que vous voulez ? Je suis pressé.

Cette fois, le ton de sa voix était irrité.

– Merci d'avoir pris le temps de venir.

Jonas n'avait pas l'intention de se laisser bousculer. Il décida donc de sourire un peu, ce qui lui donna peut-être un air involontairement supérieur. Il baissa alors les yeux vers le sol, gêné. Il était soucieux de bien jouer son rôle. Ce qu'il voulait, c'était se faire un allié, ou du moins laisser l'autre le croire. Il ne fallait pas susciter sa méfiance, ce qui le rendrait inutilisable. Cet homme infidèle prénommé Henrik avait fixé les règles du jeu et il ne devait pas savoir qu'il n'était plus qu'un simple pion dans la partie que Jonas lui avait assignée.

Il leva les yeux et regarda cet homme qui était le mari d'Eva.

– Je ne sais pas très bien comment vous dire ça,

alors il vaut peut-être mieux que j'y aille carrément. J'aime votre femme et elle m'aime.

Le vide se fit dans les yeux de l'autre. Un vide total. Si Henrik s'attendait à quelque chose, ce n'était certainement pas à cela. Sa lèvre inférieure s'affaissa. Il avait désormais l'air de quelqu'un qui ne comprenait plus rien à l'existence. Il resta un bon moment sans proférer un son et rien au monde ne pouvait surpasser le sentiment de puissance qu'éprouvait Jonas. Si. Une chose. Mais il ne posséderait Eva que lorsqu'il l'aurait mérité.

– Je comprends que ce soit un choc pour vous et je suis désolé, vraiment, mais il vaut mieux que vous sachiez la vérité. J'ai moi-même été trompé, une fois, je sais que cela fait très mal et je m'étais promis de ne jamais faire subir à quelqu'un d'autre la même chose. Je sais ce que la trahison peut vous faire.

Henrik avait fermé la bouche. Il avait compris l'information qui venait de lui être fournie, et cela le perturbait grandement. Il regarda autour de lui comme pour tenter de trouver quelque chose de convenable à dire.

Jonas contempla ses lèvres. Elles avaient touché celles d'Eva, avaient connu leur goût.

Il dissimula son poing fermé dans la poche de sa veste.

– Est-ce que ce n'est pas plutôt à Eva de me le dire ?

– Si. J'ai essayé de la convaincre, mais elle n'ose pas. Elle a très peur de votre réaction. Je veux dire : on ne vous veut pas de mal, ni l'un ni l'autre, vraiment. Mais on ne peut rien contre nos sentiments, vous savez. Nous nous aimons. Et puis, il faut penser à Axel, bien sûr.

Les yeux de l'autre s'assombrirent en entendant citer son fils.

– Pour lui, nous avons tenté plusieurs fois de mettre fin à notre relation, mais... On ne peut pas vivre l'un sans l'autre.

Le coup avait porté. Tromper est une chose, être largué en est une autre.

– C'est Eva qui vous a demandé de me raconter tout ça ?

– Non, pas du tout.

Il y eut un moment de silence.

– Mais si je le fais, c'est pour elle, parce que je l'aime. Elle est la femme la plus fantastique que je connaisse. Elle est parfaite, à tous égards. Mais vous êtes bien placé pour le savoir.

Il eut un sourire de connivence.

Il vit l'autre avaler sa salive. Il put aussi lire dans ses yeux un certain dégoût.

– Depuis combien de temps vous voyez-vous ?

Jonas fit semblant de réfléchir.

– Environ un an, je crois.

– Un an ! Vous voulez dire qu'Eva et vous avez une liaison depuis un an ?

Jonas laissa le silence répondre à sa place et vit que c'était efficace. L'honneur d'Eva était vengé. Ce salaud savait maintenant qu'il trompait une femme aimée par un autre homme qui la méritait plus que lui. Et donc qu'il était superflu, dans sa vie à elle. Qu'il était déjà largué.

Voilà. Tu peux t'en aller, maintenant. Le plus vite sera le mieux.

– Je sais, c'est moche d'être trompé comme ça. J'aurais aimé que vous l'appreniez plus tôt pour que vous sachiez quoi faire. Cela aurait été bien pour nous tous, si Eva et moi avions eu le courage d'être francs dès le début, mais on n'y peut rien. Ce n'est peut-être pas une consolation, et pourtant si vous saviez comme c'est pénible d'agir dans le dos des gens. Je vous demande vraiment pardon.

Les portes s'ouvrirent derrière eux et la femme blonde entra en tirant une valise à roulettes. Elle s'immobilisa en les voyant et détourna le regard, ne sachant manifestement pas quoi faire. Le regard que Jonas lança à la nouvelle venue incita Henrik à l'imiter. L'homme qui venait d'apprendre que les choses n'étaient pas tout à fait comme il le pensait souleva son sac.

Jonas ne put s'empêcher de demander :

– Vous la connaissez ?

– Non. Mais je dois partir, maintenant.

Il fit mine de s'éloigner vers l'intérieur du terminal, dans le but évident d'éviter de révéler que la femme était sa compagne de voyage.

Jonas l'arrêta.

– Autre chose, Henrik, pour votre bien et le mien. Ne dites rien à Eva si cela ne vous ennuie pas. Elle m'a dit que vous allez vous absenter jusqu'à mercredi et je compte mettre ce délai à profit pour tenter de la persuader de vous parler à votre retour. Je ne peux rien faire d'autre, hein ? Je vous souhaite un bon voyage, malgré tout cela. Au revoir.

Il le quitta sur ces mots, le laissant à son sort.

Quant au sien, il le connaissait depuis longtemps et son désir ne faisait que s'accroître à chaque pas qu'il faisait pour s'en rapprocher.

Pour calmer son attente, il avait l'intention d'aller l'épier une nouvelle fois.

Lorsque les portes du 76 Götgatan s'ouvrirent devant elle il était neuf heures et quart. Le hall de l'Hôtel des Impôts était déjà bondé, mais elle n'était pas pressée. Elle avait trois jours devant elle pour savoir ce qu'elle désirait puisqu'ils ne seraient de retour que le mercredi.

Elle n'était encore jamais venue là, mais où d'autre se procurer le numéro national d'identification de quelqu'un ? Si elle l'avait, tout serait plus facile. Ce qu'avait dit Kerstin sur le passé gênant de Linda pouvait s'avérer une information à la fois intéressante et précieuse.

Sur la porte d'entrée en verre était apposé l'avis suivant : « Veuillez prendre un numéro correspondant à la nature de votre démarche. »

La nature de sa démarche. Elle préférait ne pas avoir à en faire état.

Il y avait quatre possibilités : Affaires fiscales, étranger, état civil, attestation personnelle.

Le mieux lui parut être « état civil ». Elle prit un numéro correspondant à cette rubrique et s'installa sur une chaise pour attendre que les quinze personnes qui la précédaient aient terminé. Elle regarda autour d'elle. Sur sa gauche quatre ordinateurs avaient été disposés et elle se leva pour les examiner de plus près. Il s'agissait peut-être d'une sorte de self-service. Ce serait l'idéal, cela lui éviterait de poser sa question à un employé. L'un des postes de travail était libre, elle prit une chaise et s'installa. À sa gauche se trouvait un homme d'âge mûr qui avait passé un costume à carreaux sur une chemise mal boutonnée. Il avait disposé divers papiers près de lui sur la surface réservée à cet effet, et avait l'air de s'y connaître.

– Je vous prie de m'excuser.

Il s'interrompit et la regarda.

– Si je dispose d'un nom et d'une adresse, est-ce que je peux obtenir un numéro de sécurité sociale sur cette machine ?

– Tapez « registre », sur le menu de départ, dit-il en hochant la tête.

– Merci.

Elle suivit ses instructions et une boîte de dialogue s'ouvrit.

Personne physique, femme. Personne physique, homme. Personne morale.

Elle n'aimait pas beaucoup l'idée de « personne physique, femme », mais comprit que c'était sous cette rubrique qu'elle devait chercher. Elle inscrivit donc le nom Linda Persson et l'adresse relevée à l'école : Duvnäsgatan 14, 11634 Stockholm.

L'ordinateur procéda à la recherche et afficha la réponse.

740317-2402.

Magnifique ! Ils allaient pouvoir fêter son anniversaire au cours de leur petit voyage en amoureux, en plus*.

* Le premier groupe de chiffres indique en effet la date de naissance dans l'ordre inverse du nôtre (année, mois, jour). (*N.d.T.*)

Profitez-en bien.

Elle prit note de ces chiffres, sortit du programme et regagna sa chaise pour attendre son tour.

– J'aimerais savoir où est née cette personne, dit-elle en énumérant le numéro qu'elle venait de relever.

L'employée tapa ces chiffres sur son ordinateur.

– Linda Persson ?

– Oui.

– À Jönköping.

L'écran était placé en biais et elle ne pouvait en lire davantage.

– C'est tout ce qu'il y a ?

– Qu'est-ce que vous voulez savoir ?

– Est-il possible d'imprimer cette information ?

– Bien sûr.

L'imprimante cracha une feuille. Eva la prit. Elle remercia et se leva tout en lisant :

740317-2402, K, DONNÉES PERSONNELLES (6401-v3. 34), Linda Ingrid Persson.

Suivaient une foule d'abréviations incompréhensibles de nouveaux noms et numéros nationaux. Mère et père biologiques, avec leurs noms complets et numéros de sécurité sociale, puis un autre : 670724-3556 Hellström, Stefan Richard. Catégorie E.

La guichetière guettait déjà le visiteur suivant, mais Eva fut plus prompte.

– Excusez-moi, j'ai encore une question. Que veut dire « catégorie E » ?

– Époux ou épouse.

Cette révélation la laissa sans voix.

– Cela veut dire que la personne en question est mariée ?

– Non. État civil D, elle a donc divorcé en 2001.

Elle enregistra cette information, tenta de se rendre compte de ce qu'elle impliquait et de savoir si elle contenait un indice qu'elle pourrait utiliser. Ils étaient tous liés les uns aux autres, ne formant qu'une seule et immense famille, que les personnes impliquées le veuillent ou non. Certains étaient divorcés, d'autres mariés.

– Est-ce que je peux imprimer cela également ? demanda-t-elle en indiquant cette fois les chiffres concernant Stefan Hellström.

La femme tapa sur son ordinateur et lui tendit une feuille de papier. Eva se dirigea vers la sortie sans le lire.

En franchissant les portes automatiques, elle se dit qu'elle n'avait pas perdu son temps.

Elle se fit chauffer une tasse de café et y ajouta même un peu de crème fouettée avant de s'installer au bureau de Henrik. Il avait fait place nette, rien ne traînait. Juste quelques bouts de papier avec des numéros de téléphone griffonnés. Mais comme il les avait laissés, elle savait qu'ils étaient dépourvus de toute utilité.

Elle n'avait d'ailleurs plus besoin de ce genre d'aide.

Elle déplia le papier sur lequel figuraient les données personnelles de l'ancien mari de Linda. Domicile : Varberg. Noms et numéros nationaux de ses parents biologiques. Celui du père était suivi des lettres Dc et d'une date. Elle prit la feuille contenant l'explication des abréviations. Dc voulait dire « décédé ». Suivant le nom de Linda, avec la lettre E la date de divorce. Puis, sous son nom à elle : Hellström, Johanna Rebecka. 930428-0318. Dc 010715.

Un enfant mort. Puis le divorce, quelques mois plus tard. L'ancien mari de Linda avait perdu un enfant juste avant qu'ils ne se séparent.

Elle se leva, ne se sentant soudain pas très bien. À nouveau cette douleur sourde dans sa poitrine. Comme toujours, c'était son sentiment de culpabilité envers Axel qui la déclenchait. L'idée qu'ils étaient incapables de lui donner un bon départ dans la vie. Si jamais il lui arrivait quelque chose, comment pourrait-elle survivre à cela ? Elle s'était souvent demandé si un seul être humain oserait mettre au monde un enfant s'il était en mesure de comprendre pleinement l'ampleur des responsabilités que cela entraînait. Vouloir pour lui ce qu'il y avait de mieux, mais sans cesse estimer en faire trop peu et savoir que l'inquiétude et la mauvaise conscience seraient les perpétuels compagnons de route de l'amour inconditionnel. Elle était reconnaissante de ne pas l'avoir su, pour sa part. Axel était ce qu'il y avait de plus important dans sa vie. Sa naissance l'avait bouleversée et avait donné une nouvelle dimension à son existence. Ne plus jamais penser à soi en premier, être toujours prête à laisser la place. Voilà ce qu'il lui avait appris. Et pourtant, elle passait la majeure partie de son temps loin de lui, même si, au cours de ces six dernières années, elle avait pris conscience de la fuite du temps.

Et maintenant Henrik comptait lui faire perdre la moitié du peu de temps qu'il lui restait. L'obligeant à être mère une semaine sur deux sans lui laisser la moindre possibilité de choisir.

Elle alla boire un peu d'eau dans la cuisine et revint s'installer devant l'ordinateur.

Elle se brancha sur Internet puis sur Google. Là, elle tapa le nom de Linda et obtint 1390 réponses. Elle ignora résolument tous les doctorats de tel ou tel institut et autres sites n'ayant sûrement rien à voir avec sa Linda à elle, mais dut finalement renoncer. Elle ajouta « + Varberg », mais cela lui valut les résultats du championnat de deuxième division de football féminin, et une base de données complètes sur le personnel du syndicat des employés municipaux de Suède, ce qui ne l'avança guère plus. Ajouter « + Jönköping » ne lui apporta rien d'autre. Le nom de l'ex-mari de Linda lui valut quelques listes de résultats de courses d'orientation et l'adresse d'une agence de location de voitures à Skellefteå, ce qui ne suscita pas un grand enthousiasme de sa part.

Elle prit sa tasse de café, passa dans le salon et contempla le jardin à travers la baie vitrée. Quel effet cela lui ferait-il de rester seule avec Axel dans cette grande maison ? Aurait-elle la force de tout prendre en charge ?

Et autre question qui ressemblait plus à un aveu : quelle différence cela ferait-il, en fin de compte ?

Elle vit quelque chose bouger dans le coin du terrain contigu à celui de la commune. Les chevreuils devenaient de plus en plus effrontés. Bientôt, elle serait obligée de fermer les portes à clé pour les empêcher d'entrer dans la maison.

En revenant vers le bureau, elle passa mettre sa tasse à café vide dans le lave-vaisselle, avant de s'installer à nouveau devant l'ordinateur. Elle lut d'abord les deux feuilles de papier qui lui avaient été remises à l'Hôtel des Impôts.

Hellström, Johanna Rebecca.

Elle avait vécu huit ans et trois mois.

Soudain, elle eut une idée, alla sur Google et tapa ce nom suivi de « + Varberg ».

Elle obtint immédiatement une réponse sous la forme d'un article de l'*Aftonbladet* : « Un père accuse son ex-femme de la mort de sa fille. »

Elle leva les yeux et regarda dehors.

Puis elle revint à l'écran et fit apparaître l'article au moyen d'un simple clic.

Une photo de la tombe et, devant celle-ci, le dos d'un homme. Notre fille bien-aimée, Rebecca Hellström 1993 † 2001. Et, sous cette photo, la légende : « Elle ment. » Le père de la petite noyée est plein de tristesse et d'amertume. « Je sais que l'accident aurait pu être évité. »

> VARBERG. La salle d'audience du tribunal de première instance de Varberg est pleine à craquer. Plusieurs membres de l'assistance connaissent la femme de 27 ans qui est assise sur le banc des accusés, inculpée d'avoir causé, sept mois plus tôt, la mort de sa fille âgée de 8 ans. Elle réfléchit longuement avant de répondre à voix basse aux questions du procureur Torsten Vikner. À plusieurs reprises, on lui demande même de répéter ce qu'elle vient de dire pour que ce soit compréhensible. Pendant toute la durée du procès, elle garde la tête baissée et évite de regarder son mari, assis à côté du procureur. Il y a cinq mois, il était son mari et, maintenant, il l'accuse d'avoir causé la mort de sa fille bien-aimée, Rebecca. Près de lui se tient la mère de la fillette et, à plusieurs occasions, ils se prennent par la main pour se consoler mutuellement.
>
> C'est au mois de juillet que l'accident s'est produit. L'accusée et Rebecca, qui vivait en alternance chez sa mère et son père, étaient parties se baigner

sur la petite plage qui jouxte le bain de mer d'Apelviken. L'accusée resta sur la berge alors que la fillette de 8 ans qui, d'après ses parents, était capable de nager une dizaine de mètres, voulait se baigner. D'après l'accusée, l'enfant avait reçu pour instruction de ne pas aller plus loin que « le ventre » comme d'habitude. Comme elles étaient déjà venues là plusieurs fois auparavant, elle savait très bien ce que cela voulait dire. L'accusée ne cesse de répéter qu'elle ne l'a pas quittée des yeux. Son ex-mari le nie.

– Elle ment. Je l'ai appelée plusieurs fois sur son portable et il était toujours occupé. En outre, des témoins assurent qu'elle est allée à plusieurs reprises chercher quelque chose dans la voiture.

Le procureur donne alors lecture d'un relevé de compte du téléphone portable de la femme qui corrobore les propos de son ancien mari. Julia Bäckström, l'avocate de l'accusée, déclare qu'elle peut fort bien avoir surveillé l'enfant tout en s'entretenant au téléphone et qu'elle ne pouvait prévoir les courants inhabituellement puissants de ce jour-là. En outre, la voiture était garée de telle manière qu'elle pouvait observer la fillette depuis celle-ci. L'accusée déclare l'avoir soudain vue disparaître sous la surface de l'eau et s'être portée à son secours en courant, puis en nageant malgré le puissant courant. Toutes les tentatives de réanimation se sont révélées vaines.

– C'était un accident, c'est tout, déclare-t-elle à voix basse.

Le procureur Torsten Vikner ne pense pas non plus que la jeune femme de 27 ans ait eu l'intention de mettre l'enfant en danger. Mais il peut s'agir d'un homicide involontaire.

– La petite fille est morte du fait de l'inattention de cette femme, affirme-t-il, en revenant à plusieurs reprises sur les coups de téléphone.

– L'enfant était assez loin dans l'eau et elle téléphonait, assise sur la berge.

Les accusations portées contre cette femme de 27 ans ont, ces derniers temps, partagé Varberg en deux camps. L'un, composé de parents et de collègues du secteur de la garde d'enfants dans lequel elle travaille, attestent de son sens du devoir et de ses capacités professionnelles, alors que l'autre s'est livré à une campagne de dénigrement qui s'apparente à de la persécution. D'après son avocat, ce sont surtout les rumeurs concernant ses conversations téléphoniques qui lui sont pénibles.

Le jugement sera rendu jeudi.

Elle leva les yeux et regarda à nouveau dehors par la fenêtre. Elle resta quelques instants ainsi en tentant de définir ce qu'elle éprouvait. Elle avait trouvé ce qu'elle cherchait et même plus encore. Mais, au lieu de s'en réjouir, pendant un court instant, elle prit ses distances avec cette noirceur qui s'était installée en elle et s'observa de l'extérieur, devant son ordinateur. L'ombre de l'ancienne Eva semblait exiger qu'on l'entende et tenta de la mettre en garde.

Réfléchis bien.

Elle regarda à nouveau l'écran.

Comme on fait son lit, on se couche.

Elle se leva, passa dans la cuisine, ouvrit le réfrigérateur mais le referma aussitôt, ayant oublié ce qu'elle venait y chercher.

Elle prit alors le téléphone sans fil posé sur le plan de travail et appela le service des renseignements.

– Je voudrais le numéro du tribunal de première instance de Varberg. Et je vous demande de me mettre en relation.

Elle entendit un bruit de touches sur lesquelles on tapait puis une sonnerie.

– Tribunal de Varberg, Marie-Louise Johannesson.

– Bonjour. J'aimerais connaître le jugement rendu lors d'un procès qui s'est tenu chez vous en novembre 2001.

– Quel numéro d'archives ?

– Je l'ignore.

– Il me le faut pour pouvoir obtenir le renseignement.

– Comment puis-je le savoir ?

– De quel type de procès s'agit-il ?

– Une noyade. Une fillette de huit ans qui s'est noyée. L'accusée était alors mariée avec le père de l'enfant.

– Ah ! oui, je me souviens. Elle a été acquittée, je peux trouver le jugement sans le numéro d'archives.

– Ce n'est pas nécessaire. Elle a été acquittée, vous dites ?

– Oui.

– Eh bien, merci.

Elle posa le téléphone sur le plan de travail et ouvrit une nouvelle fois le réfrigérateur sans savoir pourquoi, le referma et croisa le regard d'Axel sur la photo fixée sur la porte au moyen d'un aimant collé sur un objet en pâte à modeler. Elle se souvenait qu'il lui avait dit qu'il représentait un dinosaure et c'en était bien un.

Des yeux bleus et innocents qui croyaient tout ce qu'ils voyaient.

Persuadés que les êtres humains étaient bons et sincères, qu'ils pensaient ce qu'ils disaient. Comme sa maîtresse à l'école maternelle, par exemple. À laquelle il se fiait aveuglément et qui était si soucieuse de son bien-être pendant la journée – et pourtant détruisait tout son univers.

L'hypothèse fort vraisemblable que Henrik soit précisément en train de faire d'elle la nouvelle maman à temps partiel d'Axel referma la brèche qui venait de s'ouvrir en elle. Jamais de la vie. Non seulement Henrik allait, sans qu'elle puisse avoir son mot à dire, la priver de la moitié de la jeunesse d'Axel mais, en plus, elle serait obligée de laisser ce dernier vivre sous le toit de cette femme une semaine sur deux. Jamais ! Si Henrik avait l'intention de vivre avec cette femme, elle ferait tout pour éviter que la garde soit partagée.

Quel parent, d'ailleurs, confierait son enfant aux soins d'une telle personne ? Que diraient les autres parents de l'école à l'idée de remettre le leur entre les mains d'une femme accusée d'avoir provoqué la mort d'une fillette de huit ans parce qu'elle bavardait au téléphone ?

Elle réalisa que c'était une idée à creuser, à explorer.

Le regard plongé dans celui d'Axel, elle prit sa décision.

Fit son choix.

Il lui suffit d'écrire le nom de Linda, en note explicative, en haut de la feuille de papier, une fois l'article imprimé. Elle le glissa dans une enveloppe, parcourut la liste des parents d'élèves, et l'adressa à la mère déjà scandalisée de Simon.

Un an.

Cette seule pensée équivalait à un coup de poing dans l'estomac. Chaque fois ses implications pénétraient un peu plus profondément dans son esprit. L'été dernier, lors de leur voyage en Italie. Lors de tous ces dîners avec leurs amis. Quand il l'avait accompagnée à Londres pour son travail et qu'ils avaient fait l'amour. Ce salaud avait toujours été là. Il l'avait fait passer pour un minable qui n'était pas à la hauteur. Un médiocre que l'on pouvait remplacer par le premier venu.

Il était assis sur le canapé et regardait la mer par le hublot de leur cabine de luxe. Il vit passer le ponton de Nyckelviken à l'horizon, Nike et Nocke, les deux antennes qui se dressaient comme des points d'exclamation, au-dessus de son univers familier et quotidien.

Il avait posé son sac sur le sol sans l'ouvrir. Dans la salle de bains, il entendait Linda fouiller dans son nécessaire de toilette.

Un an.

J'aime votre femme et elle m'aime.

La porte de la salle de bains s'ouvrit et elle s'arrêta sur le seuil, attendant une réaction. Il nota qu'elle portait une fine chemise de nuit jaune pâle et qu'elle avait relevé ses cheveux en chignon pour la première fois.

Il détourna les yeux vers le hublot.

Pour lui, nous avons tenté plusieurs fois de mettre fin à notre relation, mais... On ne peut pas vivre l'un sans l'autre.

Elle se dirigeait vers sa valise ouverte sur le lit.

– Tu as demandé les serviettes ?

Il tourna la tête et la regarda à nouveau.

– Non.

Ce n'était pas délibéré de sa part. En entrant dans la cabine, ils avaient constaté qu'il en manquait. Fidèle à ses habitudes, il lui avait laissé le soin de s'en occuper. Elle appellerait et arrangerait cela.

Comme toujours.

Pour la première fois, il comprit à quel point il était marqué par les années passées avec Eva. Comme cela avait été reposant de se cacher derrière son esprit d'initiative. Il s'aperçut soudain que cela l'inquiétait et le paralysait d'être obligé de tout lâcher, de renoncer à ses habitudes. Qui était-il donc, sans tout cela ?

– Tu comptes le faire ?

Il fut ramené à la réalité par le ton sec de sa voix.

– Quoi ?

– Appeler pour demander des serviettes. Ou dois-je le faire ?

– Non, je vais téléphoner, si tu veux.

Il appuya ses deux mains sur ses cuisses pour se lever, s'assit à la petite table et feuilleta la brochure du bateau.

Elle est parfaite, à tous égards. Mais vous êtes bien placé pour le savoir.

Espèce de salaud.

Il reposa la brochure, ne sachant plus ce qu'il cherchait, et retourna près du hublot. Nicke et Nocke avaient disparu.

Il ferma les yeux pour chasser l'envie qui le prit de monter sur le pont afin de voir s'ils étaient toujours visibles à l'horizon.

Il se retourna. Elle avait posé son sac par terre et s'était assise sur le lit, le dos appuyé contre le mur lambrissé. On distinguait ses seins sous sa nuisette de soie, signe qu'elle avait ôté ses sous-vêtements. Elle tenait à la main le catalogue des articles hors taxes sans le lire. Il devinait, à l'expression de son visage, sa déception devant son manque d'initiative, son indifférence.

Il comprit soudain ce qu'elle attendait de lui, mais aussi que c'était impossible. Tout ce désir, qui quelques heures auparavant seulement le rendait fou, avait disparu. Il n'en restait plus aucune trace. Un feu éteint dont les braises étaient restées dans le port de Stockholm devant les portes du terminal de la Viking Line.

Comment diable allait-il pouvoir supporter de rester enfermé en pleine mer pendant une journée entière ? Sans parler du séjour dans la pittoresque ville de Nådendal inclus dans le prix du billet de leur « croisière romantique » ? Dès leur arrivée dans la cabine, elle lui avait montré, avec un clin d'œil, les deux paquets de préservatifs qu'elle avait achetés. On ne pouvait être plus clair.

Elle était si décidée à ce qu'ils prennent enfin les décisions importantes, organisent leur avenir et tranchent.

Alors qu'il venait d'apprendre qu'il ne savait rien, pas même les choix qui s'offraient à lui.

D'un geste brusque, elle posa le catalogue sur le lit et croisa les bras sur la poitrine.

– Tu ne te sens pas bien ?

Son ton indiquait clairement qu'elle ne se faisait aucun souci sur sa santé, mais le mettait en accusation.

– Si, je crois.

– Tu crois.

Nouveau coup de couteau, d'une voix amère.

– Qu'est-ce qu'il y a, alors ? Je croyais qu'on était là pour s'amuser.

Elle rejeta d'un geste de dépit une mèche blonde derrière son oreille et croisa à nouveau les bras sur sa poitrine. Ses mouvements écartèrent légèrement les pans de sa chemise de nuit, laissant entrevoir ses seins. Cela ne produisit aucun effet sur lui. Ne pas pouvoir dire à cette femme ce qu'il ressentait était intolérable. Alors qu'il avait partagé toutes ses pensées avec elle et qu'elle lui avait servi de rempart contre la tristesse de son existence. Ces heures passées clandestinement en compagnie l'un de l'autre au cours desquelles ils ne cessaient de parler et de trouver de nouveaux sujets à explorer. Elle parvenait toujours à faire en sorte qu'il se sente bien, à lui faire comprendre que cela en valait la peine. Ces rires si faciles à déclencher, sa main qui le touchait soudain, alors qu'il ne s'y attendait pas et aux endroits les plus surprenants, cette main qui *voulait* le toucher.

Alors qu'Eva ne le faisait jamais.

Elle avait satisfait tant d'instincts et de besoins inassouvis, faisant souffler un vent de tempête sur sa vie. Et, telle une éponge desséchée, il s'était imprégné de toute son attention.

Où et quand Eva et lui avaient-ils commencé à

oublier ? Cessé de faire des efforts et négligé ce qu'ils avaient ? À une époque, Eva avait été tout ce qu'il pensait maintenant trouver en Linda. Mais était-il sûr de cela ? Avait-il vraiment éprouvé de tels sentiments envers elle ? Dans ce cas, quand avaient-ils passé le point extrême, et régressé vers un état d'indifférence partagée ? Mais était-il réellement arrivé ? Si oui, pourquoi l'imaginer en compagnie d'un autre homme lui était-il si intolérable ? N'avait-il cherché qu'une fuite ? Pour oublier qu'elle ne l'avait peut-être jamais aimé vraiment et totalement, qu'elle n'avait jamais eu peur à l'idée de le perdre ? Et qu'elle avait simplement continué à vivre avec lui par devoir et loyauté. Cette idée était insupportable. Il s'efforça désespérément de retrouver un peu de colère pour se cacher derrière elle. Mais ce fut en vain. Il n'y avait plus qu'un sentiment de panique à l'idée que tout s'effondrait autour de lui. Il regarda Linda, soudain désireux qu'elle le prenne dans ses bras, qu'elle comprenne comme c'était douloureux d'être trompé, à quel point il avait peur. Ce dont il avait surtout besoin, en ce moment, c'était de sa compassion.

Il se laissa retomber sur le canapé en poussant un profond soupir.

– Eva a rencontré quelqu'un.

Les bras de Linda, qu'elle avait maintenus croisés sur sa poitrine, retombèrent sur ses genoux comme libérés de la camisole de force qui les emprisonnait. Sa moue de mécontentement disparut aussitôt.

– Mais c'est parfait, Henrik. Cela résout tout.

D'abord, il ne comprit pas ce qu'elle voulait dire, pourtant les mots étaient clairs, mais pas leur signification.

Le visage de Linda exprimait une joie sincère.

Comme si elle venait d'ouvrir un paquet et y avait trouvé ce qu'elle avait toujours désiré et n'avait jamais eu.

– Nous n'avons plus besoin de nous cacher, alors. Si elle a déjà quelqu'un, tout le monde est content.

– Mais apparemment, cela fait un an que ça dure.

C'était presque trop beau pour être vrai. Son visage rayonnait de bonheur ; il venait d'apporter la solution à tous leurs problèmes.

– C'est incroyable. Et dire que tu te faisais tellement de souci pour Axel et te reprochais d'être celui qui faisait voler la famille en éclats. Tu ne vois pas ce que ça implique ? En fait, c'est elle qui est responsable de votre divorce, pas toi. Elle t'était infidèle avant même notre rencontre.

Elle laissa éclater sa joie devant cette magnifique nouvelle.

– Tu es enfin libre !

Il réalisa alors qu'elle ne comprendrait jamais.

Et qu'il ne pourrait jamais lui expliquer.

Un autre homme avait pris sa place. Un homme qu'Eva lui préférait, qu'elle jugeait plus séduisant, plus intelligent, plus intéressant, plus digne.

Meilleur, quoi.

Un homme qui, pendant une année entière, avait su qu'il lui était supérieur, avait appris sur lui certaines choses, pauvre Henrik qui n'était pas à la hauteur, qui n'avait plus rien à offrir. Il avait été battu à son propre jeu. Ce lâche s'était glissé dans les coulisses de son existence sans oser se montrer tout en apprenant les moindres détails de sa vie, la contrôlant. Il avait tiré les ficelles, alors que lui, Henrik, s'agitait comme un idiot et se ridiculisait.

La colère l'obligea soudain à se lever.

– Tu ne comprends donc pas ce que je te dis ! Il ne s'agit pas de culpabilité, bon sang ! Elle me trompe depuis un an. Un an ! Elle baise avec un type de vingt-cinq ans depuis un an !

Cette réaction inattendue la réduisit au silence ; et il eut le temps de regretter ses paroles. Il ne voulait pas d'un affrontement avec Linda.

Elle referma sa chemise de nuit sur sa poitrine dans un geste de colère.

– Et toi, alors ? Qu'est-ce que tu fais depuis ces sept derniers mois ?

Que répondre ? Honnêtement, il n'en savait plus rien.

– C'est vrai, mais il y a une différence. Moi, j'ai trente-neuf ans.

Il se laissa tomber sur le canapé.

– Arrête.

– Que veux-tu que je dise ?

Il n'en avait pas la moindre idée et c'est pourquoi il garda le silence et laissa le bruit sourd de la salle des machines du navire se confondre avec le trouble qui régnait dans son esprit.

– Tu voudrais que je te console, c'est ça ?

J'aime votre femme et elle m'aime.

– Désolée, mais je n'ai pas envie. Et, honnêtement, je ne vois pas pour quelle raison je le ferais, à moins que tu ne m'aies menti pendant tout ce temps.

Elle se leva et prit un pull dans son sac, avec des mouvements brusques comme si elle avait autant envie de sortir de là que lui. Quand elle passa dans la salle de bains, il la vit effleurer sa joue gauche avec sa main. Elle avait tellement cru et espéré. Et, lui, il avait tant voulu et promis. Il ressentit une vague de tendresse envers elle. Il ne voulait surtout pas lui faire de mal ; elle méritait un peu de bonheur, après tout ce qu'elle avait enduré. Mais, à sa grande surprise, il venait de découvrir qu'il n'était pas prêt pour ses rêves.

Elle s'arrêta sur le seuil de la salle de bains sans le regarder.

– Je rentrerai par le bateau ce soir.

Puis elle entra dans la salle de bains, et ferma la porte.

Il n'y avait plus aucune trace de la réunion du dimanche. À l'école, Kerstin avait veillé à ce que tout reprenne son aspect habituel et elle arrêta Eva, alors que celle-ci partait, pour la remercier de nouveau de ses efforts et d'avoir réussi à calmer les choses et à éviter que la réunion ne dégénère. Eva avait eu un petit sourire supérieur en l'assurant qu'elle n'avait fait que ce qui lui paraissait juste et convenable.

Axel était assis sur le siège arrière. Elle n'avait pas expliqué à ses parents la raison de sa venue. Elle avait juste laissé entendre qu'elle passerait prendre le café. Elle n'avait évidemment pas mentionné qu'elle voulait leur emprunter de l'argent. Une somme importante. Et l'idée d'être obligée de leur révéler la vérité, que Henrik allait la quitter pour une autre femme, la remplissait de honte.

– Maman, regarde ce que j'ai eu, aujourd'hui.

Elle jeta un coup d'œil dans le rétroviseur et aperçut un objet brun et marron-rouge dans la main d'Axel.

– Oh ! c'est joli. Qui t'a donné ça ?

– Je ne sais pas comment il s'appelle.

Comment avouer à ses parents que Henrik ne voulait plus d'elle sans briser toutes leurs illusions ? Elle savait qu'ils se sentiraient aussi humiliés qu'elle. Peut-être même plus. Elle ne voulait surtout pas les décevoir. Pas après tout ce qu'ils avaient fait pour elle et réussi à lui donner.

Et qu'elle ne pourrait pas donner à son fils.

– Tu ne sais pas comment il s'appelle ? Il est dans une autre classe ?

– Non, il était grand. Comme toi.

Curieux que le remplaçant de Linda fasse des cadeaux aux enfants.

– Il travaillait à l'école, aujourd'hui ?

– Non, il était de l'autre côté de la clôture, près du bois. Il m'a fait signe de venir pendant que j'étais sur la balançoire. Il m'a dit qu'il allait me donner quelque chose de beau.

La voiture ralentit sans qu'elle se souvienne d'avoir appuyé sur la pédale du frein. Elle se rangea sur le côté, tira le frein à main et se tourna pour voir son fils.

– Montre-moi ça !

Il lui tendit un petit ours brun avec un cœur rouge sur le ventre.

– Qu'est-ce qu'il a dit d'autre ?

– Rien. Il a simplement dit que je me balançais bien et qu'il connaissait un endroit où il y avait beaucoup de balançoires et puis un toboggan qui était très très grand et qu'on pourrait y aller un jour si je voulais et si tu me donnais la permission.

Elle sentit son cœur se serrer. Elle tenta de maîtriser son émotion pour ne pas lui faire peur.

– Axel, je t'ai déjà dit qu'il ne faut pas parler avec des inconnus. Et qu'il ne faut rien accepter d'eux.

– Mais il me connaissait. Alors, c'est pas pareil, hein ?

Elle prit une profonde inspiration.

– Quel âge avait-il ? Est-ce que c'était comme papa ou plutôt comme papy ?

– Comme papa, plutôt, mais pas aussi vieux.

– Quel âge avait-il, alors ?

– Soixante-quinze ans ou quelque chose comme ça.

– Une maîtresse t'a vu lui parler ?

– Je ne sais pas.

– Comment était-il ?

– Je peux pas te dire. Pourquoi tu es fâchée ?

Comment lui expliquer ? Et lui dire que la simple idée qu'il puisse lui arriver quelque chose l'empêchait de respirer, même.

– Je ne suis pas fâchée. Inquiète, c'est tout.

– Mais il était gentil, le monsieur. Pourquoi je ne peux pas lui parler ?

– Tu l'as reconnu ? Tu l'avais déjà vu ?

– Je ne crois pas. Mais il a dit qu'il reviendra peut-être me voir.

– Écoute-moi bien, Axel. Si jamais il revient, je veux que tu ailles chercher une maîtresse pour qu'elle parle avec lui. Tu me le promets ? Je ne veux plus que tu lui parles seul.

Il ne répondit pas, occupé à jouer avec le cœur rouge sur le ventre de l'ours.

– C'est promis, Axel ?

– Oui.

Elle respira profondément et tendit la main pour attraper son téléphone portable. Sous le choc, elle eut le réflexe d'appeler Henrik pour lui dire ce qui s'était passé. Mais se rappela vite qu'il était parti pour un petit voyage en amoureux avec la maîtresse d'école de leur fils, et qu'il avait des choses plus importantes à faire que de s'inquiéter pour lui. À partir de maintenant, elle était seule, il fallait se faire à cette idée. Elle reposa son portable et décida d'attendre qu'Axel soit endormi, ce soir-là, pour appeler Kerstin et lui demander de mieux surveiller les enfants à l'avenir, à moins qu'elle ne le garde avec elle jusqu'à ce qu'ils aient mis la main sur cet homme qui connaissait Axel.

Le problème fut résolu dès qu'elle mit ses parents au courant. Ils lui proposèrent aussitôt de garder Axel quelques jours. Jusqu'à ce qu'ils soient sûrs que l'homme ne reviendrait pas.

Ils étaient assis dans la cuisine, devant une tasse de café et une part de gâteau, et tout aurait pu être aussi paisible et comme hors du temps qu'à chacun de ses retours dans la maison de son enfance. Mais la honte et la culpabilité étaient les plus fortes.

Axel jouait sur le vieux piano désaccordé du salon et ils entendaient les efforts qu'il faisait pour en tirer des notes qui ressemblaient à la chanson *Le Vieux Noé*, qu'elle s'était efforcée de lui apprendre.

Elle devait leur parler maintenant, afin qu'Axel ne puisse entendre ce que le sort lui réservait. Que son papa ne vivrait plus à la maison désormais. Elle tenta à plusieurs reprises de le faire mais les mots pour avouer sa défaite lui parurent impossibles à prononcer. Comment dire qu'elle avait été larguée. Mise au rebut. Qu'elle n'était plus désirable. Plus assez bonne pour son mari.

Elle resta assise là, de plus en plus taciturne au fur et à mesure que *Le Vieux Noé* avançait, et elle savait que le temps lui était compté.

– Qu'est-ce qui se passe, Eva ?

Elle croisa le regard de sa mère qui avait compris que cela n'allait pas.

– Oh ! rien.

Il y eut un bref silence ; ses parents échangèrent un regard de connivence qui rendait tous les mots superflus et qu'elle aurait voulu partager avec quelqu'un toute sa vie durant.

– On ne veut pas se mêler de ce qui nous regarde pas, mais si tu souhaites nous parler de quelque chose, alors...

Son père s'interrompit en laissant la balle dans son camp. Elle sentit ses mains trembler et se demanda si cela se voyait. Jamais elle n'aurait cru avoir autant de mal à demander de l'aide à ses parents. À dire la vérité.

Elle avala sa salive.

– En fait, ça ne va pas très bien.

– Ça, nous l'avions deviné.

Nouveau silence. *Le Vieux Noé* serait bientôt fini. Chaque seconde comptait.

Au prix d'un terrible effort de volonté, elle parvint à prononcer les paroles qu'il fallait.

– Henrik et moi allons divorcer.

Son père et sa mère restèrent immobiles. Leurs visages ne trahirent pas la moindre réaction. Elle par contre avait beaucoup de mal à rester assise sur sa chaise. Pour la première fois, elle venait de prononcer ces mots qu'elle craignait, et qui devinrent ainsi plus réels. Elle les avait lancés dans l'univers de manière irréversible. Pour la première fois, ils prirent tout leur sens. Elle faisait partie de ceux qui échouaient, son enfant serait fils de divorcés.

– C'est aussi grave que ça ?

Une ride apparut sur le front de son père.

Ses mots la perturbèrent. Pourquoi n'étaient-ils pas surpris ? Qu'avaient-ils vu qu'elle n'avait pas pu voir, elle ?

Comme d'habitude, sa mère comprit sa réaction, et c'est avec du chagrin dans la voix qu'elle lui expliqua :

– Autant être honnêtes. Je crois que, dès le début, nous avons pensé que Henrik et toi étiez un peu trop... Comment dire ? Un peu trop différents, peut-être. Mais tu étais si sûre de toi, si décidée ; que pouvions-nous dire ? Et puis de quel droit nous mêler du choix que tu faisais de la personne avec qui tu te mariais ? Tu n'en as toujours fait qu'à ta tête, n'est-ce pas ?

Elle posa affectueusement sa main sur celle d'Eva avec un petit sourire.

– Nous avons bien vu ce qu'il en était entre vous et nous avions peur que vous finissiez par vous lasser. Nous pensions qu'il ne serait pas à la hauteur des attentes que tu nourrissais à son propos. Ce qui ne veut pas dire que je suis heureuse d'avoir eu raison.

Elle retira sa main de peur que sa mère ne sente ses tremblements. Tout n'était plus que chaos. Elle regarda autour d'elle, posa les yeux sur le vieux plateau en verre accroché au mur qui provenait de la maison de sa grand-mère maternelle. Des générations de couples travailleurs qui, au prix de tant d'efforts, lui avaient donné sa chance finissaient ainsi. Les générations s'étaient succédé. Jusqu'à ce qu'elle brise la chaîne, elle, par son échec. La Grande Perdante, qui n'était pas assez bonne pour son mari, qui allait marquer son fils et ses descendants et serait à l'origine de nouvelles valeurs attribuées à l'amour et au mariage.

Trompeur, peu solide. Qui ne valait pas la peine de se battre ou de lui accorder foi.

– Comment Henrik prend-il cela ? C'est sûrement très pénible, pour lui.

Elle regarda sa mère, interloquée. Puis son père, toujours aussi fier de sa fille qui avait pris sa vie en main, qui avait toujours de grandes exigences et qui méritait tellement mieux que ce qu'elle avait.

Et un rideau de fer s'abattit sur la vérité.

– Eh bien, ça va, je suppose.

– Qu'est-ce que vous allez faire pour la maison ?

Réfléchis bien.

Une faible voix tenta de se faire entendre.

Comme on fait son lit, on se couche.

Elle tourna alors la tête vers son père et la voix de l'Eva de jadis abandonna la partie et se tut, incapable de la mettre en garde.

Elle pria silencieusement le ciel de rencontrer un jour quelqu'un qui pourrait l'aimer et rester à ses côtés, sur qui elle pourrait s'appuyer quand elle n'aurait plus la force de se battre.

– Je compte racheter la part de Henrik et garder la maison. J'aurais besoin d'emprunter de l'argent.

Le reste de la croisière se résumait en un mot : « Affreux », et c'était un euphémisme. La Baltique était lisse comme la surface d'un miroir, mais ce calme extérieur était largement compensé par la tornade qui s'était abattue sur lui. Elle avait balayé des sentiments qu'il avait crus solidement ancrés une fois la décision prise. Tout ce qu'il avait éprouvé, voulu, rêvé. Soudain, ce n'était plus que chaos.

Au cours de cette demi-heure, la plus longue de son existence, Linda était restée enfermée dans la salle de bains, avant d'en sortir pour ranger ses affaires dans sa valise d'un geste de colère. Elle avait quitté la cabine sans un mot en claquant la porte derrière elle.

Il était resté assis à la même place à regarder par le hublot l'archipel dont les îles se faisaient de plus en plus rares, et la ville de Stockholm qui disparaissait derrière lui, avec sa maison. Après quelques heures, il était descendu à la réception afin de retenir une place pour le retour le soir même. Il apprit ainsi que Linda en avait pris une aussi. Il ignorait où elle se trouvait.

À Åbo, il avait changé de ferry et, pour sa punition, s'était vu attribuer une cabine sans hublot au fond du navire, sous la ligne de flottaison. L'idéal pour continuer à mener une existence de reclus. Peu après minuit, il avait entendu frapper avec insistance à la porte de sa cabine. Linda, ivre, l'avait traité de tous les noms, furieuse. Il ne se rappelait pas l'avoir jamais entendue utiliser des termes aussi grossiers mais, comme il ne se défendait pas, elle avait fini par se calmer. Elle s'était effondrée en larmes. Il avait été incapable de la consoler. En constatant son incapacité à dominer la situation, sa colère se ralluma et elle se lança dans une nouvelle bordée d'injures avant de partir en claquant la porte, le laissant seul dans cet espace exigu rempli de ses dernières paroles. Il comprit alors qu'il méritait ces reproches et passa l'heure suivante à les ressasser, jusqu'à ce que cela devienne insupportable. Car il avait été trompé, lui aussi. Il aurait été normal qu'on prenne sa défense et qu'un juge équitable détermine la peine qu'il méritait pour son comportement envers Linda, et en tenant compte de la sympathie à laquelle il avait droit du fait de la trahison d'Eva.

Cela aurait été plus facile si tout avait été noir et blanc. S'il ne l'avait pas trompée et avait pu l'accuser, la conscience tranquille, en chargeant son sentiment de culpabilité, en la privant de tout moyen de défense. La forcer à reconnaître à quel point elle avait été minable et lui ôter ainsi tout pouvoir. Se montrer supérieur à elle. Mais il allait devoir se comporter avec obséquiosité pour regagner son amour, la supplier, la cajoler, la persuader de rester avec lui. Il lui faudrait peser chacune de ses paroles et ne lui laisser aucune possibilité d'atténuer son crime en rejetant une partie de sa faute sur lui, sous le prétexte qu'il ne valait pas mieux qu'elle.

Tout aurait été plus simple s'il lui avait dit la vérité dès le début. S'il avait avoué son amour secret, sa passion, enfin ce sentiment qu'il éprouvait ou avait éprouvé. Alors ils auraient pu continuer leur route en jouant franc jeu. C'était trop tard maintenant. L'aveu de ses mensonges ne servirait qu'à le reléguer en enfer et, une fois là, il ne pourrait plus jamais être son égal. Même si elle s'était aussi mal comportée que lui, elle serait capable, par sa seule prouesse verbale, de mettre la vérité de son côté.

Il y avait en Eva quelque chose qui lui donnait l'impression d'être superflu. Elle était douée d'une force terrible. L'adversité avait sur elle l'effet inverse de celui qu'elle produisait sur les autres. Eva ne réagissait pas de façon normale. Pour elle, l'adversité était une raison d'agir, une sorte de combustible qui accroissait son énergie. De manière inexplicable, elle parvenait toujours à transformer les crises en opportunités. Et lui, il assistait à tout cela sans rien dire, conscient qu'elle n'avait pas besoin de lui, qu'elle pouvait tout résoudre seule, sans son aide ni son soutien. Petit à petit, elle lui avait ôté toute responsabilité et il avait fini par douter de lui. Elle ne lui laissait même pas ouvrir le courrier.

Avec Linda, c'était différent. Elle avait reconnu ouvertement qu'elle avait besoin de lui, et se sentir indispensable lui avait procuré une joie fantastique. Il avait eu le sentiment d'être vraiment un homme. Elle admettait sans détour qu'il y avait des choses dont elle n'était pas capable et, à la différence d'Eva, n'en éprouvait aucune honte. Au contraire, elle s'en servait pour se rapprocher davantage de lui, faire en sorte qu'ils dépendent l'un de l'autre et les aider à créer cette solidarité nécessaire entre eux. Et il avait pris plaisir à cela, à ce besoin d'être deux. Il avait rêvé de la vie qu'ils pourraient mener en se disant qu'elle serait différente et qu'il serait différent, lui aussi. Il comprenait maintenant à quel point il avait été naïf. Tout était simple tant que cela restait du domaine du rêve. Il s'était imaginé qu'il pourrait éliminer Eva de sa vie et de son avenir comme s'il s'agissait d'une verrue qu'il savait enfin comment traiter. Que sa vie maintenant nette et propre se révélerait pleine de possibilités, qu'il pourrait repartir de zéro sans être affecté par tout ce qui s'était passé auparavant et par ses choix précédents. Mais il se rendait compte, avec une lucidité dévastatrice, qu'il n'en serait jamais ainsi et qu'ils étaient liés l'un à l'autre à jamais, qu'ils le veuillent ou non. Les choix qu'il avait faits le suivraient toute sa vie. Axel en était la meilleure preuve. Il n'avait vu que les avantages et oublié d'imaginer Eva et Axel avec un autre homme qui passerait d'ailleurs autant de temps que lui avec l'enfant et l'aiderait à devenir un adulte. Maintenant qu'il avait, en plus, rencontré ce salaud, cette pensée lui était intolérable.

Tout aussi intolérable que celle de perdre Linda.

Ou d'être largué par Eva.

Ou qu'elle ne l'ait peut-être jamais aimé.

Bon sang !

Il lui fallait du temps. Le temps de comprendre ce qu'il ressentait au juste.

Et ce qu'il voulait vraiment.

Il se leva et prit la carte qui servait de clé. Il devait essayer de trouver Linda. Était-ce par égard pour elle ou parce que les parois de la cabine menaçaient de l'étouffer, il n'aurait su le dire. À la réception, on lui donna le numéro de sa cabine, mais il n'obtint aucune réponse quand il alla frapper à sa porte. Elle ne répondit pas non plus quand il l'appela sur son portable. Il fouilla alors méthodiquement tous les bars et restaurants du bateau. Que lui voulait-il, au juste ? Il n'en savait rien. Il ne savait qu'une chose, c'est qu'il devait lui parler, essayer de lui faire comprendre. Elle n'était dans aucune discothèque aux lumières clignotantes, pas plus que dans les bars à karaoké où la musique hurlait. Il s'immobilisa devant une grande baie vitrée, désorienté. L'obscurité ne lui permettait même pas de déterminer le sens de la marche et de savoir s'il était à l'avant ou à l'arrière du navire. Il trouva alors un plan apposé sur une paroi, et réussit à situer la cabine de Linda. Cette fois, elle lui ouvrit en clignant des yeux sous l'éclairage du couloir. Elle ne dit rien et se contenta de laisser la porte ouverte en retournant à reculons dans sa cabine plongée dans le noir. Il prit une inspiration avant de la suivre, sans savoir encore ce qu'il allait lui dire. Il referma la porte derrière lui et resta debout.

– N'allume pas.

Il entendit sa voix à un ou deux mètres de lui, et baissa sa main qu'il avait tendue automatiquement pour chercher l'interrupteur.

– Je ne vois rien.

Elle ne répondit pas. Il entendit le bruit d'un verre qu'on posait sur une table. Une vague lueur en provenance du hublot se dessina petit à petit et, peu après, les contours d'une chaise. Il resta cependant à sa place, afin de s'habituer à la pénombre car il ne voulait pas risquer de trébucher sur un objet quelconque. Mais il devait trouver quelque chose à dire.

– Comment te sens-tu ?

Elle ne répondit pas. Il entendit seulement qu'elle pouffait par-dessus le bruit sourd du moteur.

Il garda longtemps le silence. La balle était dans son camp mais il ne savait pas quoi dire, quels mots choisir pour lui faire comprendre.

– Tu as quelque chose à boire ?

– Non.

Il l'entendit reprendre son verre et boire quelques gorgées.

Cela ne s'annonçait pas facile.

– Linda, je...

Il avait des palpitations. Il éprouvait beaucoup de sentiments à la fois, mais était incapable de les exprimer. Alors qu'elle avait été sa meilleure amie. Qu'elle le comprenait si bien. Qu'il se sentait si à l'aise avec elle. Elle qui l'avait incité à oser.

Il l'entendit changer de position.

– Qu'est-ce que tu veux ?

Cinq mots, pas plus.

Des mots qui, isolés ou dans un autre contexte, auraient été parfaitement inoffensifs, dépourvus de poids. Une simple question pour savoir ce qu'il désirait.

Mais, à cet instant précis, ils constituaient une menace contre son existence entière. Il allait devoir faire un choix qui engagerait toute sa vie. Qui déterminerait son avenir décidé en toute liberté, ici, à cet instant précis. Une chance s'offrait à lui. Mais s'offrait-elle vraiment ? Il l'ignorait. Avait-il encore le choix ? C'était ce qui rendait la situation si difficile. Il ne savait plus. Peut-être n'avait-il pas d'autre alternative, la décision avait peut-être déjà été prise pardessus sa tête.

Par Eva.

Encore une fois.

Merde.

Linda devait bien comprendre que les choses avaient changé, maintenant, que ce n'était plus si simple. Elle ne pouvait lui demander de prendre une décision aussi importante pour l'avenir sans lui laisser le temps de réfléchir ou de s'informer de la situation.

– Si tu n'as rien à dire, tu peux partir.

Sa voix, glaciale, lui fit peur. Il sentit qu'il était en train de tout perdre. Des deux côtés. Ce qu'il avait et ce qu'il avait rêvé d'avoir. Que ferait-il alors, s'il restait seul ?

– S'il te plaît, est-ce qu'on ne pourrait pas allumer, pour que je te voie ?

– Pourquoi veux-tu me voir ? Tu ne veux pas de moi, de toute façon.

Il sentit la colère monter en lui. Elle était tellement pitoyable, couchée là sans vouloir faire le moindre effort pour comprendre. Pour venir à sa rencontre.

C'est elle qui reprit la parole.

– Je veux simplement avoir une réponse. C'est tout ce que je demande, et il n'y a pas besoin de lumière pour ça. Qu'est-ce que tu veux au juste ?

Il distinguait maintenant les contours de son corps. Elle était assise sur le lit pour une personne, comme le sien.

– C'est vraiment difficile, tu sais.

– Qu'est-ce qui est si difficile que ça ?

– Tout a changé.

– Qu'est-ce qui a changé ?

Il commençait à voir le sol et osa donc s'avancer jusqu'à la chaise, ôter la veste de Linda accrochée sur le dossier et la poser sur ses propres genoux avant de s'asseoir.

Il poussa un grand soupir.

– Je ne sais pas comment expliquer.

– Essaye.

Merde.

Merde, merde, merde.

– Mes sentiments envers toi n'ont pas changé, ce n'est pas ça.

Elle ne répondit pas. Sous cet angle, il était plus difficile de la distinguer. Mais peut-être serait-il plus facile de lui dire ce qu'il avait sur le cœur s'il ne la voyait pas.

– C'est tellement... Je sais que c'est bizarre, mais... Eva et moi avons vécu ensemble pendant près de quinze ans. Même si je ne l'aime pas... Eh bien, je n'arrive pas à comprendre qu'elle ait eu une liaison pendant une année entière. Sans rien me dire. Je me sens stupide.

La pénombre travaillait en sa faveur. Il n'avait pas besoin de la voir, ou qu'elle voie sa honte. Et il ne voulait pas de ses questions ou de ses accusations. Ce qu'il désirait, c'était son aide, sa compréhension.

– Je ne te l'ai jamais dit. Je ne l'ai dit à personne d'ailleurs, pas à Eva en tout cas. C'était il y a longtemps, quand j'avais vingt ans, à Katrineholm, avant que je ne vienne vivre à Stockholm.

Une fille qu'il avait aimée à la folie. Du moins, le croyait-il. Mais il n'avait que vingt ans, il manquait d'expérience, tout était nouveau pour lui, inédit, intact, sans limites.

– Il y avait une fille qui s'appelait Maria. Elle avait un an de moins que moi. On vivait dans un petit studio, juste après avoir passé le bac. J'étais très amoureux d'elle...

Il l'avait chèrement payé. Il avait tout risqué mais

il ne s'était jamais senti en sécurité. Dès le début, la situation était déséquilibrée, il l'aimait plus qu'elle ne l'aimait et chaque instant était une lutte pour rétablir l'équilibre. Il était sans cesse paralysé par l'idée de la perdre et cette crainte avait fini par dominer toute son existence. Et il avait eu raison d'avoir peur. Il n'avait jamais réussi à lui faire entièrement confiance, même si elle lui répétait que tout était parfait. Elle lui avait inspiré un faux sentiment de sécurité auquel il avait fini par croire, parce qu'il n'avait pas le choix. Jusqu'à ce que ses soupçons soient confirmés par d'autres personnes.

– Elle me trompait. Je m'en doutais depuis le début, mais elle ne cessait de me jurer que ce n'était pas vrai. Finalement, elle a reconnu qu'elle avait rencontré quelqu'un.

Je ne laisserai plus jamais personne me faire autant de mal. Me tromper à ce point. Jamais je ne ferai totalement confiance à quelqu'un, à l'avenir.

Il avait vingt ans, alors, mais la blessure était toujours là. Et il avait tenu parole. Jusqu'à ce qu'il rencontre Linda. Elle l'avait obligé à oser.

Eva avait tout saccagé en rouvrant sa blessure.

Il entendit Linda boire et devina ses mouvements dans l'obscurité.

– Je n'ai qu'une question : qu'est-ce que tu veux ?

Il ferma les yeux et répondit franchement.

– Je ne sais pas.

– Alors, va-t'en.

– Linda, s'il te plaît.

– Moi, je sais ce que je veux, cela fait longtemps que je le sais et je te l'ai dit. Tu m'as aussi dit ce que tu voulais, mais je me rends maintenant compte que tu n'en pensais pas un mot.

– Si !

– Non !

– Si, je t'assure. Mais la situation a changé.

– Et alors ? Tu apprends que ta femme s'envoie en l'air avec un autre, et aussitôt ce qu'il y avait entre nous ne représente plus rien ? Merde alors.

Elle se recoucha.

– Linda, ce n'est pas de ça qu'il s'agit.

– Qu'est-ce qui a tellement changé, selon toi ? Si ce n'est tes sentiments pour moi ? Il y a quelques jours, on visitait un appartement ensemble, je te rappelle.

Donne-moi un an sur une île déserte. Pour choisir.

– Tu ne peux pas m'attendre ?

– Attendre quoi ? Que tu saches si tu peux la reconquérir ou non ?

– Non !

– Que veux-tu que j'attende, alors ? Que tu aies décidé si je suis une remplaçante convenable ou non ?

– Ça suffit, Linda. Je trouve que cela va trop vite, c'est tout. Je le comprends en voyant ma réaction et je me rends compte que... que...

Il s'interrompit. De quoi s'était-il rendu compte, au juste ?

– Qu'en fait, tu aimes ta femme.

– Non, ce n'est pas ça. Je t'assure que non.

À moins que ?

– Ce n'est pas ça. Je me rends compte que... que je ne suis pas encore prêt... Ce ne serait pas juste envers toi de...

Comme je voudrais être loin d'ici !

– Je ne suis pas prêt, c'est tout. Ce ne serait pas juste envers toi de nous lancer dans une vie commune alors que je suis dans cet état-là.

– Et tu penses que je dois rester assise à t'attendre au cas où tu finirais par être prêt, si jamais tu l'es.

– C'est tellement plus simple pour toi. Tu ne risques rien, toi !

Elle se redressa :

– Je ne risque rien ! Moi, une maîtresse d'école qui a une liaison avec le père d'un de ses élèves ! Et ces mails que quelqu'un a envoyés ! Quel effet crois-tu que cela me fait de savoir qu'on a réussi à s'introduire dans ma messagerie, à lire mon courrier et à le diffuser sur le net ? Tu ne comprends pas qu'il y a quelqu'un au courant ? Qui nous a vus et qui veut me punir !

– Ce n'était pas Eva. Je sais que tu crois que c'est elle, mais elle n'est pas comme ça. Pourquoi ferait-elle ça, bon Dieu ? Elle doit être contente, maintenant. Elle a les mains libres !

Linda resta sans rien dire, mais il vit qu'elle secouait la tête, d'un geste de dégoût.

Envers lui.

– Non mais tu entends ce que tu dis ! Pauvre petit Henrik, qui s'est fait larguer. Comme il est à plaindre, bon sang !

Il ne répondit pas.

Il l'avait perdue.

Elle se leva pour ouvrir. La lumière des néons à l'extérieur l'aveugla. Elle n'était plus qu'une silhouette noire.

– Tu ne seras jamais prêt, Henrik. À ta place, je consacrerais mon temps à essayer de savoir qui je suis et ce que je veux faire de ma vie. Après ça, tu pourras peut-être penser à impliquer quelqu'un d'autre dans ton futur.

Il avala sa salive. Mais la boule dans sa gorge ne voulait pas disparaître.

– Va-t'en.

Il ne s'était jamais senti aussi mal. Soudain, l'énorme bouquet de roses, sur le siège de la voiture à côté de lui, lui parut grotesque, un accessoire inutile dans un film stupide. Il était plus de dix heures du matin et il était heureux d'avoir la maison pour lui afin de reprendre ses esprits avant qu'elle ne revienne du travail. Il n'avait pas appelé pour dire qu'il rentrait un jour plus tôt que prévu.

Il était près de la maison, maintenant, pourtant il n'avait jamais eu l'impression d'être aussi loin. Il poussa un juron en découvrant une Mazda mal garée qui débordait à moitié sur la chaussée, juste avant le virage qui donnait accès à leur rue. Il manœuvra de façon à l'éviter et l'instant d'après, il vit sa maison.

La voiture d'Eva était là.

Pourquoi n'était-elle pas au travail ?

Et aussitôt.

Peut-être n'était-elle pas seule ? Peut-être avait-elle profité de son absence pour faire venir son amant chez eux. Lui montrer leur maison et les biens matériels qu'elle avait à lui offrir. Cette pensée lui inspira autant de dégoût que de frayeur. Il était seul alors qu'ils étaient deux, eux. Mais ce serait à lui de quitter la maison, car il n'avait pas les moyens de racheter sa part. Et ce salaud-là viendrait habiter dans sa maison, il profiterait du travail qu'il avait accompli pour en faire un endroit agréable et confortable. Et merde. Il se souvenait maintenant qu'elle s'était montrée très compréhensive et lui avait proposé de partir quelques jours pour réfléchir. C'est parfait, je me charge de tout à la maison, pendant ce temps. Le principal, c'est que tu recouvres la santé. Je serai là, si tu as besoin de moi, tu peux y compter. Je m'y suis peut-être mal prise, mais je vais essayer de m'améliorer.

Comment pouvait-on se montrer aussi froide et calculatrice, tout cela pour l'éloigner quelques jours afin de baiser tranquillement avec son amant ! Qui était exactement cette femme avec laquelle il avait vécu pendant près de quinze ans ? La connaissait-il vraiment ?

Et ce voyage qu'elle lui avait offert ? Et le champagne ? Etait-ce pour apaiser sa mauvaise conscience ?

Il ouvrit la portière, prit le bouquet de roses et descendit. Si elle l'avait vu par la fenêtre, il pouvait difficilement faire demi-tour maintenant. Mais quelle attitude adopter si l'autre était là ?

Il prit son temps après avoir glissé la clé dans la serrure. Il fit autant de bruit qu'il le put afin de leur donner le temps d'interrompre leurs ébats. Un flagrant délit d'adultère était la dernière chose qu'il avait envie d'affronter dans l'état où il se trouvait. Il posa son sac dans l'entrée et chercha du regard des chaussures ou des vêtements qui ne lui appartenaient pas, sans rien trouver.

La voix d'Eva au premier étage.

– Il y a quelqu'un ?

Instinctivement, il dissimula le bouquet derrière son dos.

– C'est moi.

Le bruit de ses pas sur le palier, puis ses pieds apparurent, ses jambes et finalement tout son corps, au milieu de l'escalier, où elle s'arrêta. L'expression de son visage était difficile à interpréter : surprise, contrariété ?

– Je croyais que tu ne rentrais pas avant demain soir.

– Oui, je sais. J'ai changé d'avis.

Il se retint de lui demander si elle était seule, retint son besoin de savoir.

Ils restèrent debout à se regarder, ni l'un ni l'autre n'étant prêts à faire le pas suivant. Le bouquet lui brûlait les mains, si gênant qu'il aurait soudain voulu pouvoir faire marche arrière et le jeter avant qu'elle ne le découvre.

Il ne parvenait pas à décider ce qu'il ressentait en la voyant. Juste le désir de monter tranquillement l'escalier, de se poser sur leur canapé et de faire comme d'habitude. Décider qui irait chercher Axel à l'école et dire qu'il pourrait y aller sans avoir mal au ventre, et ensuite prendre un repas de mardi soir très ordinaire, tous les deux. Demander comment allait Axel, si quelqu'un avait téléphoné, où elle avait mis son courrier et si elle voulait qu'ils louent un film pour la soirée. Mais il y avait une montagne, entre eux. Et il n'avait aucune idée de la façon dont il pourrait la franchir. Encore moins de ce qui risquait de l'attendre de l'autre côté.

– Pourquoi n'es-tu pas au travail ?

Il n'avait pas eu l'intention de prendre ce ton inquisiteur, mais il se rendit compte que cela ressemblait à une accusation. Et il était plus qu'évident qu'elle cherchait une réponse convenable parce qu'elle n'en avait pas vraiment une.

– J'ai mal à la gorge, déclara-t-elle sans le regarder.

Elle mentait. Dès qu'elle eut disparu, il posa le bouquet, ôta sa veste, se regarda dans la glace et se recoiffa avec les doigts. Il ne se rappelait pas quand il lui avait acheté des fleurs pour la dernière fois et même s'il l'avait jamais fait. Mais, s'il voulait réussir ce qu'il avait décidé de faire, il allait devoir surmonter la répulsion qu'il éprouvait. Il n'avait qu'un seul but, mais nourri de sentiments contradictoires : colère, peur, perplexité, détermination.

Il prit le bouquet et commença à monter l'escalier.

Elle était debout près de la table de la cuisine, et rassemblait des papiers. Une calculatrice de poche et un stylo. Le dossier que leur avait remis l'agent immobilier et dans lequel elle rangeait les factures et les documents financiers concernant la maison.

La peur, à nouveau, plus forte que la colère.

– Qu'est-ce que tu fais ?

Elle n'eut pas le temps de répondre. Elle leva les yeux et vit le bouquet rouge sang. Elle s'immobilisa sans rien dire, les yeux fixés sur celui-ci, comme si elle tentait d'identifier ce qu'il représentait. Finalement, après une pause vraiment pénible pendant laquelle tout ce qu'il perçut fut ses battements de cœur, elle finit par comprendre ce que c'était.

– On t'a donné des fleurs ?

– Non, c'est pour toi.

Il lui tendit le bouquet, mais elle ne bougea pas. Pas l'ombre d'une réaction. Son indifférence le mit soudain si mal à l'aise qu'il eut envie de lui cracher ses accusations à la face, détruire ce masque glacial et hypocrite et la forcer à avouer, à genoux. Mais il devait se montrer plus malin que cela s'il voulait l'emporter.

Il avala sa salive.

– Je les mets dans l'eau ?

Ses paroles la tirèrent de sa torpeur et elle se dirigea vers le placard au-dessus du réfrigérateur où elle rangeait les vases. Elle hésita un instant en voyant qu'elle n'était pas assez grande, et revint vers la table de la cuisine pour prendre une chaise. Elle n'eut pas un mot de remerciement quand il lui tendit le bouquet et elle ne le regarda pas non plus. Elle se contenta de le lui prendre des mains, avant de se diriger vers l'évier. Il contempla son dos tandis que, d'un geste lent et méthodique, elle coupait les tiges et disposait les roses dans le vase.

Elle avait peut-être déjà pris sa décision et se préparait. Elle allait peut-être se retourner pour lui annoncer qu'elle avait bien réfléchi pendant son absence, lui avouer qu'elle avait rencontré quelqu'un et voulait vivre avec lui. Il devait prendre les devants, lui faire comprendre qu'il était prêt à se battre pour ce qu'ils avaient créé, qu'il comptait changer si seulement elle lui en laissait la possibilité. Lui montrer qu'elle avait pris sa décision sur de fausses bases.

Il eut soudain envie de pleurer et de la prendre dans ses bras. Se placer derrière elle et tout avouer. En finir une bonne fois pour toutes avec les mensonges et, une fois débarrassé, être à nouveau proches l'un de l'autre. Depuis quand avaient-ils cessé de se parler ? En avaient-ils même jamais été capables comme Linda et lui ? Pourquoi cela avait-il été si facile avec elle et pas avec Eva alors qu'ils se connaissaient depuis quinze ans ? Elle le connaissait mieux que personne et il ne se sentait plus capable de l'avoir comme ennemie. Ils partageaient trop de souvenirs, sans compter Axel.

Chère Eva. Je suis désolé. Pardonne-moi.

Impossible. C'était un exploit surhumain que de prononcer ces paroles, avouer son infidélité et ses mensonges, même si elle ne valait pas mieux que lui. Il refusait de se mettre à nu ou, du moins, n'avait pas l'intention de le faire avant de savoir comment elle réagirait, si elle le repousserait ou non. Mais il devait pour cela se rapprocher d'elle. C'était urgent, il fallait qu'il tente de l'émouvoir avant qu'il ne soit trop tard, avant qu'elle ne se retourne et ne lui annonce sa décision.

– Tu m'as manqué.

Elle ne se retourna pas mais sa main s'arrêta à mi-chemin entre l'évier et le vase.

Il se rendit compte à quel point ses paroles étaient inhabituelles. La pièce elle-même semblait y réagir. Il y avait si longtemps que de tels mots n'avaient pas été prononcés entre ces murs. Il se demandait si ce qu'il disait était vrai. Qu'avait-il vraiment ressenti à son sujet ? Il avait eu soudain besoin d'elle, de sa loyauté.

– Pendant mon absence, j'ai réfléchi, comme tu me l'avais conseillé. Et je voudrais te demander pardon pour avoir été aussi désagréable ces derniers temps. Et puis j'ai pensé à ce voyage en Islande que tu as réservé. Je voudrais vraiment qu'on le fasse ensemble.

Sa main avait poursuivi son trajet entre l'évier et le vase.

– Je l'ai annulé.

– On peut en réserver un autre. Je peux m'en occuper, si tu veux.

Il était désespéré. Comme au bord du gouffre, dans une ultime tentative pour forcer ses défenses, pour obtenir une réponse qui indiquerait le chemin à prendre. Et il était furieux d'être une fois de plus livré à sa volonté. Il lui avait fallu peu de temps pour se couler de nouveau dans le moule et se voir privé de la capacité d'initiative dont il avait fait preuve au cours de ces six derniers mois.

Le téléphone sonna. Elle décrocha, plus prompte que lui, bien éloignée de l'appareil, en profitant de son hésitation.

– Eva à l'appareil.

En entendant qui était au bout du fil, elle lui lança un rapide coup d'œil. Comme si elle avait failli se trahir.

– Je n'ai pas encore eu le temps. Je peux te rappeler plus tard ?

Le temps de quoi ?

– Parfait, entendu comme ça. À tout à l'heure.

Elle raccrocha.

– Qui était-ce ?

– Papa.

Elle mentait à nouveau, car elle ne le regardait pas. C'était lui, l'autre.

Il devait réussir à retourner la situation d'une façon ou d'une autre pour cesser d'être en état d'infériorité. C'était lui qui s'était montré désagréable ces derniers temps, elle allait donc pouvoir continuer à se cacher tranquillement derrière son bon droit. C'était elle l'offensée. C'était à lui de faire le premier pas. Il fallait qu'il la force à avouer. Sans accuser, car alors elle serait sur ses gardes et aurait un motif légitime de lui renvoyer la balle. Non, il fallait l'amener à se trahir.

Elle paraissait absorbée par les roses, pourtant parfaitement disposées dans le vase.

Il décida de jouer le tout pour le tout. Cela devrait susciter une réaction.

– Janne m'a chargé de te saluer.

– Ah ! Comment vont-ils ?

– Très bien. Il m'a dit qu'il t'avait aperçue dans un restaurant, il n'y a pas très longtemps.

– Ah ! bon.

– Mais toi, tu ne l'as pas vu. Il a blagué en disant qu'il se demandait qui était ce jeune blanc-bec qui t'accompagnait.

Cette fois, elle se retourna, le vase entre les mains.

– Un blanc-bec ?

– Oui, tu déjeunais bien avec un jeune homme, non ?

– Je ne me souviens pas. C'était quand ?

Elle se dirigea vers le salon où il la suivit.

– Il y a une semaine, environ. Je ne sais pas exactement.

– Il a dû se tromper. Ce n'était sûrement pas moi.

Cela dit avec un calme parfait. Il la connaissait vraiment mal. Avait-elle toujours si bien menti ? Peut-être n'était-ce pas la première fois qu'elle avait une liaison derrière son dos. Après tout, ce n'étaient pas les occasions qui avaient manqué au cours de ces années. Tous ces voyages d'affaires et ces heures supplémentaires qu'elle ne cessait de faire. Même si elle n'avait pas déjeuné avec lui, le mot de blanc-bec aurait dû l'inquiéter. Puisque son amant avait une dizaine d'années de moins qu'elle.

Il sentit la colère prendre le dessus. Bientôt il ne pourrait plus la retenir. Elle avait posé le vase sur la table et arrangeait le bouquet comme s'il devait participer à un concours de symétrie.

Il fit demi-tour vers la salle de bains. Il voulait prendre une douche pour se laver de tout ce qui lui collait à la peau depuis ces dernières vingt-quatre heures.

Il vérifia l'armoire de toilette. Pas de brosse à dents qui n'avait rien à faire là. La corbeille avait été vidée récemment et un sac en plastique neuf mis en place. Il y avait du linge dans la machine à laver. Il ouvrit donc le hublot pour le mettre à sécher. Le survêtement bleu foncé d'Axel, le pull noir d'Eva. Et un string en dentelle noire qu'il ne lui connaissait pas. Il le prit délicatement entre le pouce et l'index, dégoûté à la pensée que... Bon sang ! Dire qu'elle s'habillait ainsi pour son amant. Elle ne l'avait jamais fait pour lui.

Il prit deux pinces à linge et accrocha le linge de façon que ce soit la première chose qu'elle voie en entrant. Qu'elle comprenne ainsi qu'il l'avait découverte et se demande pourquoi il ne lui avait posé aucune question à ce sujet.

Il remonta l'escalier et passa dans la chambre à coucher. Le lit fait, les couvertures tirées. Comment pourrait-il dormir à nouveau dans ce lit ?

Il ouvrit le premier tiroir de la commode qui contenait ses sous-vêtements, et fouilla parmi les culottes raisonnables dont elle le gratifiait habituellement. Il découvrit un soutien-gorge qu'il ne connaissait pas. Un modèle en dentelle noire, avec armature, qu'il n'avait jamais vu. Il le prit entre ses doigts, tandis qu'Eva faisait du bruit dans la cuisine, et il fut aussitôt assailli par l'image d'elle et de l'autre homme dans le lit conjugal. Il vit les mains de ce blanc-bec dégrafer fiévreusement le sous-vêtement et dénuder ses seins. Il dut résister à l'envie de se précipiter dans la cuisine et de le lui jeter au visage, un visage si arrogant. Il se força à respirer plusieurs fois. Il allait refermer le tiroir quand il aperçut un objet rouge. Un journal intime qu'il était possible de fermer, mais dont la clé était accrochée par un fil d'argent à la serrure en forme de cœur. Un journal intime ? Depuis quand écrivait-elle ses pensées ? Elle était toujours occupée dans la cuisine. Il ouvrit le carnet, le feuilleta. Les pages étaient toutes blanches. Il s'apprêtait à le refermer lorsque quelque chose tomba dans sa main et, au même moment, il découvrit quelques mots écrits à la main à l'intérieur.

« À ma bien-aimée ! Je suis avec toi. Tout ira bien. Ce carnet que tu pourras remplir de tous nos souvenirs merveilleux. »

Il baissa les yeux sur sa paume et refusa d'y croire : ce salaud lui avait donné une affreuse boucle de cheveux blonds entourée d'un fil à coudre bleu clair.

Près de treize mille couronnes par mois. Rien que pour le logement. Les papiers étaient éparpillés devant elle sur la table de la cuisine : emprunt, factures d'électricité, assurances. Elle pouvait assumer les dépenses quotidiennes et le remboursement du prêt, mais il lui faudrait alors changer certaines habitudes. Une voiture de fonction moins chère, acheter en grandes quantités dans des magasins discount, faire des listes précises, profiter des promotions.

Elle regarda le dossier que leur avait remis l'agent immobilier quand ils avaient acheté la maison. Sur le dessus figurait la photo en couleurs d'une belle demeure. Une tache noire au-dessus de la cheminée. C'était Henrik qui avait renversé du vin le jour où ils avait fêté l'événement au café de l'Opéra, sur le chemin du retour.

Huit ans plus tôt.

Son père lui avait conseillé d'appeler un expert pour faire estimer la valeur de la maison et de déterminer le montant exact de la somme qu'il lui faudrait emprunter. Elle veillerait à ce que tout soit prêt et écrit noir sur blanc, le jour où son mari oserait enfin avouer sa trahison. Dans une heure, elle disposerait de la somme nécessaire et pourrait l'envoyer paître.

Elle crut entendre, soudain, le bruit d'une clé dans la serrure. Mais elle se trompait sans doute puisqu'il ne devait rentrer que le lendemain. Cela lui était déjà arrivé à plusieurs reprises, ces derniers jours, de percevoir des bruits qu'elle ne reconnaissait pas. La veille au soir, alors qu'elle prenait sa douche, elle aurait juré qu'il y avait quelqu'un à l'étage. La porte de la terrasse était restée ouverte et, un bref instant, elle avait eu vraiment peur. Elle avait enfilé sa robe de chambre et monté l'escalier pour inspecter les pièces les unes après les autres, la penderie y compris, afin de s'assurer qu'elle était bien seule dans la maison. Axel couchait chez ses parents, il n'y était donc pour rien. Mais cela lui donna une petite idée de ce que serait l'avenir, seule dans cette grande maison. La peur du noir à surmonter. L'autre soir, elle était certaine d'avoir vu quelqu'un sur la terrasse qui l'observait. Il fallait à tout prix qu'elle domine cette peur envahissante et qu'elle soit la plus forte.

Elle entendit alors la porte d'entrée s'ouvrir, des pas dans le hall.

– Qui est là ?

– C'est moi.

Henrik. Mais que faisait-il ici ?

Il n'y avait qu'une seule explication. Il avait décidé de tout lui avouer, incapable de se retenir plus longtemps, poussé par le besoin de soulager sa conscience. Il revenait donc un jour plus tôt que prévu alors qu'elle n'avait pas encore eu le temps de tout préparer. Elle avait glissé l'article de journal sur Linda, la veille, dans la boîte à lettres de la mère de Simon et celle-ci devait l'avoir lu, maintenant. Mais elle n'avait eu aucune réaction encore. Pas de coups de téléphone en série pour convoquer une nouvelle réunion de crise. Et il lui faudrait bien au moins deux jours avant de disposer de l'argent qu'elle comptait lui jeter à la figure.

Il ne fallait donc pas qu'il avoue maintenant !

Elle se leva et se dirigea vers l'escalier. Elle devait reprendre ses esprits, se comporter de façon normale, comme l'épouse compréhensive qu'elle était. Lui demander comment s'était passé son voyage et s'il allait bien, se réjouir de le voir rentrer plus tôt que prévu. Surtout ne pas lui faciliter l'aveu.

Dès qu'elle fut à mi-hauteur de l'escalier elle vit le bouquet, bien qu'il le cachât soigneusement derrière son dos. Ses bonnes résolutions furent aussitôt balayées. Comment pouvait-il manquer à ce point de goût ? Lui qui ne lui avait jamais acheté de fleurs, il choisissait ce moment, entre tous, pour lui offrir des roses rouges. Alors qu'il allait lui avouer son infidélité et demander le divorce. Mais qu'est-ce qui avait pu lui passer par la tête ? Croyait-il vraiment lui faire plaisir, que quelques malheureuses roses allaient effacer sa trahison et lui valoir un pardon. Tu as une liaison avec la maîtresse d'école de notre fils et tu veux divorcer, mais ce n'est pas grave ça, et comme c'est gentil de m'acheter enfin des fleurs.

Elle prit une profonde inspiration.

– Je croyais que tu ne rentrais que demain soir.

– Oui, je sais, mais j'ai changé d'avis.

Il était mal à l'aise. Il esquissa un sourire niais.

Tu pourrais au moins enlever ta veste, bon sang.

– Pourquoi n'es-tu pas au travail ?

Parce que je suis en congé maladie et que je passe

mon temps à saboter ton avenir. Comme tu as saboté le mien.

– J'ai un peu mal à la gorge.

Elle remonta l'escalier, reprit sa place à la table de la cuisine et rassembla ses papiers. Il apparut avant qu'elle n'ait eu le temps de finir.

– Qu'est-ce que tu fais ?

Il y avait de la peur dans sa voix. Plus aucune trace de cette colère qu'elle avait entendue habituellement. Elle comprit alors que le Henrik qu'elle connaissait, avec lequel elle vivait depuis quinze ans, et qui était devenu inaccessible ces derniers temps, était de retour. Il se tenait là, dans la cuisine, et essayait de renouer les liens.

Elle leva les yeux. Un petit garçon apeuré avec un bouquet bien trop gros pour lui. Pitoyable, totalement impuissant.

Elle était certaine d'une chose, même si d'autres étaient encore confuses dans son esprit : elle n'en voulait pas.

– On t'a donné des fleurs ?

– Non, c'est pour toi.

Il lui tendit le bouquet. Les accepter serait une défaite, qui lui fournirait une petite ouverture en vue d'un rapprochement. Elle n'avait pas l'intention de lui faire ce cadeau. Elle vit que son hésitation l'irritait. Qu'il faisait tout ce qu'il pouvait pour paraître aimable. Elle se demanda ce qu'il avait derrière la tête. Faire la paix avec elle avant de lâcher sa bombe ?

Qu'il ne compte pas sur elle pour lui faciliter la tâche.

– Tu veux que je les mette dans l'eau ?

Elle comprit qu'elle n'avait pas le choix. Que ce serait se montrer beaucoup trop désagréable, et donc lui faciliter les choses, que de les refuser. On ne peut pas vivre avec une femme qui refuse vos roses, bon sang.

Elle prit un vase et s'avança vers lui en s'abstenant de le remercier. Elle saisit le bouquet et le porta dans l'évier. Elle sectionna soigneusement l'extrémité de chaque rose, et les disposa dans le vase. Il était resté derrière elle, sans doute à essayer de trouver comment tout lui avouer. Il fallait absolument qu'elle l'en empêche au moins pendant vingt-quatre heures, le temps que le passé de Linda soit révélé et qu'elle puisse réunir l'argent. Sa froideur ne ferait naturellement que le renforcer dans sa décision de la quitter, mais cela n'avait plus d'importance. Elle l'avait poursuivi de nombreuses fois à travers l'appartement ces six derniers mois, afin d'engager le dialogue. À son tour, maintenant. Et après ce serait fini. Dans cette maison et ailleurs.

– Tu m'as manqué.

Sa main s'arrêta à mi-chemin entre l'évier et le vase. Spontanément. Comme si, ainsi que le reste de son corps, elle ne comprenait pas ce que signifiaient ces mots.

Et soudain, elle comprit.

La peur. Les roses rouges. Cette tentative de réconciliation maladroite, mais vaillante.

Il s'était passé quelque chose pendant son absence.

Linda l'avait quitté, il était seul et désirait reprendre sa femme. Non parce qu'il l'aimait, mais parce qu'il n'avait rien d'autre. C'était pour cette raison qu'il était revenu plus tôt. Ils avaient rompu. Voilà pourquoi elle le reconnaissait soudain, privé de la force que lui avait donné l'amour de Linda.

– J'ai réfléchi, pendant mon absence, comme tu

m'avais conseillé de le faire. Et je voudrais te demander pardon de m'être montré désagréable ces derniers temps. J'ai repensé aussi à ce voyage en Islande que tu as réservé. Je voudrais qu'on le fasse ensemble.

Ces nouvelles données firent trembler le sol sous ses pieds. Elle avait besoin de temps pour en comprendre les implications, savoir quel comportement adopter.

– Je l'ai annulé.

– On peut en réserver un autre. Je peux m'en occuper, si tu veux.

Il paraissait désespéré, réduit à l'implorer. Il ne fallait pas le laisser reprendre le dessus. Soudain, elle fut obligée d'admettre une vérité qu'elle avait réussi à écarter grâce à la colère. Il y avait quelque chose d'attirant dans son désir de se libérer d'elle. Pas ses mensonges et sa trahison, qui le rendaient méprisable, mais pour la première fois, il avait entrepris quelque chose de lui-même et avait osé la défier. Il s'était comporté en homme, même si c'était de façon lâche et peu glorieuse, et non comme un enfant dont elle aurait eu la charge. Tout en plaçant la rose suivante dans le vase, elle comprit que la haine et le désir de vengeance qu'avait éveillés en elle sa trahison étaient une réaction au fait qu'elle avait enfin vu en lui de quoi l'admirer et le respecter.

Une volonté personnelle.

Et maintenant, il s'offrait à elle.

Mais c'était le Henrik de toujours qui se tenait devant elle, celui dont elle avait l'habitude. Elle n'avait jamais remis leur relation en question au cours de ces années. On ne revient pas sur une parole donnée, et elle s'était sentie obligée de rester près de lui. Elle ne s'était jamais permis d'avouer le mépris qu'elle éprouvait envers sa faiblesse et le fait qu'il lui permettait de le dominer. Sa trahison lui avait ouvert les yeux et il n'était plus possible de revenir en arrière. Il l'avait humiliée et trompée ; et il avait soudain changé d'avis et voulait revenir.

Ce serait à elle de prendre la décision maintenant. Et d'en porter pour toujours la responsabilité.

Le téléphone sonna. Elle s'avança pour répondre, heureuse de cette interruption.

– Eva à l'appareil.

– Bonjour, je voulais savoir si tu as pu faire venir l'expert.

Elle jeta un rapide coup d'œil à Henrik, se demandant s'il entendait ce que disait son père.

Les bras croisés sur la poitrine il la regardait de manière insistante. Impossible de savoir s'il entendait.

– Je n'ai pas encore eu le temps ; je peux te rappeler un peu plus tard ?

– Bien sûr.

– Parfait, entendu comme ça. À bientôt.

Elle raccrocha.

– Qui était-ce ?

– Papa.

Il parut se contenter de cette réponse.

Elle se consacra de nouveau aux roses, pourtant parfaitement disposées dans le vase. Elle avait besoin de s'occuper pour maintenir entre eux la distance nécessaire.

– Janne m'a chargé de te saluer.

– Ah ! Comment vont-ils ?

– Très bien. Il m'a dit qu'il t'avait vue dans un restaurant, il n'y a pas très longtemps.

– Ah ! bon.

– Mais tu ne l'as pas vu. Il a blagué en disant qu'il

se demandait qui était ce jeune blanc-bec avec qui tu déjeunais.

Elle prit le vase et se dirigea vers le salon.

– Un blanc-bec ?

– Oui, tu déjeunais bien avec un jeune homme, non ?

– Je ne me souviens pas. Et c'était quand ?

Elle avait déjeuné avec ses collègues, récemment, et ce n'étaient sûrement pas des blancs-becs.

– Il y a une semaine, environ. Je ne sais pas exactement.

Il la suivit dans le salon.

– Il a dû se tromper. Ce n'était sûrement pas moi.

Il resta sans rien dire et elle fit semblant d'arranger encore une fois les roses dans le vase. Puis il s'en alla enfin et elle entendit son pas dans l'escalier.

Son regard se posa sur une petite voiture miniature d'Axel. Elle se rappela brusquement qu'elle avait oublié de lui parler de l'intrus à l'école et de lui dire qu'Axel était chez ses parents. Elle se rendit également compte qu'il fallait que ce soit elle qui aille le chercher, elle voulait éviter que Henrik ne les rencontre. Pas avant que tout soit réglé. Après d'ailleurs il n'aurait plus aucune raison de le faire.

Il faisait chaud et cela sentait le renfermé dans le salon, car le soleil donnait à l'intérieur. Elle entrouvrit la porte-fenêtre de la terrasse avant de retourner dans la cuisine pour ouvrir le lave-vaisselle. Une occupation de plus. Elle l'entendit remonter l'escalier et le vit passer devant la porte ouverte avant de constater avec soulagement qu'il poursuivait son chemin jusqu'à la chambre à coucher.

Elle éprouvait un tel trouble qu'elle ne savait plus où ranger ce qu'elle sortait du lave-vaisselle. Elle croyait maîtriser la situation mais celle-ci avait changé, le puzzle avait volé en l'air et tous les morceaux s'étaient éparpillés. Elle avait besoin de refaire un point, afin de reprendre le contrôle des opérations. Quelles conséquences aurait l'article déposé dans la boîte à lettres de la maman de Simon ? Elle l'ignorait. Elle se fichait éperdument de ce qui allait arriver à Linda, mais ses propres actions risquaient de contrecarrer ses plans. Elle devait prendre le temps de réfléchir en paix.

Elle vit Henrik passer à nouveau devant la cuisine, dans l'autre sens, cette fois. Il ne la regarda même pas. Si elle allait se coucher et faisait semblant de dormir, elle pourrait réfléchir. D'ailleurs, elle souffrait de la gorge, non ?

Elle passa dans la chambre et ferma la porte derrière elle. Un carnet rouge avec un petit cadenas était posé sur le couvre-pieds. Ainsi que le soutien-gorge en dentelle noire qu'elle s'était humiliée à acheter. Elle se laissa tomber sur le lit. Que cherchait-il en faisant cela ? N'était-il pas en train de dépasser les bornes ? Elle remit rapidement le soutien-gorge dans le tiroir du haut, incapable de supporter plus longtemps sa vue. Puis elle s'assit à nouveau sur le lit, et prit le carnet. Il savait très bien qu'elle ne tenait pas de journal intime, pourquoi diable lui en avait-il acheté un ? Elle l'ouvrit à la première page. Il en tomba quelque chose qui atterrit sur ses genoux. Elle n'en crut pas ses yeux. Une fois de plus, elle se rendit compte qu'elle ne connaissait pas l'homme avec lequel elle vivait depuis quinze ans. Le Henrik qu'elle croyait connaître n'aurait jamais coupé une mèche de ses cheveux pour la placer ensuite amoureusement dans un journal intime où elle devait écrire. L'idée ne l'aurait même pas effleuré. Elle lut les mots inscrits sur la première page mais n'en reconnut pas l'écriture.

« À ma bien-aimée ! Je suis avec toi. Tout ira bien. Ce carnet que tu pourras remplir de tous nos merveilleux souvenirs. »

Stupéfaite, elle relut ces mots encore une fois. Qui était-il, au juste ? Quels autres traits secrets possédait-il qu'elle n'avait pas réussi à découvrir ou à faire apparaître au cours de ces années ensemble ? Ce carnet était une tentative honnête, de sa part, pour lui prouver son amour. Qu'il était prêt à faire n'importe quoi. Peut-être était-ce ce qu'il avait compris, ces derniers jours, qu'il voulait vraiment leur donner une nouvelle chance.

Elle sentit soudain les larmes monter en elle. La colère et la haine cédaient la place à une immense tristesse. La lassitude qui s'empara d'elle lorsqu'elle se laissa aller était totalement déraisonnable. Épuisée, elle se glissa sous les draps. Il restait peut-être une chance malgré tout ? Mais comment pourrait-elle jamais pardonner ? Lui faire confiance ? D'un autre côté, quelle mère était-elle, si elle n'était même pas capable de lui laisser une chance pour le bien d'Axel ? Ce qui était impardonnable, ce n'est pas qu'il fût tombé amoureux d'une autre, c'était même compréhensible, avec la vie conjugale qu'ils menaient. C'était la plaie laissée par sa trahison et ses mensonges. Elle se sentait offensée qu'il ne lui ait rien dit, rien expliqué, qu'il ne lui ait laissé aucune chance de réagir et de prendre position. Cet homme, qu'elle avait cru être si proche d'elle, avait pu lui faire aussi mal, juste pour son profit personnel, voilà le plus douloureux. Comment pourrait-elle jamais éprouver à nouveau du respect pour lui alors qu'il s'était montré aussi lâche ?

Elle posa la tête sur l'oreiller et ferma les yeux. Ah ! pouvoir dormir, tout oublier et se réveiller de ce cauchemar en constatant que tout avait repris son cours normal.

Un mot de sa part aurait suffi. Un seul mot prononcé sincèrement du fond du cœur. Peut-être était-ce tout ce dont elle avait besoin pour lui donner une nouvelle chance ? Et le respecter en tant qu'homme.

Un mot sincère et honnête :

Pardon.

Elle se réveilla en entendant la porte de la chambre s'ouvrir. En claquant, la poignée entailla profondément la mince paroi de plâtre et le bruit la fit se dresser sur son séant. Henrik se tenait sur le seuil et l'expression de son visage lui fit peur.

– Tu es vraiment une salope, bon sang.

Elle jeta un coup d'œil au radio-réveil. Cinq heures et quart. Elle avait dormi plus de six heures.

– Qu'est-ce qu'il y a ?

Prudence.

Il pouffa de mépris.

– Qu'est-ce qu'il y a ? D'après toi ? Il ne t'est jamais venu à l'esprit que je devais être le premier informé de tes intentions de divorce et que tu veux me mettre à la porte.

Elle cessa de respirer.

– Quel effet crois-tu que ça fait de l'apprendre de la bouche de tes parents ? D'être là comme un idiot qui ne pige rien à rien.

Elle perdait le contrôle de la situation.

– Pourquoi leur as-tu parlé ?

Elle se rendit compte à quel point cette question

était stupide. Lui aussi, et il secoua la tête dans un geste de mépris non dissimulé.

– Parce qu'ils ont appelé pour savoir quand on viendrait chercher Axel.

Tout allait à vau-l'eau.

– Et si tu coupais le cordon ombilical, un jour ? Vivre avec toi, c'est comme être marié avec tes parents. Ils sont comme... Une sorte de glu qui se dépose partout, il n'y a pas moyen d'éviter qu'ils se mêlent de tout. Pour être compréhensifs, ah ! ça, on peut dire qu'ils le sont.

Il imita leur voix en la déformant :

– *Mon pauvre petit Henrik, comment vas-tu ?*

Ses gestes indiquaient tout le dégoût qu'il éprouvait.

– Comment oses-tu leur faire des confidences avant de m'en parler ? C'est vrai, c'est ce que tu as toujours fait, alors un petit divorce, ça ne change pas grand-chose, hein ? C'est leur faute, d'ailleurs, si on en est là.

Sa colère flamba immédiatement.

– Mes parents nous ont toujours apporté leur aide. On ne peut pas en dire autant des tiens !

– Au moins, ils nous laissent tranquilles.

– Ah ! ça, on peut le dire !

– Je préfère ça plutôt que de les avoir sur notre dos comme les tiens. Ils sont toujours passés avant moi. Comme si c'était eux, ta vraie famille.

– Mais c'est vrai.

– Tu vois ! Tu ne veux pas faire un enfant avec eux, pendant que tu y es ? Et vivre chez eux. Comme ça tu pourras continuer à baiser tranquillement avec ton amant.

Il donna un coup de poing dans le chambranle de la porte et disparut dans la cuisine. Elle le suivit. Il était penché en avant sur l'évier, le haut de son corps était agité de halètements.

Comment pouvait-il avoir un pareil culot ?

– Ça veux dire quoi ça, hein ?

Il tourna la tête et la regarda.

– Cesse de faire l'innocente. Il m'a tout raconté.

– Qui ça, « il » ?

– Tu es vraiment pathétique, tu sais. On peut dire beaucoup de choses sur toi, mais je n'aurais jamais cru que tu serais aussi lâche, bon Dieu.

– Et c'est toi qui dis ça !

Il ne répondit pas. Elle comprit que le coup avait porté et qu'elle avait repris l'ascendant. Mais pour combien de temps ? Qu'avait-elle le droit de savoir et que devait-elle ignorer ? Elle ne devait pas révéler ce qu'elle savait sur Linda. Pourtant, celle-ci était sa seule excuse. Son plan venait d'être bouleversé et risquait maintenant de se retourner contre elle.

– Alors ? Qui est ce « il », et qu'est-ce qu'il t'a raconté ?

– Ça suffit comme ça, Eva. Je te dis que je sais tout, cesse de faire l'innocente. Tu as oublié que c'est lui qui viendra vivre ici quand tu m'auras flanqué à la porte ?

– De qui parles-tu, bon sang ?

D'un geste de colère, il renversa la coupe de fruits sur le sol. Pommes et oranges roulèrent sur le parquet.

Il se dirigea vers la chambre à coucher.

Elle le suivit.

– Réponds, plutôt que de rejeter la faute sur les autres. Ce n'est quand même pas la faute de la coupe à fruits si tu n'as rien à dire.

Il ouvrit le tiroir du haut de la commode et fouilla dans ses sous-vêtements.

– Qu'est-ce que tu fais ?
– Où est-il ?
– Quoi ?
– Ce beau petit journal intime qu'on t'a offert.
– Tu veux aller le rendre ou quoi ?
Il s'arrêta dans son geste et la regarda.
– Ah ! non, ça suffit comme ça. Je l'ai posé sur le lit à ton intention. Moi, je l'ai déjà vu, avec cette foutue mèche de cheveux dégueulasse. Quel âge a-t-il, au juste ? Vous avez peut-être échangé vos bijoux personnels, aussi ? Ce serait drôle de te voir te balader avec une petite plaque portant son nom autour du cou*.
Il prit le soutien-gorge en dentelle noire et le lui agita sous le nez.
– Je suppose qu'il bande quand tu mets ça, même si c'est difficile à comprendre.
Elle l'écouta, interloquée. Avait-il perdu la raison ?
Il referma violemment le tiroir de la commode et sortit de la pièce. Elle le rattrapa sur le seuil du salon, où`il s'était brusquement arrêté.
– Ça ne tourne pas rond dans ta tête.
Il avait l'air de parler sérieusement pourtant, et elle suivit son regard. Sur la table basse était posé le vase rempli de tiges. Les fleurs avaient disparu, coupées, emportées.
Ce fut à son tour, à elle, de pouffer de mépris.
– Ce n'était pas la peine de te donner tout ce mal. Tu aurais pu te l'éviter. Je n'en voulais pas de tes fleurs, de toute façon.
Il tourna la tête et la regarda, comme si elle était devenue folle.
Le téléphone sonna mais ni l'un ni l'autre ne firent

* Allusion à une coutume entre adolescents, en Suède. (*N.d.T.*)

un geste pour répondre. La sonnerie continua à retentir sans qu'ils lèvent le petit doigt.

– Laisse sonner.

Il fit aussitôt demi-tour et se dirigea vers l'appareil situé dans la cuisine. Comme si elle venait au contraire de lui donner l'ordre de répondre.

– Allô ?

Puis le silence se fit. Il dura si longtemps qu'elle ne put s'empêcher d'aller voir par l'entrebâillement de la porte ce qui se passait. Henrik, immobile, regardait fixement devant lui, bouche bée.

– Comment va-t-elle ? Où est-elle ?

L'inquiétude se lisait sur son visage. Sa mère avait subi un pontage coronarien quelques mois auparavant. Son état avait-il empiré ?

Il tourna alors la tête et la regarda avec tant de mépris et d'hostilité qu'elle prit peur. Il continua à parler sans la lâcher du regard.

– Vous n'avez qu'à le lui dire vous-même.

Il lui tendit l'appareil.

– Qui est-ce ?

Il ne répondit pas et se contenta de la fixer avec un regard de haine.

Elle avança lentement vers lui avec un très net sentiment de danger.

– Allô ?

– Ici Kerstin Evertsson, de l'école de Kortbacken.

C'était très formel et impersonnel. Comme si elles ne se connaissaient pas. Ou comme si elle voulait faire semblant de ne pas la connaître.

– Oui, bonjour.

– Je vais aller droit au but. Je viens d'annoncer à votre mari que je sais que Linda Persson et lui ont eu une liaison qui a pris fin hier. Je lui ai dit aussi qu'Åsa

Sandström avait reçu une lettre anonyme contenant un article sur Linda et que c'est vous qui l'aviez mise dans sa boîte à lettres. Åsa vous a vue.

Grâce, mon Dieu ! Si seulement je pouvais disparaître et ne pas avoir à entendre cela.

– Bien entendu, j'ai dû appeler Linda pour l'en informer, même si j'étais déjà au courant de ce procès et de tout ce qu'elle avait enduré. Mais elle n'a pas supporté. Elle est aux urgences, à l'hôpital de Söder, elle s'est tailladé les poignets.

Eva croisa le regard de Henrik puis détourna les yeux.

– Je crois aussi devoir vous informer que les parents procèdent à une collecte pour acheter des fleurs et vont demander à ce que Linda conserve son poste si elle s'en sort.

Jamais plus elle ne pourrait apparaître en public.

– Et puis je dois reconnaître que je ne sais vraiment pas comment résoudre le reste de cette affaire. En ce qui concerne Axel, il est évident qu'il conserve sa place ici mais, personnellement, je vois mal comment vous pourriez continuer à venir. Mais c'est à vous de prendre la décision.

Mon Dieu, aidez-moi !

– Vous êtes toujours là ?

– Oui.

– Il serait bon que vous contactiez Åsa Sandström. Elle aimerait parler avec vous et que vous lui expliquiez pourquoi vous l'avez mêlée à cette affaire. Parce que, désormais, tout le monde sait qui a envoyé ces mails, alors que vous accusiez Linda. Vous comprenez, Åsa a le sentiment que vous vous êtes servie d'elle et, le moins qu'on puisse dire, c'est qu'elle est très contrariée.

Impossible de respirer.

C'était insupportable.

– Vous vous rendez sans doute compte, aussi, que je suis scandalisée par votre comportement, je mentirais si je disais le contraire. Je peux comprendre que vous... comment dire, ayez eu beaucoup de mal à accepter la liaison de Linda et votre mari, mais cela n'excuse pas votre geste. Nous faisons notre possible, ici, pour apprendre aux enfants ce qui est bien et ce qui est mal et à assumer la responsabilité de leurs actes. Je croyais vous connaître mais, apparemment, je me trompais.

Elle sentit le lacet de la culpabilité se resserrer autour de son cou. Elle était anéantie, privée de dignité. Il fallait qu'elle parte, qu'elle quitte Nacka. Et même la Suède. Pour ne pas être reconnue, ne pas croiser une personne qui serait au courant.

– Est-ce qu'elle va s'en tirer ?

– Les médecins ne veulent pas se prononcer.

Elle raccrocha. Henrik la regardait, les bras croisés, haineux, hostile, avec le bon droit de son côté – pour toujours.

Descendre l'escalier.

Les chaussures. Elle se souvenait qu'il fallait mettre des chaussures pour sortir.

Pas la route de Värmdö. S'en tenir aux petites rues.

Les maisons autour d'elle, les fenêtres éclairées, toutes ces familles qui venaient de rentrer chez elles, réunies après une journée de travail. Ce décor était son châtiment. Pas à vendre. Inaccessibles. Désormais, tu pourras seulement regarder, jamais participer. Tu es exclue de notre communauté. Tu es bannie pour toujours, mais on ne t'oubliera pas.

Elle vit, comme à travers un filtre sale, une voiture

arriver en face d'elle et elle tendit ses bras pour baisser sa capuche. Ne pas être vue. Mais la capuche n'était pas à sa place. Elle baissa les yeux et remarqua qu'elle n'avait pas mis sa veste. Le véhicule la dépassa. Il fallait continuer, partir loin.

D'abord, elle ne s'aperçut pas qu'une voiture roulait lentement près d'elle. Elle distingua seulement quelque chose de blanc à côté. Le véhicule la doubla et s'arrêta. Quelqu'un en descendit.

– Salut.

Une voix à la fois étonnée et joyeuse.

Alors que personne ne pouvait être content de la voir.

Elle s'arrêta. La silhouette, dont le visage était faiblement éclairé par un réverbère, lui parut vaguement familière.

– Je ne m'attendais pas à te voir ici. Tu habites dans le secteur ?

Des tableaux très colorés. Une voix liée à des dessins abstraits.

– Tu vas bien ? Je peux te déposer quelque part ?

Les rues étaient vides. Et puis cet homme qui paraissait sincèrement inquiet pour elle, qui s'abaissait encore à lui parler. Elle vit alors les parents de Daniel un peu plus loin dans la rue. Ils revenaient de l'arrêt d'autobus, chacun avec son porte-documents, et allaient bientôt la croiser. Des fleurs pour Linda. Ils savaient ce qu'elle avait fait et venaient de participer à l'achat de fleurs destinées à Linda. Toutes les issues étaient barrées.

Elle contourna la voiture et monta.

Emmène-moi loin d'ici, c'est tout ce que je demande.

Que je n'aie pas à affronter les parents de Daniel.

Qu'est-ce qui pourrait être pire ?

Si seulement cela n'était pas arrivé. Tant de « si seulement ». Tant de « si seulement » qu'il n'était plus possible de savoir quand avait eu lieu le premier.

Ils roulèrent en silence. Il ne lui demanda pas où elle voulait aller et elle ne chercha pas à savoir où il l'emmenait. Elle se contenta de s'appuyer contre le repose-tête et ferma les yeux en profitant de cette pause qui lui permettra d'échapper aux accusations pendant un moment.

La voiture s'arrêta. Le moteur cessa de ronronner et elle ouvrit les yeux. Un cul-de-sac. Quelques voitures garées. Des immeubles. Elle était déjà venue ici.

Au prix d'un grand effort de volonté, elle parvint à tourner la tête et à le regarder. Elle enregistra son sourire chaleureux et baissa les yeux sur les mains qui tenaient le volant. Elle se souvint à quel point elles étaient maladroites et comme ses doigts avaient tâtonné sur son corps pour trouver ce qu'elles cherchaient. Et elle s'étonnait de lui avoir permis de le faire.

Encore un « si seulement ».

– Merci de la balade.

Elle fit mine d'ouvrir la portière de la voiture. Elle

ressentit alors son impuissance, comme une douleur dans tous ses membres, comme si son corps la suppliait de ne pas bouger.

– Tu ne veux pas monter chez moi un moment ?

Elle garda la main sur la poignée, le temps de chercher une réponse. Il y avait de l'étonnement dans sa voix et ce fut plus qu'elle ne put en supporter. Elle ouvrit la portière et le froid lui rappela qu'elle n'avait pas de veste. Ni d'argent d'ailleurs.

De toute façon, elle n'avait plus rien, maintenant.

– J'ai du cidre, là-haut. Tu ne veux pas venir en prendre un verre ? Franchement, tu m'as l'air d'en avoir besoin. Je te ramènerai où tu voudras, après.

Où tu voudras. Où était-ce ? Un tel endroit existait-il ?

Si seulement.

Les événements s'enchaînaient en maillons de « si seulement ». Mais le premier appartenait à Henrik. Sa trahison. Sa lâcheté. La colère dont il l'avait abreuvée. Son manque d'égards envers elle.

Elle avait encore dans les oreilles le jugement proféré par Kerstin. Il fallait assumer ses actes. Mais que savait-elle de la façon dont Henrik s'était comporté envers elle ? Ce qu'il avait fait pour motiver ses procédés répréhensibles, à elle. À quel point elle s'était sentie impuissante. Elle n'aurait pas l'occasion de se défendre, hélas. Devant aucun de ceux qui s'arrogeaient le droit de la juger. Le verdict était rendu et la peine en cours d'exécution.

Une paria, voilà ce qu'elle était devenue.

Et Henrik, alors ? N'avait-il pas sa part de responsabilité ? Car c'était lui qui avait rendu possible cette chaîne de « si seulement ».

Il descendit de voiture et elle le vit la contourner à

travers le pare-brise. Une fois parvenu près de la portière restée ouverte, il tendit la main vers elle.

– Allez, viens. Rien qu'un verre de cidre.

Elle était épuisée. Elle n'avait qu'à le suivre pour éviter de prendre une décision.

– Juste un verre, alors.

Il hocha la tête avec un sourire.

Elle déclina la main qu'il lui tendait, descendit et passa près de lui. Il garda le bras levé un peu trop longtemps avant de le laisser retomber, de claquer la portière et d'aller chercher un sac en plastique dans le coffre.

– Viens.

Il se dirigea vers l'entrée de son immeuble. Peut-être avait-il été vexé qu'elle refuse sa main, mais elle n'avait pas voulu se montrer désagréable, elle voulait éviter qu'il ne se fasse des idées, lui enlever tout espoir. Un verre de cidre. Rien d'autre. Il l'avait dit lui-même et elle avait accepté.

Il alluma dans l'escalier et s'inclina devant elle, comme un gentleman, pour la laisser passer. Il la suivit à quelques pas. Elle éprouva un vague sentiment de déplaisir en sentant sa présence derrière elle, consciente qu'il avait une vue imprenable sur ses fesses. Elle était livrée en pâture à son regard qui pouvait se poser où il voulait. Elle s'adossa donc au mur tandis qu'il ouvrait les quatre serrures de sa porte.

La première fois. Elle se souvenait de sa nervosité. Elle s'était collée à lui pour la dissimuler. C'était l'image de Henrik et de Linda qui lui avait permis de surmonter son dégoût.

Il y avait cinq jours de cela.

Elle resta debout derrière la porte et l'entendit glisser une clé dans l'une des serrures et la tourner. Puis le bruit de son trousseau de clés, lorsqu'il fermait les autres, et le crissement du sac en plastique qu'il avait sorti du coffre.

Elle s'en souvint soudain, il croyait qu'elle s'appelait Linda. Ce prénom lui avait permis, alors, d'aller au bout.

Si seulement.

Encore une fois.

Mais elle n'avait aucune raison de révéler sa véritable identité. Il lui poserait alors des questions auxquelles elle ne désirait pas répondre.

– Bienvenue. Encore une fois, devrais-je peut-être dire.

Mais elle n'était pas de retour. La femme devant lui venait pour la première fois.

Elle baissa les yeux sur ses chaussures, comme si elle se sentait incapable de se baisser et de les ôter. Il suivit son regard, s'accroupit et fit glisser les fermetures Eclair. Il prit sa main et la posa sur son épaule, pour qu'elle conserve son équilibre pendant qu'il lui retirait ses bottines, il garda son pied droit dans sa main un peu trop longtemps. Elle l'entendit soudain respirer violemment. Elle n'avait pas la force de résister, et demeura immobile. Elle n'aurait pas dû être là. Mais où aller, sinon ? Et comment en trouverait-elle la force ?

Il se releva et la prit délicatement par le coude pour la conduire dans la petite cuisine où il l'aida à s'asseoir. Elle le suivit du regard alors qu'il ouvrait le réfrigérateur. Les trois étagères étaient remplies de bouteilles de cidre en position horizontale. Il en sortit deux, tira son trousseau de clés de sa poche et les ouvrit au moyen d'un ouvre-bouteille rouge enfoui au milieu des clés. Puis il s'immobilisa, le cidre à la main, et la regarda, la tête penchée de côté.

– Comment vas-tu, au juste ?

Elle n'eut pas la force de répondre.

– Je n'ai pas de canapé, mais tu peux t'asseoir sur le lit, là-bas, si tu préfères. Juste pour être plus à ton aise, rien d'autre. Tu as vraiment l'air d'avoir besoin de repos. Je peux m'asseoir par terre.

– C'est parfait comme ça.

Il se dirigea vers la chaise, de l'autre côté de la table pliante fixée au mur, et se pencha vers elle pour lui tendre la bouteille.

– À la tienne. De nouveau, hein ?

Il sourit et elle prit la bouteille afin de boire.

– C'est bien celui que tu aimes, n'est-ce pas ?

Elle lut l'étiquette, mais n'aurait su dire si cette marque était meilleure ou moins bonne que les autres.

– Oui, oui.

– Je ne m'attendais pas qu'on se rencontre à nouveau ainsi. C'est presque trop beau pour être une coïncidence. On dirait que c'est le destin qui l'a voulu.

Elle ne trouva rien à répondre et sourit légèrement, par politesse.

Il resta un moment sans rien dire. Puis il se leva et se dirigea vers le petit évier, prit un chiffon et essuya quelque chose sur le plan de travail en inox. Il frotta avec ardeur en vérifiant à intervalles réguliers que la tache disparaissait.

– Tu ne veux pas me dire ce qui s'est passé ?

Il rinça le chiffon et le tordit, le rinça à nouveau et répéta cette procédure une nouvelle fois, avant de le plier en trois et de l'accrocher au robinet.

– Pourquoi es-tu sortie sans ta veste, par exemple ? Où allais-tu ?

Elle but une gorgée à la bouteille.

– Je suis désolée, mais je n'ai pas le courage d'en parler.

Elle ne lui devait rien. Aucune raison de lui faire part de ses soucis. Au contraire, si elle parlait, le répit qu'elle s'était procuré expirerait. Il se joindrait aux autres pour la condamner.

Linda aux urgences. Si elle s'en tire, on lui demandera de reprendre son travail ici.

Si elle s'en tire.

Elle but une nouvelle gorgée, en cherchant l'ivresse et le repos.

Il se retourna, soudain.

– Tu peux prendre un bain, si tu veux.

Elle ne répondit pas, mais sentit sa méfiance s'éveiller.

Il posa sa bouteille sur la table.

– Ne crains rien. Je le ferai couler pour toi et tu n'auras qu'à attendre ici, en te détendant. Je crois que cela te fera du bien, tu l'as bien mérité.

Il disparut et, peu après, elle entendit l'eau couler.

Elle n'avait pas envie de se déshabiller dans cet appartement mais, une fois dans la salle de bains, elle pourrait fermer la porte à clé et échapper à ses questions. Elle n'aurait même plus besoin de parler. En revanche, elle pourrait réfléchir. Appeler Sara ou Gerd, au travail, et leur demander si elle pouvait venir dormir chez elles avec un prétexte plausible.

Elle entendit soudain sa voix en provenance de la salle de bains et sentit une odeur familière.

– J'ai acheté un nouveau bain moussant. Parfumé à l'eucalyptus.

Le même que le sien. Axel le lui avait offert. Elle

voulut y lire un signe positif et, incapable de lutter plus longtemps, décida de se détendre.

Il ne lui voulait que du bien, après tout.

Et elle avait besoin de cela, en ce moment.

Elle finit la bouteille tandis qu'elle l'entendit fermer les robinets de la baignoire. Aussitôt après, il apparut sur le seuil.

– Tu peux venir, c'est prêt.

Il lui indiqua la salle de bains, en souriant, et s'aperçut aussitôt qu'elle avait fini la bouteille. Il fila vers le réfrigérateur pour en sortir une nouvelle. Elle se leva. Il s'avança vers elle, comme pour la prendre par le bras à nouveau, mais s'arrêta et recula. Par égard envers elle, ou pour lui prouver qu'elle n'avait rien à craindre et qu'il ne nourrissait aucune arrière-pensée.

Elle prit la bouteille, passa dans l'entrée et se dirigea vers la salle de bains ouverte. La baignoire était pleine à ras bords et la mousse blanche pétillait de façon attirante. Elle se sentit mieux. Un peu de repos lui ferait du bien.

– Tiens, une serviette.

Il lui tendit une serviette bleu clair. Soigneusement pliée bord à bord, au centimètre près. Elle la prit et la posa sur le siège des toilettes. Les marques de repassage restèrent très appuyées. Elle se tourna vers lui. Elle attendit ostensiblement avant de se déshabiller, et il comprit aussitôt.

– Prends tout ton temps et profites-en bien.

– Merci.

Il sortit à reculons et ferma la porte derrière lui. Elle tourna la clé jusqu'à ce que la fente soit au rouge. Elle ôta lentement ses vêtements et se laissa glisser dans la mousse en posant la bouteille sur le rebord de la baignoire. Le calme commença à s'installer en elle. Le cidre avait fait son effet.

Le problème, c'était Nacka. Elle devait déménager. Le simple fait d'avoir dépassé les limites de la commune lui procurait un sentiment de soulagement. Ici, elle pouvait respirer à nouveau. Penser de façon assez claire pour comprendre que, même si elle avait commis des erreurs, elle n'était pas la seule coupable. Si elle avait agi comme elle l'avait fait, ce n'était pas sans raison. Ils pouvaient vendre la maison et elle irait vivre en ville en mettant Axel dans une nouvelle école où personne ne les connaissait.

Elle but une nouvelle gorgée.

Cela devrait être possible. Elle avait encore un avenir.

– Tout va bien ?

Sa voix, juste derrière la porte.

– Oui, merci.

Mais, alors qu'elle croyait qu'il allait s'éloigner, il continua à lui parler. Elle eut même l'impression qu'il se rapprochait, comme s'il avait la bouche collée à la porte.

– Je ne te veux pas de mal, au contraire. Tu le comprends bien, n'est-ce pas ?

Une impression de malaise au milieu de cette mousse bienfaisante.

– Oui.

– Parfait.

Elle se détendait à nouveau, les yeux fermés, lorsqu'elle entendit du bruit. Elle tourna la tête et vit le voyant rouge de la porte passer au blanc. L'instant d'après, il était sur le seuil. Elle s'enfonça aussitôt dans la mousse pour dissimuler son corps.

– J'aimerais être tranquille, si tu veux bien.

Il lui sourit.
– Mais tu es tranquille, ici.
Il prit la serviette, s'assit sur le siège et la posa sur ses genoux.
– Je veux dire : seule.
Il sourit à nouveau, un peu tristement cette fois, comme si elle ne savait pas ce qui était bon pour elle.
– Tu n'as pas été assez seule comme ça ?
Soudain, elle prit peur et eut envie de se lever et de quitter cet appartement. Mais pas tant qu'il était là, à la regarder.
– Tu as l'air d'avoir peur ? Je sais déjà comme tu es belle. Tu me l'as montré une fois, comment pourrais-je l'oublier ?
– On a dit qu'on prendrait juste un verre de cidre.
– Oui, et on en a déjà bu deux. Et tu peux en avoir autant que tu veux. Je l'ai acheté pour toi.
Il n'y avait aucune menace dans sa voix, il parlait sur un ton bienveillant. Pourtant, quelque chose lui disait qu'elle devait partir très vite.
– Attends un peu, je vais te donner quelque chose de beau à mettre.
Il se leva.
– Je n'ai besoin de rien, j'ai ce qu'il me faut.
– Tu mérites mieux que ça.
Il saisit ses vêtements au sol et emporta également la serviette avant de disparaître dans le couloir. Elle se leva pour en attraper une autre. Elle devait partir. La mousse glissait sur sa peau, même sous le tissu éponge, comme si elle était imperméabilisée.
Il apparut à nouveau sur le seuil.
Elle tenta de dissimuler son corps.
Il s'arrêta net et s'immobilisa dans cette position. Comme s'il avait oublié qu'elle existait et la voyait

pour la première fois. Il baissa les yeux, gêné de sa nudité.

– Pardon.

– Donne-moi la serviette.

Avec une lenteur extrême, son regard se rapprocha d'elle. Il longea d'abord le sol et le tapis de la salle de bains, suivit la baignoire, les carreaux de faïence, et arriva jusqu'à elle. Quand il parvint à son corps dénudé qu'elle tentait désespérément de dissimuler derrière une serviette trop petite, elle lut sur son visage une admiration sans bornes. Elle le vit haleter lorsque ses yeux parvinrent à ses cuisses et remontèrent au-dessus de la serviette, jusqu'à ses seins.

– Mon Dieu ! Comme tu es belle.

Sa voix tremblait.

– Donne-moi la serviette !

Ces mots durs semblèrent le tirer de son extase et il baissa à nouveau les yeux par terre. Puis il posa quelque chose sur le siège des toilettes, sortit à reculons et ferma la porte derrière lui.

Elle sortit de la baignoire et s'essuya activement.

– Mes vêtements !

– Ils sont posés sur le siège.

Elle sursauta en entendant sa voix si proche. Il avait la bouche collée à la porte.

Elle saisit rapidement ce qu'il avait posé sur le siège. Jamais de la vie. C'était une vieille robe de chambre à fleurs, molletonnée, taillée dans une étoffe brillante qui peluchait aux endroits les plus usés.

– Je veux mes vêtements.

– Pourquoi me parles-tu sur ce ton ? Je les ai mis à tremper dans l'évier. Mets la robe de chambre et viens qu'on parle de tout ça.

Sa voix était toujours très proche d'elle.

Il y avait quelque chose de détraqué chez lui, mais elle ne parvenait pas à se rendre compte s'il était vraiment dangereux et si elle devait avoir peur de lui. La seule chose dont elle était certaine, c'était qu'elle devait partir de là le plus vite possible. Mais elle n'avait plus ses vêtements. Nul au monde ne la rechercherait si elle venait à disparaître. Personne ne savait où elle était, d'ailleurs. Il fallait qu'elle ose sortir de la salle de bains. Pourtant, elle n'avait pas l'intention de « parler de tout ça », comme il disait. Ils n'avaient rien à voir l'un avec l'autre et elle devait le lui faire comprendre.

Elle regarda la robe de chambre. Le col était repoussant de saleté. Elle parvint à surmonter son dégoût et à l'enfiler en se bouchant les narines pour ne pas sentir l'odeur de vieillesse et de renfermé qui s'en dégageait.

Après avoir pris une profonde inspiration, elle posa la main sur la poignée de la porte.

– Je sors.

Aucune réponse.

Elle entrouvrit prudemment la porte. La lumière de l'entrée était éteinte. Par pur réflexe, elle éteignit celle de la salle de bains afin de se fondre dans l'obscurité, elle aussi. Puis elle ouvrit la porte un peu plus grand et, quand elle parvint à regarder au-dehors, vit une lueur en provenance de la chambre. Des bougies. Elle savait qu'il avait verrouillé la porte d'entrée et l'avait vu mettre les clés dans la poche de son pantalon, mais elle ne put s'empêcher de jeter un coup d'œil vers la sortie.

Elle s'avança. Pas un bruit. Elle s'immobilisa. Encore un pas et il la verrait. Soudain, sa voix la fit sursauter.

– Viens.

Elle ne bougea pas.

– Sois gentille. Je ne voulais pas te faire peur.

– Qu'est-ce que tu veux, alors ? Pourquoi ne me rends-tu pas mes vêtements ?

– Je vais le faire, mais ils sont mouillés. Viens ici, pour qu'on bavarde un peu en attendant qu'ils sèchent.

Elle n'avait pas le choix. Elle fit le dernier pas et regarda l'intérieur de la chambre. Il était assis sur le bord du lit. Il avait disposé une ligne de bougies qui formaient une sorte d'allée, un sentier lumineux qui matérialisait visuellement ce qu'il attendait d'elle. Elle s'apprêta à protester et à lui expliquer que, peu importait ce qui s'était passé la dernière fois, cela ne se reproduirait plus. Mais l'expression de son visage lui coupa le souffle. Ce n'était pas elle qu'il regardait et il ne cherchait pas ses yeux. C'était la robe de chambre à fleurs. Soudain, sans le moindre signe avant-coureur, il fit une grimace et son corps s'affaissa. Il détourna les yeux et elle comprit que c'était pour cacher ses larmes. Son désarroi à elle n'en fut que plus grand encore. Que pouvait-il bien vouloir, au juste ?

Elle ne dit rien et se contenta de rester sur le pas de la porte à l'observer. Tout dans son attitude prouvait qu'il tentait en vain de se protéger de ses regards importuns. Il se mit à sangloter et resta assis là, les yeux fixés sur le sol en se passant la main sur le visage. Puis il leva à nouveau les yeux vers elle avec un regard hésitant, à la fois timide et confus.

– Pardon.

Elle ne répondit pas et, malgré son trouble, s'aperçut que la chambre avait changé d'aspect. Les murs étaient désormais nus, mais les clous auxquels les étranges tableaux avaient été suspendus avaient laissé des marques noires.

Elle baissa les yeux vers le sol et les bougies.

– Ça fait des années que je n'ose pas allumer des bougies, mais j'en ai quand même acheté, parce que je me suis dit que j'en aurais peut-être le courage, si tu venais ici.

Il prononça ces mots comme s'il se livrait à un aveu très gênant et se présentait nu, devant elle, comme elle l'avait été dans la salle de bains. Comme s'il voulait compenser de la sorte son intrusion récente. Elle sentit sa peur s'apaiser. Elle comprit qu'il avait mal interprété ce qui s'était passé entre eux lorsqu'elle l'avait accompagné chez lui. Comment le lui reprocher d'ailleurs ? Il avait naturellement pensé qu'elle se manifesterait à nouveau, que cette première nuit serait suivie d'autres. Il avait vu en elle une possibilité.

Elle se dit alors qu'il suffirait peut-être qu'elle reste un petit moment, le temps de lui faire comprendre que c'était une erreur, qu'il avait mal interprété ce qui s'était passé et qu'elle n'avait pas eu l'intention de le blesser. Il n'était pas dangereux, juste amoureux. Et il avait oublié de lui demander si elle éprouvait la même chose.

– Pourquoi n'as-tu pas allumé des bougies pendant des années ?

Elle tentait de nouer le dialogue. De s'approcher de lui et de lui faire comprendre, petit à petit.

Il la regarda avec un léger sourire.

– Il y a bien des choses que tu ignores sur mon compte et que je n'ai pas encore eu le temps de te raconter.

Fausse piste. Il fallait qu'elle se montre plus explicite dès le début.

Mais il fut plus rapide qu'elle.

– Je voudrais te demander un service.

– Quoi donc ?

Il avala sa salive.

– Je voudrais que tu viennes t'asseoir un instant près de moi pendant que tu la portes.

Elle baissa les yeux sur cette robe de chambre repoussante.

– Pour quoi faire ?

Il hésita longuement avant de reprendre la parole. Elle voyait que les mots étaient enfouis profondément en lui et qu'il devait faire un effort important pour exprimer ce qu'il désirait.

– Je voudrais simplement pouvoir poser ma tête sur tes genoux, un instant.

C'était très indistinct, prononcé d'une voix presque inaudible, les yeux baissés sur ses mains posées sur ses genoux.

Impossible d'avoir peur d'un être aussi pitoyable. Autant lui dire ce qu'il en était, afin de partir le plus vite possible.

– Je comprends que tu aies pu croire que je... Ou que nous... Quand nous... Ne crois pas que ce n'était pas bien, pas du tout, mais ce qui s'est passé était une erreur, j'étais ivre, je n'ai pas réfléchi à ce que je faisais. Tu espérais peut-être qu'on se reverrait et que... Je préfère te dire la vérité, je suis mariée.

Il l'écouta, impassible. Son absence de réaction l'encouragea à poursuivre. Pourquoi ne l'avait-elle pas dit dès le début ? Elle était bien placée pour dire que la vérité paye toujours.

– Je pourrais peut-être t'emprunter quelques vêtements et te les renvoyer ensuite. Mon mari va certainement s'inquiéter si je ne rentre pas à la maison.

– Pourquoi ça ?

Sa voix était dure et froide. Toute trace de bonne volonté en avait disparu.

– Il est normal qu'il s'inquiète s'il ne me voit pas revenir.

Elle distingua dans sa propre voix une prudence qui n'y était pas avant.

Il haussa les épaules.

– Ça dépend du genre de mariage qu'on a. Si on s'aime ou pas. Ou si on a l'habitude d'être infidèle.

Blessé. Il était fier et blessé. Mélange dangereux. Il fallait y aller doucement, maintenant, sa vulnérabilité passagère l'avait égarée.

– Ce n'est pas mon cas. C'était la première fois avec toi.

Il pouffa de mépris.

– C'est trop d'honneur.

Bon sang, elle s'y était mal prise, à nouveau. Elle devait faire attention à chacun de ses mots, car il était aussi sensible qu'un champ de mines.

– Je n'avais pas l'intention de te blesser. Je veux dire : nous sommes deux adultes, n'est-ce pas ? Nous avons pris soin l'un de l'autre pendant un moment.

– Tu veux dire que j'ai pris soin de toi pendant un moment. Tu t'es servie de moi pour te consoler, parce que l'autre, là-bas, ne voulait plus de toi, hein ? Peut-être pour le rendre jaloux ? Ou te venger de quelque chose ?

Elle resta silencieuse.

– Et moi, qu'est-ce que je deviens, dans tout ça, une fois que tu m'as utilisé ?

Elle ne répondit pas. À ses yeux chacun était responsable de ses actes, mais elle ne pouvait pas le lui dire. Tout allait de travers. Elle devait sortir de là.

– Je t'ai dit que j'ai commis une erreur. Que puis-je te dire de plus, je suis désolée.

– Et ton mari ? Tu l'aimes ?

Non.

– Oui.

– Et s'il t'était infidèle ? Qu'est-ce que tu ferais, dans ce cas-là ?

Elle avala sa salive.

– Je ne sais pas exactement. Je suppose que j'essaierais de lui pardonner. On commet tous des erreurs, n'est-ce pas ?

Il plissa les yeux.

– La trahison est un acte impardonnable. Quand on a été trompé, on ne peut jamais oublier, c'est impossible, ça reste là, en vous, comme une plaie ouverte. Il y a quelque chose qui a été arraché et qu'on ne peut pas remettre en place.

Il y avait une chose certaine : elle n'était pas la seule, dans cette chambre, à connaître ce sentiment. Mais elle n'avait aucune envie de lui parler de sa propre expérience.

Il reprit la parole.

– S'il y avait un homme qui t'aimait par-dessus tout, qui était prêt à faire n'importe quoi pour toi, qui pouvait te jurer solennellement qu'il ne trahirait jamais ta confiance, qu'il serait toujours à tes côtés si tu avais besoin de lui. Est-ce que tu lui rendrais cet amour ?

Elle avala à nouveau sa salive et baissa les yeux. Son regard se posa sur l'une des bougies.

– Ce n'est pas exactement comme ça que l'amour fonctionne.

– Comment, alors ?

– Il va là où il veut. On ne peut rien décider pour lui. On tombe amoureux et, après, on n'y peut plus rien.

– C'est aussi simple que ça ? On ne peut vraiment rien faire pour qu'il grandisse ou ne disparaisse pas ?

Elle n'eut pas la force de répondre.

– Hein, qu'est-ce que tu en penses ?

– Je ne sais pas. Je ne suis pas une experte.

– Mais la trahison, c'est quoi exactement ? Et pourquoi savoir que celui qui vous trompe n'y peut rien lui-même fait tellement mal ? Que c'est seulement l'amour qui est allé là où il voulait ?

Elle était fatiguée, mais elle tenta vaillamment de suivre son raisonnement.

– La trahison, c'est quand on ment. C'est le fait que celui en qui on a confiance vous ment droit dans les yeux.

– Alors, s'il couche avec quelqu'un d'autre et te le dit, c'est bon ?

– Non, bien sûr.

Elle poussa un soupir.

– Être amoureux est une chose, ce qu'on fait en est une autre.

– Alors, s'il aime quelqu'un d'autre, il ne te trahit pas ?

Elle commençait à en avoir assez de ses questions. Tu n'as qu'à vivre ta propre vie et tu verras comme c'est facile.

– Je ne sais pas. Tu peux me prêter des vêtements ?

– Donc, selon toi, si on cesse d'aimer celui qu'on devrait, il vaut mieux ne rien dire, continuer comme avant et faire semblant que tout va pour le mieux.

Elle ne répondit pas.

– Ce n'est pas une trahison, ça aussi ? Si votre compagnon ne reste avec vous que par devoir et égard ?

Elle baissa à nouveau les yeux vers le sol. Il reprit la parole.

– Et tous ceux qui mènent une existence entière à deux et qui sont heureux, alors ? À t'en croire, ils ont seulement eu de la chance. Cela n'a rien à voir avec la façon dont ils se sont comportés ?

Voyant qu'elle ne répondait pas, il se leva vers la fenêtre. Il resta là, le dos tourné. Puis il poussa un grand soupir et retourna s'asseoir sur le lit.

– Tu ne crois donc pas qu'on peut apprendre à aimer un autre être humain, décider cela et ensuite faire de son mieux ?

– Non, je ne le pense pas.

Il avait eu sa réponse. Elle voulait partir.

Il resta un moment tête baissée, les mains sur les genoux. Il était vraiment naïf. Il croyait qu'il l'aimait, alors qu'il ne la connaissait pas et ne savait même pas son nom.

– Je peut t'emprunter des vêtements, s'il te plaît ?

Il leva lentement le regard vers elle, à nouveau. La déception se lisait sur son visage.

– Tu es donc si pressée de partir ?

Leurs regards se croisèrent en silence. Elle renonça donc, tourna les talons et passa dans la cuisine. Il n'avait pas menti, il avait bel et bien mis ses vêtements à tremper dans l'évier, l'idiot.

En revenant, elle le croisa dans l'entrée. Il lui tendit un jean soigneusement plié et un pull-over rouge. Elle les prit avec gratitude.

– Merci. Je te les rendrai.

Il ne fit aucun commentaire et se contenta de lui indiquer la salle de bains d'un signe de la tête.

– Tu peux te changer.

– Merci.

Alors qu'elle s'éloignait, il l'arrêta.

– Une chose, seulement. Je vais te raccompagner là où tu me le diras, mais j'aimerais beaucoup te montrer quelque chose, d'abord. Un cadeau d'adieu de ma part. Il n'y en que pour une ou deux minutes.

N'importe quoi, pourvu qu'après il ouvre toutes ses serrures.

– Bien sûr. Qu'est-ce que c'est ?

– Je te montrerai dehors.

Encore mieux.

Elle entendit un bruit de clés dans l'entrée tandis qu'elle s'habillait à la hâte. Lorsqu'elle sortit de la salle de bains, il avait mis sa veste et ses chaussures. Elle enfila rapidement les siennes. Il l'attendait devant la porte d'entrée en tenant à la main le sac en plastique qu'il avait sorti du coffre.

– Tu es prête ?

Elle fit oui de la tête.

– Et tu me promets de me laisser te montrer ça ?

Nouveau hochement de tête de sa part.

– C'est juré ?

– Oui.

Allez, laisse-moi sortir, bon Dieu !

Il sortit sur le palier et alluma l'interrupteur en l'actionnant à quatre reprises, sans raison. Il ferma la serrure du haut. Et appuya de nouveau sur le bouton avant de fermer la seconde. Elle observa, surprise, cette étrange façon de procéder, et en profita pour réfléchir à l'endroit où elle allait lui demander de la ramener. Tout aurait été beaucoup plus simple si elle avait eu son portefeuille sur elle, au moins.

Ils descendirent l'escalier en silence, elle devant, lui derrière. Une fois au rez-de-chaussée, il la dépassa et elle le vit tirer sur la manche de son pull-over pour ne pas toucher la poignée de la porte.

Ils se retrouvèrent dehors.

– C'est là, en bas, de l'autre côté du terrain communal.

Elle hésita un instant à l'idée de traverser un espace boisé en sa compagnie.

– Tu as promis.

Quelque chose dans le ton de sa voix lui fit comprendre qu'elle devait tenir parole.

– Qu'est-ce que c'est ?

– Tu vas voir. C'est très beau, je t'assure.

Ils se mirent à marcher. Le chemin descendait légèrement et elle ne tarda pas à apercevoir de l'eau entre les arbres. Il ne soufflait mot. Il avait dit que c'était tout près mais ils marchaient depuis un bon moment. Elle s'apprêtait à protester et refuser d'aller plus loin, inventant qu'il faisait trop froid, mais il la devança.

– Voilà. C'est là-bas.

Une maison et un panneau indicateur, mais il faisait trop noir pour voir ce qui était inscrit dessus. Une barrière en fer et une clôture entourant le tout. Il quitta alors le sentier, avança jusqu'à la clôture et tira le fil de fer afin de ménager un espace de cinquante centimètres entre celle-ci et le sol. Puis il lui fit signe de se glisser en dessous.

– On a vraiment le droit ?

– Oui, oui, il n'y a aucun danger, je viens souvent ici. Ce n'est pas grave s'il y a des taches sur le pantalon.

Elle n'avait pas envie, mais elle avait promis. Si elle refusait, elle serait obligée de traverser toute la ville à pied. Elle poussa un soupir, se mit à quatre pattes, se glissa sous la clôture, puis se redressa en essuyant la terre de ses genoux.

Il la suivit.

Elle regarda autour d'elle et vit des bateaux recouverts de bâches. Le panneau était lisible, maintenant : Club Nautique d'Årstadal. Entrée interdite.

– Où est-ce qu'on va ?

– Sur le ponton, là-bas. Celui de droite.

Elle avait froid, sans sa veste, et grelottait tandis qu'ils se faufilaient entre les embarcations pour atteindre les pontons. Une fois arrivée, elle monta sur celui de droite. Parvenue à l'extrémité, elle s'arrêta et regarda autour d'elle. Sur la droite la forêt et, sur la gauche, de l'autre côté de l'eau, le quartier de Södermalm.

Elle se retourna.

– Alors que voulais-tu me montrer ?

Il contempla l'étendue noire, comme s'il voulait retarder sa réponse le plus longtemps possible.

Elle commençait à perdre patience. Et à avoir froid.

– Quelque chose que tu n'as jamais vu.

– Quoi donc ?

Il se figea sur place, puis posa la main sur son cœur.

– Ça.

– Bon, ça suffit maintenant. Je veux rentrer chez moi. Si tu ne me raccompagnes pas, j'irai à pied.

Il fronça les sourcils.

– Pourquoi es-tu toujours aussi pressée ?

– J'ai froid.

Elle regretta aussitôt ses paroles qui pouvaient passer pour une incitation à la réchauffer.

Il regarda à nouveau l'eau.

– Je vais te montrer ce qu'est l'amour véritable.

À nouveau il la fixa du regard.

– Si t'en as le temps, bien entendu.

Elle en avait assez, plus contrariée qu'effrayée.

– Je t'ai déjà expliqué que je suis mariée. Je croyais que c'était une affaire entendue, maintenant.

– Tu comprends : l'amour véritable, c'est quand on aime tellement qu'on est prêt à faire n'importe quoi pour obtenir celui ou celle qu'on aime.

– S'il te plaît...

Il lui coupa la parole.

– C'est comme ça que je t'aime, moi.

– Tu ne me connais même pas. Tu ne sais pas qui je suis. Et, quoi que tu en dises, tu ne peux pas me forcer à t'aimer. Ça ne marche pas de cette façon-là, avec moi. J'aime mon mari.

Il eut un air triste soudain.

– Je veux juste que tu sois heureuse. Pourquoi ne veux-tu pas me laisser te rendre heureuse ?

– Je dois partir, maintenant, vraiment.

Il fit un pas pour lui barrer le passage. Elle tenta alors de passer de l'autre côté, mais il renouvela la manœuvre.

Elle était de plus en plus mal à l'aise et comprit que le mieux était de le reconnaître.

– Tu me fais peur.

Il eut un petit sourire attristé et secoua la tête.

– Comment peux-tu avoir peur de moi ? Je t'ai dit que je t'aimais, n'est-ce pas ? Mais l'autre, celui que tu es si pressée d'aller retrouver... Pourquoi ne le laisses-tu pas partir ? Ou plutôt, ne lui dis-tu pas d'aller au diable ?

Elle se frotta les bras pour tenter de se réchauffer un peu.

– Parce que je l'aime.

Il poussa un soupir.

– Comment une femme comme toi peut-elle aimer un tel homme ? Tu mérites tellement mieux. Et puis, sois honnête, Eva, tu sais très bien qu'il ne t'aime plus, lui.

Elle sursauta soudain.

Eva ? Comment diable... ? Eva ?

– Comment...

Mais elle ne trouva pas les mots pour formuler sa question. La situation avait soudain changé.

– C'est triste de voir qu'une femme comme toi estime qu'il faut ressembler à Linda pour être aimée. Et que tu t'abaisses même jusqu'à utiliser son prénom. Linda est une putain, elle n'est rien à côté de toi.

Elle resta interloquée, muette et privée de tous ses repères. Qui était cet homme ? Comment pouvait-il savoir ? Elle avait peur, vraiment peur, sans aucun contrôle sur la situation. Chacune des cellules de son corps lui disait de se défendre. Qu'il constituait une menace bien plus grande qu'elle ne l'avait cru.

– Comment peux-tu être bête au point de croire que quelques roses l'avaient changé ? Je sais comment fonctionnent ces salauds.

Il leva le sac en plastique qu'il avait apporté et le vida sur la tête d'Eva. Elle se protégea le visage des mains et sentit le contenu du sac tomber sur elle et se disperser tout autour. L'odeur. Elle regarda par terre. Vingt roses rouges. Dont les tiges avaient été coupées. Prélevées dans le vase de son salon.

Elle le regarda, paniquée.

– Moi, en revanche, je te les donne dans un geste d'amour véritable. Et moi qui t'aime vraiment, qui t'aime telle que tu es, je ne peux même pas poser ma tête sur tes genoux.

Elle regarda autour d'elle. De l'eau de tous les côtés. Pas une âme en vue. Un train passa sur le pont, loin derrière. Et puis la rumeur incessante de la ville, toute proche et pourtant hors de portée.

– J'aurais aimé te laisser le temps de comprendre que tu pouvais me faire confiance. Que je resterais toujours près de toi. J'ai déjà rencontré Axel et cela n'aurait pas été difficile si nous y étions allés peu à peu au début. Mais tu ne veux pas. Tu me forces à te montrer à quel point je t'aime.

Elle recula d'un pas en tâtant le sol avec le pied, derrière elle, et comprit qu'elle était très près du bord, à tel point que c'était dangereux. Il s'avança vers elle, posa ses mains sur ses épaules et la regarda droit dans les yeux.

– Je t'aime.

Elle n'eut pas le temps de sentir qu'elle tombait. Uniquement un froid glacial qui la serrait de toutes parts et lui coupait la respiration. Elle remonta à la surface et prit une grande bouffée d'air dans un effort désespéré de survie. Elle essaya d'attraper le bord du ponton avec les mains, mais n'y parvint pas. L'instant d'après, elle sentit quelque chose se saisir d'elle et l'entraîner vers le fond. Elle lutta de toutes ses forces pour garder la tête hors de l'eau en essayant de se débarrasser de ce poids et en agitant frénétiquement les bras. Soudain, elle sentit ses lèvres sur les siennes et sa langue qui pénétrait dans sa bouche. Ses jambes serraient les siennes en tenaille, il l'entraînait vers le fond, vers les ténèbres et un froid glacial. Le temps n'existait plus. Seule restait la peur que tout reste inachevé, qu'il soit trop tard pour tout. Elle sentit ses forces décliner et, lentement mais sûrement, elle céda et se plia à sa volonté.

Silence. Elle entendit dans ce silence plus de choses qu'elle n'en avait entendu auparavant.

Un calme infini. Derrière, devant, tout autour.

Et elle s'abandonna de bon gré à cette paix qui l'entourait.

Enfin.

Elle n'avait plus à lutter.

Tout était bien.

« Tu me trouves sans doute stupide d'être assise là, à te parler comme ça, mais, tu vois, je suis sûre que tu m'entends. Je ne sais pas si tu comprends, mais je sens très nettement que tu feras toujours partie de moi. Il en va peut-être ainsi pour toutes les mères, les liens ne peuvent jamais être rompus, et c'est encore plus évident quand... Oh ! Eva, ma petite Eva chérie, comment cela a-t-il pu arriver ?

Pardon. Je sais que cela ne sert à rien que je reste là à pleurer... Tout est si vide sans toi. Erik, je ne sais pas, nous tentons de nous épauler de notre mieux, mais il n'a même pas le courage de venir te voir, bien que je lui aie dit que ce serait sûrement une bonne chose pour lui.

Oh ! si tu pouvais seulement me donner un signe, n'importe quoi, me montrer, d'une façon ou d'une autre, que tu m'entends.

Axel te réclame beaucoup et nous ne savons pas très bien quoi lui dire. Il a changé d'école, aussi, mais je ne comprends pas très bien pourquoi c'était nécessaire à ce moment alors que... Henrik a refusé de m'écouter, hélas. Il s'est mis très en colère quand j'ai voulu le convaincre de laisser Axel dans son école. Je trouvais seulement que c'était mieux de lui éviter trop de changements. Et puis vous aviez de très bons contacts avec les autres parents de l'école. Ainsi que dans le quartier. Vous vous y plaisiez beaucoup, n'est-ce pas ? Nous avons vu le garçon avec lequel Axel avait l'habitude de jouer, je ne me souviens plus comment il s'appelle, au juste, David ou bien Daniel ? Il était dans la rue avec ses parents pendant que nous aidions Henrik à couper des broussailles et des choses comme ça, mais Axel est resté à l'intérieur. J'ai trouvé ça un peu bizarre qu'ils passent simplement, comme s'ils ne nous voyaient pas ou, plus exactement, comme s'ils ne voulaient pas nous voir. Henrik, lui, n'a pas bougé, comme s'il ne voulait pas avoir de contact avec eux, lui non plus. Je ne sais pas, cela m'a paru curieux, je croyais que vous vous fréquentiez beaucoup. C'est vrai qu'il leur était peut-être difficile de savoir que dire maintenant que... Les gens se comportent bizarrement. Mais moi, mon plus cher désir c'est de les entendre parler de toi.

Le petit Axel. Il est devenu si renfermé. J'ai tenté de le faire parler pour qu'il exprime ce qu'il ressentait, mais... il ne dit pas grand-chose, il attend que tu rentres à la maison, c'est tout. Mais ça va de mieux en mieux dans sa nouvelle école, même s'il ne veut pas que je reste avec lui, là-bas. Oui, c'est moi qui l'emmène à l'école, parce que Henrik... eh bien, je ne sais pas, mais je suppose qu'il vaut mieux dire la vérité. Nous sommes très inquiets, je crois qu'il s'est mis à boire. À plusieurs reprises je lui ai téléphoné au milieu de la journée et j'ai eu l'impression qu'il était ivre. Il s'isole de plus en plus, je crois même qu'il ne travaille pas en ce moment.

Il est difficile de savoir ce qu'il faut faire et bien sûr, nous sommes inquiets pour Axel, comment il réagira à tout cela. Nous avons dit à Henrik qu'Axel pouvait venir chez nous autant qu'il voudra ou que nous pouvons aller chez lui, s'il préfère être à la maison, mais... Je crois qu'il veut la vendre et partir. Nous essayons de le convaincre d'attendre un peu, jusqu'à ce qu'on soit certain que... Je sais que tu aimais beaucoup ta maison.

Oh ! comme je suis en colère quand je pense à tout ce qui t'attendait, maintenant que tu avais enfin décidé de changer.

Je voudrais tellement savoir si c'est ma faute et celle d'Erik, si nous avons commis une erreur dans ton éducation pour que tu aies eu une telle culpabilité. Nous étions pourtant à tes côtés, nous l'aurions toujours été, tu le savais bien ! Comment as-tu pu croire que nous te condamnerions pour avoir enfin trouvé l'amour ? Je suis parfois très fâchée contre toi parce que tu as été assez bête pour vouloir tout quitter. Je ne comprends pas comment tu as pu faire cela à Axel. Et pourquoi ne nous as-tu rien dit, pourquoi ne nous as-tu pas laissés t'aider ?

Pardonne-moi. Mais j'ai tant de questions.

Continue à te battre, Eva, promets-le-moi. Pour Axel au moins. Ils ont dit que tu avais une chance sur deux avant l'examen de demain. Il ne faut donc pas perdre espoir. Je suis sûr qu'il a raison, ce médecin, celui qui a dit qu'il croyait que tu pouvais nous entendre. Erik a pris des renseignements, il y a un médecin, à l'hôpital Karolinska, spécialisé dans ce genre de traumatismes, je crois qu'il s'appelle Sahlstedt ou bien Sahlgren. Nous avons essayé de le joindre mais il est en vacances pour deux semaines. On nous a dit de rappeler à son retour.

Il faut que tu continues à lutter, Eva, tu as tant de raisons de vivre. Si tu savais comme je suis heureuse de savoir qu'il était avec toi et qu'il a réussi à te sauver malgré tout. Je ne crois pas avoir jamais vu un homme aimer avec autant de ferveur. Alors, au milieu de ce grand malheur, je suis heureuse que tu l'aies et que, quoi qu'il arrive demain, vous ayez eu ce temps-là ensemble.

Nous sommes un peu soulagés de savoir que tu as eu le temps de connaître cela, même si tu as fait ce que tu as fait. Et qu'il soit là près de toi. Tout le temps. »

– Vous avez besoin d'autre chose, pour la nuit ?

L'infirmière se tenait sur le pas de la porte, une main sur la poignée. Elle tenait de l'autre un plateau sur lequel étaient posées des boîtes de médicaments. Elle paraissait tendue.

– Non, merci, ça va très bien. N'est-ce pas, Eva ?

La dernière goutte de nourriture parvint dans l'estomac de la malade par le biais de la perfusion et il lui caressa doucement le front.

– Alors bonsoir. Et, si nous ne nous revoyons pas, bonne chance pour demain.

– Merci.

Elle leur adressa un sourire et referma la porte derrière elle. Il aimait mieux l'hôpital de Huddinge. Ici, le personnel savait apprécier sa participation et montrait ouvertement son admiration pour un tel dévouement.

Quarante-trois jours.

Demain, le dernier examen. Des petites électrodes seraient insérées pour mesurer l'activité de son cerveau et voir si elle avait progressé.

Dans quelques jours, ils seraient fixés.

Il prit sa main pour chasser l'inquiétude qui s'insinuait en lui.

– Tout ira bien, ma chérie. On est bien, ici, n'est-ce pas ?

Puis il écarta le drap, releva la chemise de nuit bleu clair de l'hôpital, sortit la pommade du tiroir de la table de chevet et traça un ruban blanc le long de sa jambe gauche. Avec des gestes réguliers, il massa son mollet, puis son genou et sa cuisse jusqu'à l'aine.

– Ta mère est vraiment une femme fantastique. Je suis content que nous ayons de si bonnes relations, elle et moi.

Il souleva sa jambe avec précaution, posa l'une de ses mains sur la pliure du genou et fléchit celui-ci à plusieurs reprises.

– Bien, Eva.

Puis il contourna le lit et massa l'autre jambe.

– Je ne sais pas si tu as entendu, nous parlions de laisser Axel venir un jour. Mais elle a raison, il vaut mieux attendre le résultat de l'électro-encéphalogramme, pour savoir que lui dire. Le mieux serait que je puisse le rencontrer autre part avant qu'on ne se voie ici. Je pourrais l'emmener au luna-park de Gröna Lund, s'il aime ça ? À moins qu'il ne préfère le parc et le zoo de Skansen ?

Il redressa la jambe, la reposa sur le drap et caressa sa joue avec le doigt. Puis il tendit la main pour attraper la brosse à cheveux et la coiffa.

– Voilà, mon cœur, tu es belle, comme ça. Tu as besoin d'autre chose, avant de dormir ?

Il ôta son pull et son pantalon, les plia et les posa sur une chaise. Puis il tendit la main pour éteindre la lumière mais s'arrêta. Il resta debout à la contempler en suivant les contours de son corps, sous la chemise de nuit.

– Mon Dieu ! Comme tu es belle.

Le calme tant attendu l'envahit. Une nouvelle nuit de sommeil l'attendait sans que son obsession puisse s'emparer de lui.

Si reconnaissant.

Il s'allongea près d'elle doucement, sur le côté, tira la couverture sur eux, et posa sa main sur le sein d'Eva.

– Bonne nuit, ma chérie.

Lentement, il pressa son bas-ventre contre sa cuisse gauche, sentit l'excitation monter en lui et se souvint de la façon dont sa main, à elle, avait tout naturellement cherché ses secrets à lui.

Il ne voulait qu'une chose.

Une seule.

Qu'elle le serre dans ses bras et lui dise qu'il n'aurait plus jamais peur.

Qu'il ne serait plus jamais seul.

– N'aie pas peur, ma chérie, je serai toujours là, près de toi.

Il ne la quitterait jamais.

Jamais.

– Je t'aime.

RÉALISATION : GRAPHIC HAINAUT À CONDÉ-SUR-L'ESCAUT
IMPRESSION : BRODARD ET TAUPIN À LA FLÈCHE
DÉPÔT LÉGAL : JANVIER 2007. N° 91791-2 (48400)
IMPRIMÉ EN FRANCE

Collection Points Policier

DERNIERS TITRES PARUS

P949. 1280 Âmes, *Jean-Bernard Pouy*
P950. Les Péchés des pères, *Lawrence Block*
P963. L'Indispensable Petite Robe noire, *Lauren Henderson*
P964. Vieilles dames en péril, *Margaret Yorke*
P965. Jeu de main, jeu de vilain, *Michelle Spring*
P971. Les Morts de la Saint-Jean, *Henning Mankell*
P972. Ne zappez pas, c'est l'heure du crime, *Nancy Star*
P976. Éloge de la phobie, *Brigitte Aubert*
P989. L'Envol des anges, *Michael Connelly*
P990. Noblesse oblige, *Donna Leon*
P1001. Suave comme l'éternité, *George P. Pelecanos*
P1003. Le Monstre, *Jonathan Kellerman*
P1004. À la trappe !, *Andrew Klavan*
P1005. Urgence, *Sara Paretsky*
P1016. La Liste noire, *Alexandra Marinina*
P1017. La Longue Nuit du sans-sommeil, *Lawrence Block*
P1029. Speedway, *Philippe Thirault*
P1030. Les Os de Jupiter, *Faye Kellerman*
P1039. Nucléaire chaos, *Stéphanie Benson*
P1040. Bienheureux ceux qui ont soif…, *Anne Holt*
P1042. L'Oiseau des ténèbres, *Michael Connelly*
P1048. Les Lettres mauves, *Lawrence Block*
P1060. Mort d'une héroïne rouge, *Qiu Xiaolong*
P1061. Angle mort, *Sara Paretsky*
P1070. Trompe la mort, *Lawrence Block*
P1071. V'là aut'chose, *Nancy Star*
P1072. Jusqu'au dernier, *Deon Meyer*
P1081. La Muraille invisible, *Henning Mankell*
P1087. L'Homme de ma vie, *Manuel Vázquez Montalbán*
P1088. Wonderland Avenue, *Michael Connelly*
P1089. L'Affaire Paola, *Donna Leon*
P1090. Nous n'irons plus au bal, *Michelle Spring*
P1100. Dr la Mort, *Jonathan Kellerman*
P1101. Tatouage à la fraise, *Lauren Henderson*
P1102. La Frontière, *Patrick Bard*
P1105. Blanc comme neige, *George P. Pelecanos*
P1110. Funérarium, *Brigitte Aubert*
P1111. Requiem pour une ombre, *Andrew Klavan*
P1122. Meurtriers sans visage, *Henning Mankell*
P1123. Taxis noirs, *John McLaren*
P1134. Tous des rats, *Barbara Seranella*
P1135. Des morts à la criée, *Ed Dee*

P1146. Ne te retourne pas !, *Karin Fossum*
P1158. Funky Guns, *George P. Pelecanos*
P1159. Les Soldats de l'aube, *Deon Meyer*
P1162. Visa pour Shanghai, *Qiu Xiaolong*
P1174. Sale temps, *Sara Paretsky*
P1175. L'Ange du Bronx, *Ed Dee*
P1187. Les Chiens de Riga, *Henning Mankell*
P1188. Le Tueur, *Eraldo Baldini*
P1189. Un silence de fer, *Marcello Fois*
P1190. La Filière du jasmin, *Denise Hamilton*
P1197. Destins volés, *Michael Pye*
P1206. Mister Candid, *Jules Hardy*
P1207. Déchaînée, *Lauren Henderson*
P1215. Tombe la pluie, *Andrew Klavan*
P1224. Le Vagabond de Holmby Park, *Herbert Lieberman*
P1225. Des amis haut placés, *Donna Leon*
P1228. Chair et sang, *Jonathan Kellerman*
P1230. Darling Lilly, *Michael Connelly*
P1239. Je suis mort hier, *Alexandra Marinina*
P1240. Cendrillon, mon amour, *Lawrence Block*
P1242. Berlinale Blitz, *Stéphanie Benson*
P1245. Tout se paye, *George P. Pelecanos*
P1251. Le Rameau brisé, *Jonathan Kellerman*
P1256. Cartel en tête, *John McLaren*
P1271. Lumière morte, *Michael Connelly*
P1291. Le croque-mort a la vie dure, *Tim Cockey*
P1292. Pretty Boy, *Lauren Henderson*
P1306. La Lionne blanche, *Henning Mankell*
P1307. Le Styliste, *Alexandra Marinina*
P1308. Pas d'erreur sur la personne, *Ed Dee*
P1309. Le Casseur, *Walter Mosley*
P1318. L'Attrapeur d'ombres, *Patrick Bard*
P1331. Mortes-eaux, *Donna Leon*
P1332. Déviances mortelles, *Chris Mooney*
P1344. Mon vieux, *Thierry Jonquet*
P1345. Lendemains de terreur, *Lawrence Block*
P1346. Déni de justice, *Andrew Klavan*
P1347. Brûlé, *Leonard Chang*
P1359. Los Angeles River, *Michael Connelly*
P1360. Refus de mémoire, *Sarah Paretsky*
P1361. Petite musique de meurtre, *Laura Lippman*
P1372. L'Affaire du Dahlia noir, *Steve Hodel*
P1373. Premières armes, *Faye Kellerman*
P1374. Onze jours, *Donald Harstad*
P1375. Le croque-mort préfère la bière, *Tim Cockey*
P1393. Soul Circus, *George P. Pelecanos*

P1394. La Mort au fond du canyon, *C. J. Box*
P1395. Recherchée, *Karin Alvtegen*
P1396. Disparitions à la chaîne, *Ake Smedberg*
P1407. Qu'elle repose en paix, *Jonathan Kellerman*
P1408. Le Croque-mort à tombeau ouvert, *Tim Cockey*
P1409. La Ferme des corps, *Bill Bass*
P1414. L'Âme du chasseur, *Deon Meyer*
P1417. Ne gênez pas le bourreau, *Alexandra Marinina*
P1425. Un saut dans le vide, *Ed Dee*
P1435. L'Enfant à la luge, *Chris Mooney*
P1436. Encres de Chine, *Qiu Xiaolong*
P1437. Enquête de mor(t)alité, *Gene Riehl*
P1451. L'homme qui souriait, *Henning Mankell*
P1452. Une question d'honneur, *Donna Leon*
P1453. Little Scarlet, *Walter Mosley*
P1476. Deuil interdit, *Michael Connelly*
P1493. La Dernière Note, *Jonathan Kellerman*
P1494. La Cité des Jarres, *Arnaldur Indridason*
P1495. Électre à La Havane, *Leonardo Padura*
P1496. Le croque-mort est bon vivant, *Tim Cockey*
P1497. Le Cambrioleur en maraude, *Lawrence Block*
P1539. Avant le gel, *Henning Mankell*
P1540. Code 10, *Donald Harstad*
P1541. Les Nouvelles Enquêtes du juge Ti, vol. 1
Le Château du lac Tchou-An, *Frédéric Lenormand*
P1542. Les Nouvelles Enquêtes du juge Ti, vol. 2
La Nuit des juges, *Frédéric Lenormand*
P1559. Hard Revolution, *George P. Pelecanos*
P1560. La Morsure du lézard, *Kirk Mitchell*
P1561. Winterkill, *C.J. Box*
P1582. Le Sens de l'arnaque, *James Swain*
P1583. L'Automne à Cuba, *Leonardo Padura*
P1597. La Preuve par le sang, *Jonathan Kellerman*
P1598. La Femme en vert, *Arnaldur Indridason*
P1599. Le Che s'est suicidé, *Petros Markaris*
P1600. Les Nouvelles Enquêtes du juge Ti, vol. 3
Le Palais des courtisanes, *Frédéric Lenormand*
P1601. Trahie, *Karin Alvtegen*
P1602. Les Requins de Trieste, *Veit Heinichen*
P1635. La Fille de l'arnaqueur, *Ed Dee*
P1636. En plein vol, *Jan Burke*
P1637. Retour à la Grande Ombre, *Hakan Nesser*
P1660. Milenio, *Manuel Vázquez Montalbán*
P1661. Le Meilleur de nos fils, *Donna Leon*
P1662. Adios Hemingway, *Leonardo Padura*
P1678. Le Retour du professeur de danse, *Henning Mankell*

P1679. Romanzo Criminale, *Giancarlo de Cataldo*
P1680. Ciel de sang, *Steve Hamilton*
P1690. La Défense Lincoln, *Michael Connelly*
P1691. Flic à Bangkok, *Patrick Delachaux*
P1692. L'Empreinte du renard, *Moussa Konaté*
P1693. Les fleurs meurent aussi, *Lawrence Block*
P1703. Le Très Corruptible Mandarin, *Qiu Xiaolong*
P1723. Tibet or not Tibet, *Péma Dordjé*
P1724. La Malédiction des ancêtres, *Kirk Mitchell*
P1761. Chroniques du crime, *Michael Connelly*
P1762. Le croque-mort enfonce le clou, *Tim Cockey*
P1782. Le Club des conspirateurs, *Jonathan Kellerman*
P1783. Sanglants trophées, *C.J. Box*
P1811. - 30°, *Donald Harstad*
P1821. Funny Money, *James Swain*
P1822. J'ai tué Kennedy ou les mémoires d'un garde du corps *Manuel Vázquez Montalbán*
P1823. Assassinat à Prado del Rey et autres histoires sordides *Manuel Vázquez Montalbán*
P1830. La Psy, *Jonathan Kellerman*
P1831. La Voix, *Arnaldur Indridason*
P1832. Les Nouvelles Enquêtes du juge Ti, vol. 4 Petits meurtres entre moines, *Frédéric Lenormand*
P1833. Les Nouvelles Enquêtes du juge Ti, vol. 5 Madame Ti mène l'enquête, *Frédéric Lenormand*
P1834. La Mémoire courte, *Louis-Ferdinand Despreez*
P1835. Les Morts du Karst, *Veit Heinichen*
P1883. Dissimulation de preuves, *Donna Leon*
P1884. Une erreur judiciaire, *Anne Holt*
P1885. Honteuse, *Karin Alvtegen*
P1886. La Mort du privé, *Michael Koryta*
P1907. Drama city, *George P. Pelecanos*
P1913. Saveurs assassines. Les Enquêtes de Miss Lalli *Kalpana Swaminathan*
P1914. La Quatrième Plaie, *Patrick Bard*
P1935. Echo Park, *Michael Connelly*
P1939. De soie et de sang, *Qiu Xiaolong*
P1940. Les Thermes, *Manuel Vázquez Montalbán*
P1941. Femme qui tombe du ciel, *Kirk Mitchell*
P1942. Passé parfait, *Leonardo Padura*
P1963. Jack l'éventreur démasqué, *Sophie Herfort*
P1964. Chicago banlieue sud, *Sara Paretsky*
P1965. L'Illusion du péché, *Alexandra Marinina*
P1988. Double homicide, *Faye et Jonathan Kellerman*
P1989. La Couleur du deuil, *Ravi Shankar Etteth*
P1990. Le Mur du silence, *Hakan Nesser*